UNE

# FAMILLE ENDETTÉE

1025. — PARIS, IMPRIMERIE LALOUX Fils et GUILLOT

7, rue des Canettes, 7

E. C. GRENVILLE MURRAY

# UNE
# FAMILLE ENDETTÉE

ROMAN TRADUIT DE L'ANGLAIS

AVEC L'AUTORISATION DE L'AUTEUR

PAR

## J. BUTLER

## PARIS
LIBRAIRIE HACHETTE ET Cie
79, BOULEVARD SAINT-GERMAIN, 79

**1878**

## OUVRAGES DU MÊME AUTEUR

QUI SE VENDENT A LA MÊME LIBRAIRIE

---

**Le Jeune Brown,** traduit par J. Butler — 2 vol.
**La Cabale de Boudoir,** — 2 vol.
**Veuve ou mariée ?** — 1 vol.

UNE

# FAMILLE ENDETTÉE

## CHAPITRE PREMIER

### LES DERNIERS SONT PARFOIS LES PREMIERS

Union, concorde, conciliation, entente, ces mots
étaient dans toutes les bouches depuis huit jours à
Stilborough, à l'occasion de l'élection d'un nouveau
pasteur pour la paroisse de Saint-Barnaby. C'était la
première fois que les bourgeois de l'endroit jouissaient
du privilége de choisir eux-mêmes le desservant de la
cure. Jusque-là, le titulaire avait été désigné par le
« lord du manoir », lord Hartleigh de Hazelwood.
Mais le jeune seigneur qui venait d'hériter de ce nom
et des droits attachés à ce titre était beaucoup plus
préoccupé de l'installation de ses écuries que de l'exer-
cice de ses prérogatives ecclésiastiques, et invité, en
outre, par une moitié de la communauté à faire choix
pour la cure d'un membre à la *High Church*[1] pendant que l'autre moitié le conjurait de désigner un
*clergyman* appartenant à la *Low Church*[2], il avait
tranché ce cas difficile en abandonnant aux gens de

---

1. Eglise protestante qui se rapproche du culte catholique par la pompe
de ses cérémonies religieuses.
2. Eglise qui proscrit de son culte tous les ornements et toutes les pompes.

Stilborough le soin de choisir leur curé[1]. Les bourgeois de la ville furent ravis et les journaux de Londres, mis au courant de l'incident, célébrèrent à l'envi le libéralisme de la pairie.

La cure de Stilborough valait mille livres par an; le presbytère était une coquette villa, située au bord de l'eau, dans une situation charmante; la besogne passait pour légère. On devine que les candidats ne manquèrent point. Le comité formé pour examiner les titres des prétendants ne suffisait pas à dépouiller les lettres, mémoires, pétitions qui arrivaient chaque jour des quatre coins du royaume, en réponse aux annonces faites dans tous les journaux. De plus, l'entente ne parvenait pas à s'établir sur le point de savoir à quelle secte religieuse appartiendrait l'élu; et comme les femmes s'en mêlèrent, apportant dans le débat cette douce obstination qui distingue leur sexe, il s'écoula plus de six semaines avant l'heure solennelle où Stilborough apprit que tous les candidats avaient été successivement éliminés et que deux seulement demeuraient en présence : l'un, le révérend Joel Fulmouth M. A.; l'autre, le très-révérend Noël Drinkdew D. D.

Les deux concurrents furent invités à venir prêcher à Saint-Barnaby, pour qu'on pût apprécier leurs talents respectifs. Ce fut le maire, M. Prindle, qui imagina cette heureuse solution et qui écrivit en conséquence. Certains objectèrent bien que ce concours ouvert entre deux *clergymen*, à propos d'une cure valant mille livres par an, était un expédient de mérite discutable au point de vue chrétien; mais les deux

---

1. En Angleterre, le chef ecclésiastique d'une paroisse a le titre de vicaire; ses auxiliaires ont celui de curé. Pour plus de clarté dans ce récit, nous avons rétabli les titres hiérarchiques usités en France.

Révérends ne parurent pas partager ce scrupule et on les vit descendre, au jour dit, à l'hôtel du *Lion Rouge*, munis d'un petit sac de voyage et d'un sermon soigneusement écrit.

On tira au sort pour savoir qui prêcherait le premier, et M. Fulmouth, ayant amené le numéro un, gravit les marches de la chaire à l'issue de l'office du matin. Doué d'un organe sonore, dont l'écho parvenait jusqu'à la place du Marché; robuste, de haute taille, le visage orné de favoris jonquille, qui donnaient à sa physionomie l'aspect d'un soleil couchant, il fit sur l'auditoire une impression profonde. Naturellement, il profita de l'occasion pour faire connaître qu'il était l'auteur d'un volume intitulé *la Lumière de l'âme* et qu'il élevait une famille de neuf enfants dans une humble cure de trois cents livres par an. Mais ces détails intimes, que soulignaient des gestes et des regards appropriés à leur nature, parfois même de violents coups de poing donnés sur le rebord de la chaire, furent très-goûtés de l'assistance, dont ils satisfaisaient la curiosité chrétienne. L'allusion aux enfants, notamment, piqua la sensibilité des femmes, et à partir d'une heure le bruit courut dans Stilborough que M. Fulmouth serait sûrement le nouveau curé.

Toutefois le très-révérend Noël Drinkdew restait encore à entendre, et quand, sur le coup de trois heures, cet estimable *clergyman* prit possession de la chaire, on se dit à l'oreille qu'il pourrait, après tout, être préféré à l'autre. Lui aussi avait une physionomie sympathique, une barbe noire, épaisse, seyant à son teint basané; lui aussi avait écrit un petit livre: *la Lanterne du cœur*, dont plusieurs habitantes de la localité avaient déjà reçu des exemplaires, et si sa voix était moins forte que celle de son rival, elle avait, en re-

vanche, une étendue remarquable, qui lui permettait
de varier ses intonations avec une merveilleuse sou-
plesse. On savait qu'il avait été *dean*[1] aux colonies,
et le tableau qu'il fit de la vie dans les pays chauds,
son récit des périls qu'il avait courus en catéchisant
les infidèles, — le tout exposé sans emphase, comme une
sorte de commentaire de la maxime évangélique : « Je
foulerai les sentiers de la vertu, » prise pour texte du
sermon, — obtinrent un immense succès, que compléta
encore une éloquente péroraison où le révérend insinua
qu'il n'était pas marié et qu'il possédait une certaine
fortune.

C'est quelque chose, disaient les mères ayant des
filles à marier, que d'avoir pour curé un célibataire, à
la tête d'un petit patrimoine ! Néanmoins, tous comptes
faits, les avis demeurèrent partagés, après comme
avant les sermons. Le docteur Drinkdew avait fait
ses études à l'Université d'Oxford et M. Fulmouth à
Cambridge ; l'un était libéral, l'autre conservateur, et
bien que tous les deux eussent donné à entendre qu'ils
appartenaient à la *Broad Church*[2], il était clair que
le premier avait plus de goût que le second pour les
encensoirs et les chasubles. Que d'éléments de discussion pour le comité de Stilborough, lorsqu'il se réunit
à l'hôtel de ville afin de faire un choix définitif !

Le maire, homme avisé qui présidait le comité et
qui avait horreur des conflits, engagea ses collègues
à voter simplement, sans débat. Les opinions, dit-il,
devaient être formées, et en se bornant à écrire sur
un bulletin le nom du candidat de son choix, on évi-
terait une discussion stérile, tout en épargnant un

1. Dignité ecclésiastique.
2. Rite intermédiaire entre la *High Church* et la *Low Church*.

temps précieux. Mais il n'est pas d'assemblée où il n'y ait des gens pénétrés de l'idée qu'un mot dit à propos et par eux éclaircira la situation, et l'épicier Pottinger, marguillier, conseiller, beau parleur et le reste, étant du nombre, se renversa dans son fauteuil et commença.

« J'espère, fit-il sur un ton dégagé, que nous sommes tous d'avis d'élire M. Fulmouth. Il ne me semble pas que l'on puisse hésiter.

— Vraiment ! riposta aussitôt M. Pettigrew, le marchand de drap, qui ne perdait jamais une occasion de contredire M. Pottinger, dont les succès comme orateur portaient ombrage aux siens. Vraiment, vous croyez cela ? Eh bien, moi je déclare que le docteur Drinkdew a toutes mes sympathies, et j'invite l'assemblée à porter sur lui ses préférences.

— Je m'y attendais, répliqua sèchement l'épicier.

— Affaire d'habitude, insinua le marchand de chevaux, M. Whispie, qui visait à se faire une réputation de bel esprit.

— Comme vous le dites, reprit M. Pottinger d'une voix sardonique. Il y a longtemps que j'ai reconnu qu'au fond M. Pettigrew est partisan de la *High Church*.

— Si nous faisions l'élection à pile ou face, proposa M. Whispie en tirant un souverain de sa poche.

— A l'ordre, à l'ordre ! cria un conseiller municipal avec des gestes d'indignation.

— Il me semble qu'on oublie l'objet de la réunion, » fit le maire en voyant MM. Pottinger et Pettigrew se lancer des regards qui faisaient présager de nouveaux orages. Et il ajouta aussitôt : « Pour ma part, je regrette qu'on ne puisse pas clore le débat en nommant les deux candidats à la fois. Rien ne me serait plus agréable que de les entendre prêcher tour à tour, et de les voir s'installer ensemble dans le même presbytère.

— Bravo, bravo ! » crièrent plusieurs conseillers qui faisaient profession d'aimer les compromis.

L'honnête M. Prindle, maire de Stilborough, était un esprit conciliant qui s'efforçait toujours de mettre tout le monde d'accord. Malheureusement, les idées qu'il émettait dans ce but étaient d'ordinaire impraticables, et en cette occasion-ci, notamment, les sentiments d'hostilité respective qui animaient ses deux collègues, le marchand de drap et l'épicier, rendaient sa tâche plus difficile encore. Aussi la discussion courait-elle risque de se prolonger indéfiniment, sans un incident fortuit qui vint en brusquer le dénoûment.

La pièce où siégeait le comité donnait sur la place du Marché. Des fenêtres, on découvrait : à droite le *Lion Rouge*, à gauche la nouvelle Banque, en face la vieille église de Saint-Barnaby et la grande rue de la ville, *High street*. Or, tandis que M. Pottinger répétait pour la dixième fois qu'il aimerait mieux fonder une nouvelle secte que de laisser importer à Stilborough les pratiques de la *High Church*, il lui sembla apercevoir, dans la direction de son épicerie, un nuage de fumée mêlé de flammes.

Tout d'abord il se crut dupe d'une illusion et il prit son mouchoir pour se frotter les yeux ; mais presque en même temps le cri : « Au feu ! » retentissait, et le comité, courant à la fenêtre, reconnaissait qu'effectivement de gros flocons d'une fumée rougeâtre s'élevaient au-dessus de *High street*.

On devine la scène qui suivit : *High Church, Low*

*Church, Broad Church*, Fulmouth et Drinkdew fu
rent oubliés ; l'assemblée se dispersa et ses membres
s'élancèrent vers l'endroit d'où partaient les flammes, chacun anxieux de voir si c'était sa boutique
qui brûlait. Renseignements pris, il se trouva que le
feu avait éclaté dans la maison d'une pauvre veuve,
mère de cinq enfants; toutefois le danger était réel,
le vent soufflait avec force, et si l'on ne parvenait pas
à circonscrire le foyer de l'incendie, tous les magasins
de *High street* pouvaient se trouver compromis. « Les
pompiers, les pompiers! » criait-on de tous côtés.
Ainsi qu'il arrive dans les villes de province, le service des pompes était mal organisé, et lorsque les
machines se mirent à fonctionner, la maisonnette
de la veuve craquait et s'écroulait déjà en maint
endroit.

Tout à coup un cri déchirant se fit entendre; une
femme pâle, affolée, les mains étendues en avant,
fendait les rangs et se précipitait vers la fournaise.
« Elle a oublié un de ses enfants! » disait la foule,
pendant que l'on arrêtait la malheureuse, pour l'empêcher de courir à une mort certaine. « Sauvez-le! sauvez-le! » criait l'infortunée à MM. Pottinger, Pettigrew,
Whispie et les autres qui s'employaient à la retenir;
comme si des personnages aussi indispensables au bonheur de leurs concitoyens eussent pu risquer leurs
précieuses vies au profit d'un enfant au maillot.

A cet instant, un jeune homme s'élança du milieu
d'un groupe et, après quelques brèves questions adres-
sées au chef des pompiers, entra résolûment dans la
maison en flammes. Personne ne semblait le connaître, et il portait la soutanelle des *clergymen*. « Il est
perdu! » s'écriait-on de tous côtés et, de fait, il s'é-
coula plus de cinq minutes avant qu'on le vît repa-

raître, les mains brûlées, les cheveux roussis, le visage noir de fumée, tenant entre ses bras, enveloppé
dans un châle, l'enfant que dans son trouble la mère
avait abandonné.

Les foules sont sensibles aux actes de courage, et
les sentiments de jalousie qui empêchent souvent un
homme de rendre justice à son semblable, sont sans
prise sur les masses. Quand le jeune inconnu sortit de
la fournaise où il avait semblé devoir périr, des hur-
rahs enthousiastes éclatèrent de tous côtés et cent
mains s'avancèrent pour presser les siennes.

« Puis-je vous demander votre nom ? fit M. Pottinger, heureux de trouver une occasion de se
mettre en évidence, maintenant que le péril était
passé.

— Paul Rushbrand, répondit le jeune *clergyman*.

— Appartenez-vous à l'Église d'Angleterre ; êtes-
vous *dean*, vicaire ou curé ? continua le conseiller
municipal.

— Je ne suis que vicaire, fit Paul Rushbrand,
étonné de toutes ces questions.

— Mes chers concitoyens, reprit M. Pottinger en
se retournant vers les groupes, j'ai une proposition à
vous faire.

« Nous étions en train de discuter sur le choix d'un
curé quand ce malheureux incendie a éclaté, et nous
ne parvenions pas à nous mettre d'accord. La Providence est venue à notre aide. Elle a envoyé ici
M. Rushbrand, qui s'est révélé à nous par une
courageuse action à laquelle vous venez tous d'ap-
plaudir. Je demande que nous en fassions notre
curé. »

Pour la première fois, M. Pettigrew n'osa pas contredire son collègue, et la proposition de M. Pottinger

fut votée par acclamation. Peut-être les deux partis religieux aux prises dans la question de l'élection furent-ils heureux d'éviter la prolongation d'une lutte qui aurait eu pour résultat de troubler durant long-temps la tranquillité de la ville, en réveillant de vieilles rancunes et en en soulevant de nouvelles. Dans tous les cas, M. Rushbrand fut proclamé curé par M. Prindle, du haut d'une table érigée en tribune, et il advint ainsi qu'un jeune *clergyman* arrivé le matin à Stil-borough, sans situation et sans fortune, se vit installé triomphalement, quelques heures plus tard, dans un des presbytères les plus enviés de l'Angleterre.

---

## CHAPITRE II

### LA ROSE BLANCHE

Pendant que les incidents qu'on vient de lire se dé-roulaient dans *High street*, MM. Fulmouth et Drink-dew attendaient, au *Lion Rouge*, le résultat de la dé-libération du comité. Ce fut un garçon de l'hôtel qui leur apprit ce qui s'était passé. M. Drinkdew demanda sa note, consulta son indicateur et partit en voiture pour la gare. Mais M. Fulmouth prit son parti moins facilement. « Les imbéciles, fit-il, ils ont élu mon vi-caire, » et il courut à son chapeau, en homme résolu à faire cesser une méprise qui lui semblait inaccep-table.

Toutefois, lorsqu'il fut dans la rue et qu'il aperçut

son subordonné de la veille porté comme un triomphateur sur les épaules des gens de Stilborough, il comprit qu'il essayerait vainement de refroidir cet enthousiasme, et s'avançant vers M. Rushbrand, il lui prit la main, le combla d'éloges et l'engagea à entrer à l'hôtel pour y faire panser ses brûlures. Ce fut seulement quand l'ex-vicaire eut été conduit dans une chambre, oint d'huile d'olives et enveloppé de ouate que M. Fulmouth donna libre carrière à son désappointement.

« Eh bien, fit-il d'une voix aigre, vous n'avez pas perdu votre temps à Stilborough ! Pourtant vous ne vouliez pas y venir, lorsque je vous demandais de m'accompagner, et ce n'est qu'à grande peine que je vous y décidai.

— C'est certainement la Providence qui m'a poussé à accepter votre invitation.

— La Providence... hum !... Oui, sans doute, les desseins du Seigneur sont mystérieux, et lorsqu'il prive un père de neuf enfants d'une situation avantageuse, c'est pour le bien de celui-ci.

— « Il exalte les humbles, » dit Paul Rushbrand en joignant péniblement ses mains brûlées.

— Et il châtie les orgueilleux ; c'est là ce que vous voulez dire, n'est-ce pas, Rushbrand? reprit M. Fulmouth en arpentant la pièce où l'on avait conduit le blessé. Cependant je ne crois pas que ma manière d'agir avec vous ait jamais justifié...

—Vous ne m'avez pas compris, interrompit le jeune *clergyman;* l'allusion se rapportait à moi. Quant à vous, si le Seigneur vous a refusé une satisfaction à laquelle vous étiez en droit de prétendre, c'est que sans doute il vous réserve de plus hautes destinées.

— L'ironie sied mal aux heures de succès, fit M. Fulmouth en s'arrêtant devant son ex-surbordonné. Encore est-ce un succès plus ou moins bien acquis : si vous aviez dit à ces braves gens que vous étiez venu ici avec moi, à mes frais, et que vous étiez mon vicaire, il est à croire qu'ils y eussent regardé à deux fois avant de vous prendre pour leur curé. Alors c'est moi qu'on eût élu.

— Et c'était un devoir, de leur parler ainsi ? demanda Paul Rushbrand en se soulevant sur un coude.

— Un devoir, je ne dis pas ; mais c'eût été, au moins, délicat de votre part. Certes, je ne prétends donner à personne des leçons de convenance ; mais il me semble que c'est un manque d'égards d'accepter une position qu'on sait désirée par quelqu'un qui a toujours été bon à votre égard.

— Vous me faites de la peine, répondit le jeune curé, dont l'œil s'éclairait de l'éclat de la fièvre. J'ai accepté cette cure parce que j'ai cru reconnaître l'intervention du Tout-Puissant dans la façon dont elle m'était offerte. Il m'a pris par la main comme il a fait de Joseph, de Samuel, de David et de tous les prophètes qu'il destinait à le servir. Avais-je le droit de contrarier sa volonté souveraine et de me dérober à ses ordres ?

— Ta, ta, pas de sermons, s'il vous plaît, Rushbrand. Jouissez de votre chance et de vos nouveaux honneurs ; mais perdez l'habitude d'attribuer à Dieu des succès qui ne sont dus qu'à votre dextérité.

— Vous croyez que j'ai fait quoi que ce soit, en dehors de vous, pour obtenir ce poste ?

— Je ne crois rien du tout ; je trouve seulement que vous êtes sorti de l'hôtel au bon moment.

— Comment au bon moment ? Mais c'est vous-même,

monsieur Fulmouth, qui m'avez engagé à me promener
dans la ville pour parler de vous aux habitants : ce
que j'ai fait, du reste, de mon mieux et de tout
cœur.

— Assez, assez, Rushbrand ; vos nouvelles fonctions vous tournent déjà la tête. Je retourne auprès
des miens et vous pardonne. Puisse votre installation dans la cure de Stilborough ne pas être troublée
par le souvenir du tort que vous avez causé à un
homme qui avait quelques droits à vos égards ! »

Sur quoi, l'auteur de *la Lumière de l'âme*
ferma la porte, paya sa note et partit du *Lion Rouge*,
son sac de voyage à la main, sans rien laisser pour
le garçon. M. Pottinger quittait au même instant
l'hôtel de ville pour aller porter à la gare une lettre
destinée à prévenir lord Hartleigh de la nomination
du curé, et, les deux hommes s'étant rencontrés en
chemin, le conseiller municipal saisit cette occasion d'aborder le révérend et de lui-demander des
renseignements sur le nouveau pasteur de Stilborough.

« Un honnête garçon, fit M. Fulmouth, qui avait
trop d'esprit pour laisser percer son désappointement
et qui d'ailleurs commençait à se rendre compte qu'il
venait de faire à son ancien vicaire une scène tout à
fait ridicule.

— Et instruit? » reprit M. Pottinger, qui tenait à se
renseigner complétement, pour pouvoir se poser
ensuite en oracle vis-à-vis des gens de la ville.

A la grande surprise de l'épicier, il ressortit des
confidences du révérend Joel que M. Paul Rushbrand
n'avait appartenu à aucune université, qu'il était fils
d'un matelot mort d'ivrognerie et que lui-même avait
été mousse.

« Alors où a-t-il fait son éducation? demanda M. Pottinger, qui n'imaginait pas qu'on pût apprendre quelque chose ailleurs que sur les bancs de l'école.

— Il s'est formé tout seul, répondit M. Fulmouth, auquel les questions de son interlocuteur étaient, du reste, loin de déplaire. Au temps où il servait sur le paquebot qui va de Portsmouth à Gosport, il avait des loisirs, les jours où le steamer restait au port, et il les employait à travailler. C'est ainsi qu'il apprit successivement à lire, à écrire, puis le latin et le calcul.

— Quoi! le latin sans maître?

— Oui; il est très-intelligent. Il sait aussi un peu de français : son père avait épousé en secondes noces une femme de Boulogne... une marchande de poisson.

— Et comment est-il devenu *clergyman* ?

— Il prêchait dans les rues, le dimanche soir, ainsi que cela se fait dans beaucoup de villes, et l'évêque de Winchester le remarqua. Le hasard venait précisément de le faire vivre pendant quelques mois à côté d'un missionnaire sur un paquebot allant en Chine, et cette société de tous les jours avait développé ses heureuses qualités. Quand il revint, il se mit à commenter la Bible sur les quais de Portsmouth, devant les matelots et leurs femmes. Sa parole était claire et souvent éloquente; l'évêque, ayant eu l'occasion de l'entendre, se chargea de compléter son éducation.

— Alors il est sans fortune? dit M. Pottinger.

— Absolument; mais c'est un garçon économe. Avec ses quatre-vingts livres par an, il trouvait moyen de soutenir sa belle-mère et de mettre de côté vingt livres sterling pour rembourser aux héritiers de l'évêque de Winchester, aujourd'hui mort, les frais qu'a occasionnés son séjour au collége de théologie où Sa Grâce l'envoya pour qu'il pût entrer dans les ordres.

— Il est très-pieux ? demanda l'épicier.

— C'est un bon protestant, » répondit évasivement le révérend.

M. Pottinger était une nature trop vulgaire pour apprécier les mérites d'une vie de luttes et d'efforts comme celle de Paul Rushbrand ; mais il ne s'en félicitait pas moins d'avoir été initié au passé du jeune *clergyman*. En proposant de le nommer curé de Stilborough, il n'avait été guidé par aucun calcul personnel ; à présent que l'élection était définitive, il songeait qu'il avait fait une bonne affaire. Le nouveau curé serait son obligé ; il aurait intérêt à demeurer en bons termes avec un homme qui lui avait rendu service et qui, de plus, connaissait l'histoire de sa vie. Qui sait même si, un jour, quand miss Martha Pottinger aurait une ou deux années de plus, des liens plus intimes ne pourraient pas s'établir entre eux ?

M. Pottinger prit congé du révérend Joel, mit sa lettre à la poste, et se rendit au *Lion Rouge*. Il lui tardait d'entrer en relations avec Paul Rushbrand, de causer avec lui, de s'installer au pied de son lit pour le soigner, bref d'accaparer le jeune pasteur. Malheureusement, le malade était hors d'état d'apprécier les bonnes intentions dont son nouveau paroissien se montrait animé à son égard. Ses blessures étaient plus graves qu'on ne les avait jugées au premier moment ; il avait la fièvre et pendant plusieurs jours sa vie fut en danger, au point que le médecin crut devoir préve-

nir sa belle-mère et l'engager à partir immédiatement
pour Stilborough.

La pauvre femme arriva aussitôt. C'était une petite
Française, sèche et mince, qui avait dû avoir son
heure de beauté, mais vieillie et usée aujourd'hui par
l'âge et par le souci. Elle trouva le malade entouré de
la famille Pottinger, et l'épicier l'eut vite mise au
courant de tout ce qui s'était passé.

Avec quelle tendresse infinie elle épiait les mouvements du blessé ; de quels regards anxieux elle
le couvrait; avec quelle vigilance elle le soignait!
M. Fulmouth avait dit que Paul Rushbrand était bon
fils ; mais combien l'attitude de cette mère, au chevet
du lit du jeune homme, était plus éloquente que
tous les témoignages qu'on eût pu rendre en sa
faveur !

Paul Rushbrand avait une constitution vigoureuse,
dont une vie chaste et laborieuse avait fortifié les
ressorts. Il survécut à une crise qui eût emporté
tout autre tempérament moins robuste et reprit peu
à peu des forces; mais le souvenir des événements
qui avaient marqué son arrivée à Stilborough, resta
pendant longtemps comme effacé de sa mémoire, et il
fallut lui répéter à diverses reprises qu'il était le curé
de la ville pour qu'il se décidât à s'en réjouir. La voix
publique, pendant ce temps, faisait de lui un homme
célèbre. Son élection avait eu lieu dans des circonstances si dramatiques, que tous les journaux en par-
lèrent et rivalisèrent en détails sur le passé du jeune
héros. On publia son portrait dans les feuilles illus-
trées. On raconta l'histoire de son enfance et de sa
jeunesse. *La Société royale Philanthropique* lui
décerna une médaille d'or. Des adresses de félicitations,
des odes, des pièces de vers arrivaient chaque matin

au *Lion Rouge*, et tous les châtelains des environs, depuis lord Hartleigh et sa mère jusqu'à sir Peter Carew avec ses fils et ses filles, vinrent s'inscrire à l'hôtel.

Personne ne pourrait demeurer insensible à tant de témoignages de sympathie. Quand Paul Rushbrand comprit ce qui se passait autour de lui, quand il put mesurer l'étendue du changement survenu dans sa situation, une émotion inexprimable s'empara de lui et, tombant à genoux, il inclina la tête devant la suprême bonté du Créateur. Ce fut par une belle après-midi d'août qu'il sortit pour la première fois, et qu'il prit possession de son presbytère. M. Pottinger avait voulu que cette première sortie du jeune ministre fût pour lui une solennité publique, et lorsque Paul Rushbrand apparut sur le seuil de l'hôtel, encore pâle et chancelant, appuyé sur le bras de sa belle-mère, il aperçut des drapeaux à toutes les fenêtres.

La foule le saluait de ses acclamations. Les cloches de Saint-Barnaby sonnaient leurs carillons de fête. Les hommes criait hurrah; les femmes battaient des mains; les enfants des écoles jetaient des fleurs sous ses pas. La petite fille qu'il avait sauvée courut à lui, en trébuchant, avec un gros bouquet qu'elle lui tendit, et une jeune miss détacha une rose blanche de son corsage pour la lui jeter.

« C'est miss Amy Carew, l'une des filles de sir Peter, » dit M. Pottinger, qui remplissait le rôle de chambellan dans cette cérémonie improvisée.

Paul Rushbrand leva ses yeux humides de larmes et aperçut au coin d'une rue, montée sur un cheval bai et escortée d'un groom, une jeune personne de dix-huit ans, dans tout l'éclat d'une beauté anglaise.

Son costume d'amazone faisait ressortir la sou-
plesse de sa taille ; le voile bleu que la brise soulevait derrière elle, laissait voir une admirable cheve-
lure noire qui tombait en longues boucles sur ses
épaules, et la teinte rosée qu'avaient prise ses joues,
quand elle lançait la fleur au jeune pasteur, rehaussait encore la beauté de ses traits. Paul Rushbrand
salua, et sa mère, relevant la rose, l'attacha à sa boutonnière.

Quelles douces émotions que celles que ressentit
l'humble serviteur de Dieu durant cette marche triom-
phale qui le conduisait d'une petite chambre d'hôtel
et d'un lit de douleur à l'une des plus belles cures de
l'Angleterre ! Le jardin était plein de fleurs ; de beaux
fruits dorés tapissaient les murs du verger ; la rivière
scintillait aux rayons du soleil, et les oiseaux chantaient l'hymne du soir.

« Seigneur, fit Paul Rushbrand en s'agenouillant
devant ce paysage où tout égayait la vue, Seigneur,
tu m'as comblé de tes bontés ; mais qu'est-ce donc que
l'homme pour que tu songes ainsi à lui ? »

Et, en disant ces mots, Paul Rushbrand crut re-
voir, comme à travers un rêve, la jeune fille à cheval
qui lui avait jeté la rose.

# CHAPITRE III

## LES CONFIDENCES DE LADY HARTLEIGH

Les curés de Stilborough avaient toujours passé pour de joyeux vivants plutôt que pour des anachorètes, et le parfait état des écuries et des caves justifiait cette opinion. Parents, pour la plupart, des lords de Hartleigh, ils n'avaient guère vu dans leurs fonctions qu'une sorte de stage agréable, qui leur permettait d'attendre les hautes dignités ecclésiastiques auxquelles ils étaient prédestinés. Plusieurs était devenus *deans, archdeacons*, voire évêques, et ceux que la fortune avait laissés à Stilborough n'avaient pas eu à se plaindre de leur sort.

Les magistrats de la localité, les notables du comté, les *squires* des environs, se disputaient l'honneur de les recevoir à leur table. Ils étaient de toutes les réceptions, de tous les dîners, de toutes les chasses ; ils mangeaient bien, buvaient de même, écourtaient leurs sermons et se voyaient bénis de leurs contemporains. Seul le prédéceseur de Paul Rushbrand s'était un peu occupé des affaires de sa paroisse ; encore était-ce plutôt comme archéologue que comme pasteur qu'il l'avait fait. Très-versé dans la science architecturale, et sachant que l'église de Saint-Barnaby avait été jadis une abbaye importante, il avait tenu à lui restituer son ancienne physionomie, et il y était parvenu en dépit de l'opposition de M. Pottinger et des autres adversaires « de l'ornementation des temples ».

Qu'allait faire maintenant le nouveau curé de tous les crucifix, candélabres, tableaux, etc., dont « l'autre » avait orné la vieille église? Laisserait-il à leur place ces vitraux coloriés, ces rideaux de soie, ces lampes en vieux cuivre qui faisaient ressembler « la maison de Dieu à un temple païen? »

Ces questions se faisaient dans la ville, et le jour où M. Pottinger, ouvrant à deux battants la porte de l'église, arrêta Paul sur le seuil en lui montrant du doigt « tous ces fétiches, » comme il disait, on apprit avec étonnement que le ministre s'était borné à écouter son interlocuteur sans laisser percer son opinion.

De fait, il sentait qu'il était trop jeune pour se poser en réformateur ou pour critiquer ses devanciers. D'humeur paisible, aimant à être bien avec tout le monde, il tenait à respecter toutes les croyances et à ne soulever aucune question qui pût dégénérer en controverse et en conflit. Ses sermons eux-mêmes trahissaient cette préoccupation; il prêchait simplement, sans viser aux effets, sur des sujets de nature à satisfaire toutes les convictions, et ceux qui, au courant de sa vie passée, attendaient de sa part une tout autre attitude, furent sensiblement désappointés. Il n'y avait guère que les pauvres gens groupés le dimanche près de la porte du temple qui aimèrent la façon dont il prêchait. Les boutiquiers lui reprochaient d'être trop sobre de gestes. Les bourgeois prétendaient qu'il prononçait mal les *h*, et au banc réservé à sir Peter Carew, on aurait pu surprendre plus d'un sourire, même sur les lèvres de miss Amy.

Malheureuse lettre *h*, signe cabalistique auquel les gens bien élevés se reconnaissent l'un l'autre et découvrent infailliblement ceux qui n'appartiennent pas à leur monde! Aucune langue en Europe ne présente un pareil écueil. L'Allemand, le Français, l'Italien de la basse classe peuvent arriver à parler aussi correctement qu'un duc. Mais que d'années d'efforts, quelle longue fréquentation de la bonne compagnie il faut à un Anglais des couches inférieures pour parvenir à aspirer ses *h* à propos et à donner à son organe des intonations convenables !

Paul Rushbrand parlait comme tout le monde dans les circonstances ordinaires ; mais dès qu'il s'animait, les mauvaises habitudes de son enfance lui revenaient, et il semblait traiter les règles du langage comme autant d'accessoires superflus ou d'ornements inutiles dont, aux heures de bataille, il est permis de faire fi. Ces détails cependant ne lui échappaient pas ; la position qu'il occupait lui paraissait au-dessus de ses mérites et il s'efforçait honnêtement de s'en rendre digne, aussi bien dans les petites choses que dans les grandes. Plein d'une sorte de respect traditionnel pour tout ce qui fait d'un homme un *gentleman*, il sentait que s'il avait des qualités solides, il lui manquait ce vernis, cet on ne sait quoi que la nature donne à quelques-uns et refuse impitoyablement aux autres, quelque peine qu'ils prennent pour l'acquérir.

Cela l'embarrassait de se voir sur le pied de l'égalité vis-à-vis de personnes qu'il avait jusque-là regardées comme au-dessus de lui. Chaque fois qu'il revenait au presbytère et qu'il y retrouvait tous les objets de luxe et de *confort* qu'y avaient laissés ses prédécesseurs, chaque fois qu'à l'heure des repas il se voyait entouré de deux ou trois domestiques, chaque fois qu'on le saluait dans la rue avec une déférence marquée, il lui semblait qu'il n'était pas fait pour tout ce bien-être et ces honneurs. Le jour où le *Lord*

*lieutenant* [1] l'informa qu'il l'avait désigné comme
juge de paix, il relut deux fois la dépêche officielle
avant de se rappeler que les curés de Stilborough
avaient toujours figuré parmi les magistrats du
comté.

Cette défiance de soi-même, qui devait d'ailleurs s'ef-
facer avec le temps, provoquait chez le jeune pasteur un
redoublement de piété et lui faisait croire fermement
que Dieu avait sur lui des vues spéciales. Naturellement sa belle-mère était la confidente de tous les scrupules qui l'agitaient ; il avait pris de bonne heure
l'habitude de ne lui rien cacher, et les nouvelles
fonctions qu'il occupait avaient encore resserré les
liens de l'intimité et de la confiance qui les unissaient
l'un à l'autre. La pauvre femme ne s'était jamais
trouvée dans une situation aussi aisée, et elle en profitait pour entourer son fils de toutes ces attentions
que l'argent seul permet de ménager à ceux qu'on
aime.

« Jouissons de notre bon temps, chère mère, disait
Paul Rushbrand avec un sourire ; cette vie de sybarite ne durera pas toujours.

— Une vie de sybarite ! Vous visitez les pauvres
toute la journée, et dès que vous avez un moment de
loisir, vous vous absorbez dans vos livres. Dites
donc plutôt que vous avez une existence très-labo-
rieuse.

— Facile dans tous les cas ; mais j'imagine que
l'heure approche où Dieu m'appellera à le servir dans
d'autres conditions, et je lui demande tous les soirs de
permettre que je sois à la hauteur de la mission qu'il
me réserve.

1. Gouverneur du comté.

— Que dites-vous là, ami? Quelle mission voulez
vous que la Providence vous impose? Vous avez
toujours été bon fils et vous recevez votre ré-
compense; c'est conforme aux commandements de
Dieu.

— La moisson ne se récolte pas au printemps. Je
suis trop jeune pour avoir fini ma journée.

— Trop jeune, dites-vous, quand tant d'hommes à
votre âge ont déjà réussi à perdre leur avenir et à
faire le désespoir de leurs parents! Tenez, parlons
d'autre chose. Le tailleur vous a apporté vos habits;
j'espère que vous les mettrez demain pour aller voir
mylord Hartleigh, qui s'est montré si aimable pour
vous tandis que vous étiez malade. On dit qu'il est
arrivé de Londres.

— M'accompagnerez-vous à Hazelwood? Je n'aimerais pas à y aller seul. »

La bonne dame ouvrit les yeux et sourit.

« Moi aller avec vous! reprit-elle. Mais je ne suis
ici que votre intendante, mon cher Paul, et d'ailleurs je ne me suis jamais entendue beaucoup à
faire des visites. Non; habillez-vous bien, devenez
plus mondain, tâchez de vous marier le plus tôt possible, et laissez-moi, d'ici là, à mes fonctions de *housekeeper*.

— Ce genre d'obligations ne me sourit guère, répondit Paul, sans faire autrement attention aux allusions
matrimoniales de sa belle-mère.

— Je ne vous comprends pas. Vous parliez tout à
l'heure de mission à remplir, d'épreuves à subir, de
mérites à gagner, que sais-je? et vous hésitez à aller
voir mylord Hartleigh! Qui vous dit que cette visite
ne soit pas un devoir auquel vous convie la volonté du
Tout-Puissant?

— Vous avez raison, fit Paul en s'animant, et je vous remercie, mère, de m'avoir rappelé à mon devoir.

— Ah! n'allez pas maintenant vous croire obligé de faire un sermon à Sa Seigneurie, reprit Mrs. Rushbrand, qui craignait d'avoir stimulé outre mesure le zèle de son beau-fils, et rappelez-vous qu'on n'a pas besoin d'être catéchisé à Hazelwood. Les pauvres pèchent souvent par ignorance; les riches savent ce qu'ils font, et il est inutile de leur faire de la morale à tout bout de champ. »

Paul était habitué à rencontrer parfois dans la bouche de sa mère des boutades empruntées à une philosophie passablement mondaine. Il ne répondit rien à la remarque de la bonne dame. L'idée d'aller le lendemain chez lord Hartleigh continuait de lui peser, et il aurait voulu trouver une excuse vis-à-vis de lui-même pour se dispenser de cette visite jusqu'à ce qu'il eût acquis plus d'habitude du monde. Mais aucun prétexte valable ne s'étant offert à lui, il loua une voiture au *Lion Rouge*, mit ses vêtements neufs et partit. Hazelwood était l'un des plus beaux châteaux de l'Angleterre. Quand le curé de Stilborough arriva au vieux manoir, mylord était à la promenade et la mère du jeune lord était la seule personne qui fût à la maison. Lady Hartleigh le fit introduire immédiatement et se leva lorsqu'il entra, avec une grâce charmante.

C'était une femme de cinquante ans, bien conservée et encore agréable, très-occupée de sa personne, visant à se rajeunir, et toujours en quête de compliments, de quelque côté qu'ils pussent venir. Elle tendit la main au pasteur, le fit asseoir, lui répéta deux ou trois fois qu'elle était ravie de sa visite; bref, en moins de cinq minutes la glace était rompue et Paul se sentait à l'aise auprès d'elle. La conversation toutefois fut assez difficile à engager. Lady Hartleigh parla d'abord de Londres, du dernier opéra, de l'exposition de peinture. Le curé, qui ne connaissait rien à ces choses, balbutia en rougissant une réponse banale. Mais mylady ayant compris, avec son instinct de grande dame, qu'elle plaçait son interlocuteur sur un terrain qui ne lui était pas familier et s'étant mise à causer voyages, tout embarras cessa pour Paul Rushbrand, et quand il s'aperçut qu'il était déjà là depuis une heure, il lui sembla qu'il ne faisait que d'arriver.

« Mon fils sera ici dans un instant, dit lady Hartleigh en voyant que son hôte s'apprêtait à se retirer; je veux que vous l'attendiez. Il est sorti avec les Carew et sir Giles Saplow; comme l'heure du *luncheon* approche, il ne tardera pas [à rentrer. Les *misses* Carew sont de jeunes et charmantes personnes; les connaissez-vous, monsieur Rushbrand?

— De vue seulement, fit Paul en rougissant légèrement; mais je me propose d'aller les voir à Royster Hall.

— Ce sont des gens aimables et très-hospitaliers; vous serez enchanté de faire leur connaissance.

— Il n'y a pas de lady Carew, je crois?

— Non, elle est morte il y a dix ans : c'est un grand malheur pour cette famille, car sir Peter ne s'entend pas beaucoup à élever des enfants. Les filles passent pour être un peu extravagantes, et l'on prétend que les jeunes gens commettent toutes les folies de leur âge : ce qui m'effraye parfois, à cause de mon fils, dont ils sont les compagnons assidus. »

Le pasteur toussa.

« Lord Hartleigh a été trop bien élevé pour être accessible aux mauvais exemples, fit-il.

— Je le voudrais, répondit mylady avec un soupir ; mais malheureusement... mon fils me donne bien des soucis, monsieur Rushbrand.

— Peut-être vous exagérez-vous...

— Non, interrompit lady Hartleigh, je n'exagère rien, et puisque j'ai le plaisir de vous voir, monsieur Rushbrand, laissez-moi vous ouvrir mon cœur. Mon fils a une liaison... une liaison avec une personne tout à fait au-dessous de lui, à tous les points de vue.

— Un mariage clandestin ?

— Dieu merci, les choses n'en sont pas là ; mais avec des créatures de cette espèce, entreprenantes, habiles, intrigantes, on peut tout craindre. Mon mari est mort il y a cinq ans ; mon fils jouit donc de sa fortune, et à son âge, un homme que l'on sait riche est l'objectif permanent des aventuriers de tous les sexes.

— Hélas ! fit le pasteur.

— Joignez à cela qu'il a une nature faible, ce qui fait que cette femme — Helen ou Nelly Lees — a pris immédiatement un grand empire sur lui. Elle a été, je crois, institutrice dans une famille et on la dit jolie. C'est au bord de la mer que mon fils l'a connue : vous devinez ce qui s'est passé. Depuis, ils n'ont pas cessé de se voir, et l'on vient de me prévenir qu'elle était installée à Stilborough.

— A Stilborough ! répéta le ministre avec effroi.

— Mon Dieu, oui. Au reste, elle suit mon fils partout et toutes mes tentatives pour les séparer ont été inutiles. Vous comprenez bien, monsieur Rushbrand, que s'il s'agissait d'une amourette ordinaire, je ne m'en préoccuperais pas. Ce serait certainement très-regrettable; toutefois il faut que jeunesse se passe, et j'ai eu souvent l'occasion de remarquer que ces sortes d'aventures, loin de nuire à un homme, contribuent à le former. Mais quand un gentilhomme s'éprend d'une péronnelle au point de songer à lui donner son nom et sa fortune, cela devient grave.

— Manque-t-elle tout à fait d'éducation? demanda Paul.

— Elle été institutrice, comme je vous l'ai dit, et je crois que son père est un pauvre pasteur de campagne.

— Et est-il au courant de la conduite de sa fille? ajouta le curé avec un soupir de commisération à l'adresse de son malheureux collègue.

— Je n'en sais rien, mais c'est sans importance, répondit mylady. La jeune fille est majeure, et il n'y a ni loi ni autorité d'aucune sorte qui puissent entraver ses coupables desseins. Ce que j'espère, c'est qu'ils trouveront difficilement un *clergyman* qui consente à les unir, et je compte notamment sur vous, monsieur Rushbrand, pour me prévenir immédiatement si vous étiez jamais prié de célébrer ce mariage. Peut-être même consentiriez vous à aller trouver cette personne pour lui faire sentir l'énormité de sa faute. Bien que les femmes de cette espèce ne songent guère à Dieu, il arrive souvent qu'on parvient à les impressionner en leur rappelant le châtiment qui les attendrait infailliblement si elles venaient à mourir, de mort subite, dans l'état de péché où elles se trouvent. »

Mylady continua sur ce ton, tout en feuilletant, d'un geste distrait, le livre de lectures pieuses qu'elle avait déposé sur le sofa, à côté d'elle, en voyant entrer le pasteur. Ce volume contenait, entre autres choses, une suite de réflexions sur la mort subite qui l'avaient, disait-elle, beaucoup frappée. Si M. Rushbrand voulait bien placer ces pages sous les yeux de miss Lees, peut-être lui causeraient-elles quelque impression, et lady Hartleigh était toute prête à se séparer de son livre, malgré le prix qu'elle y attachait, pour aider à sauver « une âme ».

Paul gardait le silence. Il lui semblait que son interlocutrice perdait la tête en s'imaginant qu'une lecture suffirait à ramener dans la bonne voie une femme qu'elle-même dépeignait comme une créature vicieuse. Il était choqué de la sévérité avec laquelle elle traitait miss Lees, tandis qu'elle témoignait tant d'indulgence pour son fils. Les deux fautes n'étaient donc pas égales devant cette conscience qui se targuait de tant d'austérité? Cette grande dame si versée dans la science des peines extra-humanitaires ignorait-elle donc que le châtiment se mesure au péché et non au rang de celui qui l'a commis?

Nature droite et franche, Paul Rushbrand se fût sans doute laissé aller à exprimer tout haut ces sentiments, en guise de réponse aux pieuses tirades de mylady, si l'arrivée de lord Hartleigh n'était venue, fort à propos, interrompre la conversation. Il entra suivi de ses hôtes, parmi lesquels le jeune curé reconnut, non sans en ressentir quelque gêne, la jolie miss Amy Carew.

## CHAPITRE IV

### UN JOUR DE FÊTE

Lord Hartleigh ressemblait plutôt à un grand garçon en quête d'argent de poche qu'à un jeune seigneur à la tête d'un revenu de cinquante mille livres sterling. Il était presque imberbe; à peine un léger duvet ombrageait-il sa lèvre supérieure, et la coupe de son habit de velours marron ajoutait encore à son air de jeunesse. C'était d'ailleurs un jeune pair accompli, aimant la chasse, les chevaux, les chiens, les armes et tous les exercices du corps. Assez studieux jadis, il avait fait, disait-on, de bonnes études à Cambridge, et on le représentait dans le pays comme très-entendu en affaires. Il surveillait lui-même le renouvellement de ses baux, il contrôlait la vente de ses bestiaux, et les fermiers prétendaient qu'il connaissait à fond et exerçait sans ménagement ses droits de propriétaire. Grand seigneur d'ailleurs jusqu'au bout des ongles, il avait néanmoins l'abord facile et, malgré certains airs hautains qu'il prenait par instants, ses manières étaient affables et toute sa personne sympathique. Jamais son attitude, tout jeune qu'il était, ne trahissait le moindre embarras. Qu'il écoutât le discours de la Reine à la Chambre des lords, ou qu'il présidât un comice agricole, il était toujours à la hauteur de sa situation, digne sans être arrogant, conscient de sa valeur sans fatuité ni présomption.

Il tendit la main à Paul Rushbrand, le pria de rester à dîner et le présenta à ses hôtes, qui s'étaient retirés dans un coin du salon pour ne point gêner l'échange des souhaits de bienvenue entre le jeune lord et le jeune ministre. Toute cette belle compagnie se montra pleine d'égards et d'amabilité pour le pasteur. On le félicita de sa nomination, on vanta son courage, on lui fit mille avances : le tout avec tant de grâce et d'entrain que le curé de Stilborough, bien que peu accessible d'ordinaire aux compliments et aux prévenances, ne put s'empêcher d'être sensible à l'empressement dont il se voyait l'objet. On le présenta à lady Ambermere, jeune veuve de vingt-six ans, riche et jolie ; au colonel Pounceforth, du régiment des gardes, un bel homme bien planté, très-occupé, disait-on, de la jeune veuve riche ; au capitaine Warrener, des hussards ; au capitaine Hunt, des lanciers, deux types réussis de beauté masculine et de fatuité militaire ; à sir Giles Saplow, un beau sur le retour, presque chauve, qui possédait de grandes propriétés aux environs ; enfin à sir Peter Carew, député de Stilborough et père de six fils et cinq filles.

« La bénédiction du Ciel s'attache aux familles nombreuses, » dit un pieux proverbe. N'en déplaise à cette maxime d'autrefois, il eût suffi à sir Peter Carew d'avoir un ou deux rejetons de plus pour être menacé de finir ses jours au *workhouse*. Les gens au courant de ses affaires disaient qu'il était déjà à moitié ruiné et que ses enfants achevaient de compromettre sa fortune. L'aîné, Oswald, servait dans les gardes ; le second dans les lanciers ; le troisième était avocat sans cause ; le quatrième, officier de marine ; le cinquième et le sixième avaient des emplois insignifiants, l'un au ministère de la guerre, l'autre au ministère des affaires étrangères. Tous aimaient les plaisirs, les chevaux, les voitures, les parties de cric-

ket et appartenaient aux clubs les plus aristocra-
tiques de Londres. Chacun avait son valet de chambre,
son groom et son cheval particuliers. Vêtus comme
des princes, pleins d'esprit et d'entrain, ils étaient
recherchés dans tous les salons, passaient pour des
types d'élégance, et il n'était pas de château où
l'on ne se fît une fête de les recevoir durant l'automne.

Les filles n'étaient ni moins appréciées ni moins
écervelées que leurs frères. Les deux aînées auraient
pu faire de riches mariages; elles avaient épousé,
l'une le capitaine Hunt, l'autre le capitaine Warrener,
deux Adonis de caserne auxquels il n'était pas resté
plus de quatre cents livres par an après la vente de
leurs grades et le payement de leurs dettes. Les trois
plus jeunes, Isabel, Amy et Georgina, n'étaient pas
mariées; mais elles allaient dans le monde avec leurs
sœurs, dansaient, chassaient, patinaient, *flirtaient*
même un peu à l'occasion, et semblaient disposées à
faire des mariages aussi peu raisonnables que leurs
sœurs.

Sir Peter ne goûtait pas toujours cette façon commode d'entendre la vie, et il lui arrivait parfois de se
plaindre de ses gendres, disant qu'il était temps qu'ils
songeassent à se tirer d'affaire sans recourir à lui.
Mais ses filles n'avaient qu'à se jeter à son cou pour
qu'il ouvrît de nouveau sa bourse, et quant à ses fils,
le plaisir de voir commenter leurs hauts faits comme
cavaliers ou comme chasseurs, dans les journaux et
dans les clubs, compensait à ses yeux toutes leurs
extravagances. C'était un homme grand, bien conservé, avec un cœur de femme et une tête de patriarche.
Il adorait ses enfants, qui, de leur côté, l'aimaient
tendrement, et l'union qui régnait dans sa famille,

où frères et sœurs s'affectionnaient, faisait son orgueil et sa joie.

Paul n'avait pas revu Amy Carew depuis le jour où elle lui avait jeté une rose; encore n'avait-il fait cette fois-là que l'entrevoir comme une de ces visions que le sommeil apporte et que le réveil dissipe. Il la trouva si belle dans sa robe de soie noire et son coquet petit chapeau bleu, qu'il pouvait à peine en détacher ses yeux, lui si réservé et si timide.

« J'espère que vous avez gardé la fleur que je vous ai jetée, monsieur Rushbrand, dit en souriant la jeune fille. Je vous ai vu la mettre à votre boutonnière.

— Effectivement, je l'ai gardée, répondit le pasteur; car il était incapable du moindre mensonge.

— Ah! vous avez été bien courageux, reprit-elle, le jour où vous avez sauvé cette petite fille. Et il paraît que depuis vous secourez sa mère; car je sais tout, comme vous voyez.

— Elle a tout perdu dans l'incendie; sa maison, ses meubles, tout a été brûlé.

— A cause de cette malheureuse pompe qui est arrivée trop tard, n'est-ce pas! Nous en avons une à Royster qui ne fonctionne jamais bien, et si un incendie éclatait, tout le château y passerait; je l'ai dit vingt fois à mon père. Mais à propos, monsieur Rushbrand, pourquoi n'êtes-vous pas venu nous voir?

— C'est vrai, je suis bien en retard vis-à-vis de sir Peter; mais je compte aller lui offrir mes excuses cette semaine.

— Venez plutôt dans une dizaine de jours. Ce sera le moment des courses et nous serons en fête.

— Des courses à Stilborough? fit le pasteur surpris.

— Mais oui; vous l'ignorez? La piste passe sur une

prairie appartenant à mon père, en sorte que pendant trois jours nous sommes littéralement envahis. C'est très-amusant. Aimez-vous les courses, monsieur Rushbrand?

— Je n'en ai jamais vu.

— Si vous avez vu des régates, c'est à peu près la même chose. Seulement on parie davantage aux courses de chevaux.

— Tant pis, dit le *clergyman*.

— Alors, qu'allez-vous penser de moi, qui adore les paris? fit Amy en souriant. Et s'apercevant que ce genre de confidences déplaisait à son interlocuteur, elle ajouta : Voulez-vous faire une partie de croquet, monsieur Rushbrand? »

Il eût été difficile à celui-ci de refuser l'offre de la jeune fille. Miss Amy ayant appelé ses sœurs, ses beaux-frères, sir Giles et lord Hartleigh, toute la bande sortit sur la grande pelouse qui s'étendait devant le château. Paul connaissait le jeu pour l'avoir souvent joué avec les enfants de M. Fulmouth ; mais il appréciait peu ce passe-temps, et ce fut plutôt du côté des joueurs que du côté des boules que ses yeux se portèrent durant la partie.

Convenons que les sujets d'observation ne lui manquaient pas. Il vit que lady Ambermere, tout en étant sensible aux attentions du colonel Pounceforth, ne se privait pas de coqueter avec Oswald Carew. Il découvrit que lord Hartleigh faisait l'aimable avec Isabel et il observa que sir Giles s'approchait bien souvent de miss Amy. Pour un homme encore étranger aux mœurs du grand monde, ces remarques offraient de l'intérêt. Mais pourquoi Paul Rushbrand fut-il vexé, presque peiné, de voir que sir Giles et miss Amy étaient en aussi bons termes?

Déjà, il avait vu ce gros et vulgaire baronnet errer dans les rues de Stilborough avec un bouledogue sur ses talons, et il lui avait trouvé l'air d'un maquignon. A présent qu'il le voyait de plus près, il lui semblait plus commun encore. De fait, sir Giles Saplow n'avait rien de distingué dans ses manières ni dans son ton. Son temps se partageait entre les chevaux et les chiens, et ses habits comme son langage avaient un parfum d'écurie qui ne laissait pas de surprendre chez un homme de sa fortune et de son rang.

Pauvre Paul Rushbrand, aux prises pour la première fois avec un sentiment qu'il n'eût pu définir lui-même, avec quelle joie il salua le premier coup de cloche qui vint brusquer la partie et interrompre les galanteries de sir Giles! Une fois seul dans la chambre où lord Hartleigh le conduisit pour qu'il fît sa toilette du soir, il ouvrit la fenêtre et se mit à songer. Le parc d'Hazelwood, les bois verts, les collines qui fermaient l'horizon, se montraient empourprés des rayons du soleil couchant. Les oiseaux chantaient, l'eau murmurait dans le lointain, les troupeaux rentraient au bercail, la nature avant de s'endormir prenait comme un dernier air de gaieté. Paul, en face de ce spectacle, sentit son cœur s'ouvrir à des sensations nouvelles. Ce qui se passait en lui, il n'aurait pu le décrire; mais il avait conscience qu'une transformation s'opérait dans son être et que son cœur poussait ses premières fleurs.

Un bruit de voix qui partait de la fenêtre voisine, ouverte comme la sienne, vint le surprendre au milieu de sa rêverie. C'était Oswald Carew et son frère qui échangeaient leurs impressions.

« J'espère que nous nous rattraperons aux courses de Stilborough, disait l'officier de lanciers tout en

versant de l'eau dans sa cuvette, car j'ai été bien mal-
traité à Goodwood. Croyez-vons que *Bluebell* gagnera
le prix de la ville ?

— Non ; j'ai remarqué un défaut dans un de ses
jarrets, le jour où lord Hartleigh nous l'a montrée à
l'arrivée. Elle boitera avant peu, j'en suis sûr, et
j'ai parié contre elle, à vingt contre douze, avec
Saplow.

— Saplow fait une cour bien assidue à Amy,
hein ?

Oui, et je ne m'en plains pas. Au fond, il est moins
sot qu'il n'en a l'air. Si, de son côté, Bella pouvait
entortiller lord Hartleigh, ces deux mariages, faits à
la fois, nous remettraient tous à flot.

— Notre sœur Bella ne sait pas jouer serré, fit le
lancier, et pourtant il est temps que chacun de nous
avise au salut de la communauté, comme disaient les
anciens. Je ne trouve plus un juif qui veuille escomp-
ter mon papier à cent pour cent.

— Moi non plus.

— Mais vous avez une corde à votre arc, vous. Où
en sont vos affaires avec lady Ambermere ?

— Pounceforth trouve sans doute qu'elles sont très-
bien, car il ne m'adresse plus la parole. Mais je n'aime
pas cette femme-là, et il faudrait que tout me manquât
pour que je me résignasse à l'épouser. »

Paul quitta la fenêtre pour ne pas entendre plus
longtemps des propos qui le révoltaient ! Ces frères
qui parlaient de marier leurs sœurs à un hobereau
de province, sans autre mérite que l'argent, pour
refaire leurs fortunes ; qui voyaient pour eux-mêmes
dans le mariage un moyen de spéculation, qui riaient
de l'affront fait à leurs signatures, tout cela était nouveau pour lui, et la crainte qu'Amy ne fût la complice

au moins tacite de ces projets cyniques achevait de le remplir de tristesse et de dégoût.

Pourtant l'attitude de la jeune miss durant le dîner fut loin de confirmer ce soupçon. Elle sembla, au contraire, plus occupée du jeune curé que du baronnet, et au lieu de causer avec sir Giles, qui était cependant son voisin, elle eut toute une conversation par-dessus la table avec le pasteur, auquel cette préférence fit peut-être oublier ses impressions de tout à l'heure.

Le repas fut des plus gais et des moins cérémonieux. A l'exception de lady Hartleigh, qui s'était crue astreinte, comme maîtresse de maison, à changer de robe, toutes les femmes étaient en toilette de jour, et les hommes avaient leurs costumes du matin. On resta longtemps à table, comme c'est l'usage à la campagne où les soirées sont difficiles à employer; les hommes passèrent ensuite sur la terrasse, pendant que les femmes jouaient du piano ou chantaient dans le salon, et la lune montait déjà au-dessus des arbres du parc lorsque l'on demanda les breaks et les chevaux.

« Vous avez vu mon fils, monsieur Rushbrand, dit lady, Hartleigh au pasteur tandis que celui-ci la remerciait de son accueil, et vous pouvez deviner tout ce que souffre sa mère? Tâchez de me venir en aide et d'empêcher ce malheureux garçon de courir à sa ruine. »

Paul retourna à son presbytère dans des dispositions d'esprit et de cœur tout autres que celles où il était en partant. Sa physionomie s'était éclaircie, son front rasséréné; sa voix elle-même était moins grave. Il se prêta de bonne grâce aux mille questions de sa belle-mère, qui voulait connaître en détail tous les incidents de sa journée, ce qu'il avait vu, ce qu'il avait mangé, ce qu'il avait bu, et il était près de deux heures lorsqu'ils songèrent à se coucher.

« Est-on venu me demander ? fit Paul en embrassant sa mère.

— Ah ! j'oubliais, dit celle-ci ; il y a une carte pour vous dans le casier. C'est une jeune femme qui l'a apportée ; elle doit revenir demain.

Paul Rushbrand prit la carte et lut : MISS HELEN LEES.

---

## CHAPITRE V

### UNE PÉNITENTE

Au nombre des villas situées aux abords de Stilborough, il y en avait une, remarquablement jolie, qui appartenait aux Hartleigh. Une jeune femme l'occupait depuis quelque temps, mais personne dans la ville ne savait qui elle était. Elle sortait rarement et toujours en voiture ; les boutiquiers de l'endroit avaient vainement cherché à se renseigner sur son compte en faisant jaser les domestiques.

Le lendemain de la visite de Paul Rushbrand à Hazelwood, cette femme — qui n'était autre que miss Lees — s'habilla avec un soin particulier. Elle mit une robe de soie noire, des gants gris, un chapeau sombre, un voile épais ; puis, se plaçant devant la glace, elle chercha à composer son visage de façon à prendre une expression de tristesse qui la rendît intéressante. C'était assurément une jolie personne; ses traits étaient fins et réguliers, ses cheveux d'un beau blond cendré, ses mains et ses pieds petits, sa taille souple et bien cambrée.

Sa voix était douce, presque une voix d'enfant; ses manières, simples et naturelles, donnaient à sa personne un air d'ingénuité et de candeur qui en rehaussait encore le charme. Mais l'œil, d'ordinaire calme, avait parfois des éclairs, et deux ou trois lignes accentuées, qui se dessinaient entre les sourcils, trahissaient une nature énergique et ardente. Après quelques minutes en face du miroir, elle prit un livre de prières, baissa son voile et sortit. Les cloches de Saint-Barnaby annonçaient la fin du service du mercredi matin; les quelques fidèles qui avaient assisté à l'office, quittaient l'église. Elle entra et, se plaçant tout près de Paul Rushbrand, qui était encore en prières, elle éclata en sanglots. Le pasteur se retourna; apercevant cette femme en larmes, prosternée, le visage dans ses mains, il s'approcha d'elle et lui demanda le sujet de sa peine.

« Vous paraissez souffrir, dit-il d'une voix douce, et c'est ici le lieu où l'on console. Puis-je quelque chose pour vous?

— Mieux que personne, fit-elle. J'ai besoin de vous parler et me suis présentée hier au presbytère.

— Vous êtes donc miss Lees? reprit le ministre avec un geste d'étonnement.

— Oui, je suis Helen Lees; mais comment savez-vous mon nom?

— Vous m'avez laissé votre carte.

— C'est vrai; je l'oubliais, fit-elle d'une voix brisée; mais on est excusable de perdre la mémoire, lorsqu'on est torturé par le remords. Oh! dites, monsieur Rush-

brand, la femme tombée mais repentante, la femme qui
a péché mais qui expie, peut-elle espérer le pardon ?

— La miséricorde de Dieu est infinie, répondit le
pasteur. Mais ne restons pas ici ; moi aussi, je désirais
vous voir. »

Elle paraissait si faible qu'il lui offrit le bras pour
l'aider à marcher, et elle s'affaissa sur un siége en
recommençant à pleurer, dès qu'ils eurent gagné la
sacristie. Paul ferma la porte et s'assit près de la table,
gêné et agité. Pour cette frêle créature qui pleurait et
priait, il n'éprouvait que de la pitié et, songeant que,
sans doute il l'allégerait d'un poids en devançant ses
aveux, il aborda le plus délicatement possible ce douloureux sujet :

« Je crois savoir une bonne partie de ce que vous
avez à me dire, miss Lees, fit-il, et je m'intéresse d'autant plus à vous que votre père est *clergyman*. Quels
soucis vous lui avez causés !

— Il mourrait de chagrin s'il était au courant de
la vie que je mène.

— Il peut l'apprendre d'un moment à l'autre ; n'avez
vous jamais songé à cela ?

— Si ; mais j'ai tout fait pour qu'il l'ignorât, au point
de changer de nom. Je ne m'appelle pas miss Lees,
monsieur Rushbrand ; mon vrai nom est Snuman.

— Snuman ! répéta Paul. Seriez-vous donc la fille
de William Snuman, un missionnaire qui est parti
pour la Chine il y a quelques années ? »

Le pasteur semblait si ému qu'Helen hésita à répondre.

« Oui, » fit-elle enfin d'une voix sourde.

Paul poussa un sanglot.

« Miss Snuman, reprit-il, si vous n'avez ni mère
ni sœur, ni frère pour veiller sur vous, vous rencon-

trez du moins en moi une amitié à toute épreuve. J'ai passé près d'un an à côté de votre père, sur un navire allant en Chine; c'est lui qui m'a donné la foi, c'est à lui que je devrai d'avoir sauvé mon âme; mon dévouement vous est acquis, du moment que vous êtes sa fille.

— Quelle opinion vous devez avoir de moi ! dit Helen en baissant la tête.

— Le repentir purifie et élève, répondit Paul.

— S'il est beaucoup pardonné à qui a beaucoup aimé, alors je mérite de l'indulgence, monsieur Rushbrand, » reprit-elle.

Paul avait appuyé sa tête sur sa main, et si les regrets d'Helen avaient été sincères, la vue de ce jeune ami de son vieux père, courbé sous le poids des hontes de la fille, eût été de nature à clore ses lèvres et à faire naître en elle d'amères réflexions. Ce fut pourtant cet instant qu'elle choisit pour raconter au pasteur l'histoire de sa vie.

Elle parlait bas, mais, d'une voix nette et claire; les soupirs qui l'entrecoupaient de temps en temps étaient comme autant d'artifices pour frapper plus vivement le cœur de Paul. Sa famille, dit-elle, était nombreuse et pauvre. Son père avait été obligé, par raison de santé, d'abandonner une cure relativement lucrative, et les médecins l'avaient envoyé en Chine, pour tâcher de lui conserver la vie. Elle, on l'avait confiée à une vieille tante qui, au lieu d'en prendre soin, l'avait traitée en domestique, et lorsqu'une occasion se présenta de la quitter pour être institutrice dans une famille, elle se hâta d'en profiter.

Ce fut à cette époque qu'elle fit la connaissance de lord Hartleigh. Il eut des égards pour elle, il paraissait l'aimer, il lui promit de l'épouser; elle s'attacha à lui, ignorant qui il était ; ils vécurent quelque temps ensemble, sans qu'elle soupçonnât la vérité. Mais leur installation à Stilborough lui avait ouvert les yeux ; elle savait maintenant que l'homme qu'elle aimait appartenait à une des premières familles du royaume, et cette découverte l'avait jetée dans un trouble affreux. Elle répugnait à prolonger un genre de vie qui ne trouvait plus d'excuse dans la perspective d'un mariage, et en même temps elle se voyait menacée d'un isolement complet si elle brisait avec le jeune lord, à une heure où, sur le point de devenir mère, elle avait besoin de plus d'appui que jamais. Que faire ? quel parti prendre ?

Exposerait-elle son enfant à mourir de misère et de faim, ou descendrait-elle à le nourrir avec l'argent de son séducteur ? Elle était venue près du pasteur, dans l'espoir qu'il lui donnerait un bon conseil. S'il pouvait lui procurer une situation, elle l'accepterait, quelle qu'elle fût.

Tout ce qui lui permettrait d'élever son enfant et de vivre honorablement, elle le ferait, car l'orgueil était mort en elle et son unique souci était de réparer le passé par une vie de travail et d'épreuves.

Paul était accablé. Plein d'indulgence et de pitié pour Helen, il ne soupçonnait même pas qu'elle pût jouer devant lui une honteuse comédie. Il la savait fille d'un homme qu'il vénérait ; elle implorait son secours ; elle faisait appel aux meilleures qualités de son cœur. Comment sa clairvoyance n'aurait-elle pas failli dans un pareil moment ?

« Pourquoi lord Hartleigh ne vous épouse-t-il pas ? demanda-t-il quand miss Snuman eut achevé son récit. Vous l'a-t-il refusé catégoriquement ?

— Oh ! comment pourrait-il faire de moi sa femme ?

répondit-elle; je suis tellement au-dessous de lui! Sa famille, au surplus, ne consentirait jamais à ce mariage.

— Mais il est majeur: il n'a personne à consulter.

— C'est vrai, monsieur Rushbrand, mais je ne le blâme pas de songer à se marier dans d'autres conditions. Il épousera une femme riche, tandis que moi... je ne lui apporterais qu'un peu de tendresse et de dévouement, et cela ne suffit pas à un grand seigneur.

— Lord Hartleigh vous a pris votre jeunesse et il est le père de votre enfant, fit le pasteur d'une voix grave. Son devoir est de vous donner son nom.

— Ne l'accusez pas, monsieur Rushbrand, il est si bon! Seulement, l'orgueil du nom...

— L'orgueil du nom! interrompit Paul; on fait taire sa vanité quand on a des obligations sacrées à remplir. »

Paul se tut un instant et mit sa tête dans ses mains. Les recommandations de lady Hartleigh lui revenaient à la mémoire; il mesurait toute la distance qui sépare un pair d'Angleterre d'une humble fille de *clergyman;* un combat douloureux se livrait dans son âme. Mais le sentiment du devoir l'emporta sur les considérations mondaines, auprès de cet esprit droit et de ce cœur loyal, et ce fut d'une voix ferme et d'un air résolu que, se retournant vers Helen, il lui demanda quand elle devait voir lord Hartleigh.

« Probablement ce soir, répondit-elle.

— C'est bien, fit le pasteur; je tâcherai de le rejoindre. A présent, miss Snuman, agenouillons-nous et prions.

Ils rentrèrent dans l'église et il la conduisit près des marches de l'autel, où tous deux tombèrent à

genoux. Le temple était vide; le pasteur pria tout
haut :

« Dieu, fit-il, aie pitié de la femme repentante qui
vient implorer ton pardon. Toi qui ne dédaignes pas
la prière des heureux quand elle s'élève vers toi,
reçois les larmes de celle qui souffre et qui pleure à
tes pieds. Ne la condamne pas à vivre en paria, loin
du monde, sans consolation et sans appui. Parle
au cœur de celui qui a défloré ses jeunes ans. Fais
qu'il l'appelle à lui pour lui donner son nom, et qu'u-
nis, devant toi, ils puissent tous les deux réparer
leur péché en menant une vie digne de toi !

— Amen ! » fit Helen, d'une voix tremblante. Et
Paul n'eut que le temps de tendre les bras pour l'empêcher de tomber sur la dalle.

. . . . . . . . . . . . . . .

Ce soir-là, vers six heures, lord Hartleigh descendait de cheval en haut du pont de Stilborough et
donnait l'ordre à son groom de se retrouver là vers
dix heures.

« A bientôt, sir Giles, ajouta-t-il en se tournant
vers le baronnet, qui quittait Hazelwood pour aller à
Royster-Hall ; faites mes amitiés à sir Peter et expri-
mez-lui mon regret de n'avoir pu vous accompagner.

— Et j'offrirai vos souvenirs à miss Bella, » fit sir
Giles en partant au galop.

Sur le pont, le jeune lord et le curé se rencontrèrent.

« Vous vous promenez, monsieur Rushbrand, dit
lord Hartleigh en saluant.

— Non, mylord, je vous attendais, répondit le pasteur...J'ai à vous entretenir de choses graves, et vous
me feriez beaucoup d'honneur si vous vouliez bien
m'accompagner au presbytère.

— Une bonne action à me faire faire ?

— Peut-être, mylord.

— J'ai un rendez-vous, monsieur Rushbrand, et suis à court de temps ce soir.

— Je ne vous retiendrai pas plus d'une demi-heure, mylord, et ce que j'ai à vous dire est pressé.

— Allons, » fit lord Hartleigh.

Et les deux hommes entrèrent à la cure.

---

## CHAPITRE VI

### LES CLOCHES DU MARIAGE

Deux heures déjà s'étaient passées depuis que Mrs. Rushbrand avait vu son fils entrer dans la bibliothèque accompagné d'un étranger, et le tête-à-tête des deux hommes durait encore. En vain avait-elle fait prévenir que le dîner refroidissait : le pasteur et son hôte n'avaient même pas paru comprendre. Et quand, à bout de patience et vivement intriguée, la bonne dame fit irruption dans le cabinet, en feignant d'ignorer que son fils fût occupé, Paul se borna à lui faire un geste pour l'inviter à se retirer. Le curé avait un air grave, et le jeune homme assis à côté de lui semblait pleurer.

Quelques instants plus tard, cependant, elle entendit la porte se refermer sur l'inconnu, et Paul, venant la rejoindre, lui dit sans autre préparation :

« Mère, ayez la bonté de faire disposer une chambre
pour une jeune femme qui passera la nuit au presbytère. C'est la fille de M. Snuman, dont je vous ai
souvent parlé; je vous prierai tout à l'heure de
venir la chercher avec moi pour l'amener ici. Elle
épouse demain lord Hartleigh. »

Oui, Paul avait triomphé des hésitations et des
scrupules du jeune lord. Nature faible et honnête,
d'ailleurs; cœur droit et sensible à l'influence d'une
parole ardente et convaincue, lord Hartleigh n'avait
pas encore suffisamment pratiqué le monde des
égoïstes et des sceptiques pour demeurer insensible
aux arguments d'un homme de bien, stimulé par sa conscience et par l'idée du devoir. Il était en outre réellement épris de Nelly Lees, comme il l'appelait, et
bien qu'il n'eût jamais songé sérieusement à l'épouser,
il avait pris du moins de généreuses dispositions pour
assurer son sort et celui de l'enfant qu'elle portait
dans son sein. Mais Paul lui déclara, en quelques
paroles fermes, que cette solution ne suffirait pas et
que, chargé par un hasard providentiel de veiller sur
l'avenir de miss Snuman, il exigerait soit qu'elle se
mariât avec celui qui l'avait séduite, soit qu'elle
rompît complétement avec lui, sans en accepter quoi
que ce fût. Entre ces deux alternatives il n'y avait
place pour aucun compromis; l'honneur s'y opposait,
et la voix de sa conscience le lui interdisait. Tant
pis si l'enfant et la mère mouraient de faim : mieux
valait souffrir et mourir que d'attirer sur soi le châtiment d'en haut. Dieu leur pardonnerait et les ven-
gerait.

Lord Hartleigh ne s'attendait pas à cette façon
d'envisager sa situation. Il réfléchit qu'en refusant de
souscrire aux conseils du pasteur, il aurait contre lui

la cure de Stilborough; son histoire ferait le tour de la ville et lui aliénerait les sympathies; il se verrait peut-être contraint de quitter le pays, si, par exemple, M. Rushbrand recueillait sous son toit miss Snuman et se chargeait d'elle et de son enfant. D'autre part, c'était se mésallier que d'épouser, lui pair, une fille de *clergyman*, et sa mère ne lui pardonnerait jamais cette union.

Mais qu'était cette crainte à côté des autres considérations qu'il venait de peser? N'avait-il pas, en outre, un grand devoir à remplir? Pouvait-il abandonner une femme qu'il avait détournée de la droite voie, sans faillir à l'honneur? Le jeune lord fondit en larmes et, tendant la main à Paul Rushbrand, il lui déclara qu'il était prêt à épouser miss Snuman.

Paul sentit que cette promesse était sincère. Il ne lui restait plus qu'à engager lord Hartleigh à instruire sa mère de sa résolution, en la suppliant d'assister au mariage; mais sur ce point le jeune homme fut inflexible. Il dit que cette démarche ne pourrait que compliquer sa situation, et qu'il attendrait que la cérémonie fût célébrée pour en faire part à lady Hartleigh. Rendez-vous alors fut pris pour le lendemain et le jeune lord se retira, pressé d'annoncer à miss Helen le grand parti qu'il venait de prendre.

Quel changement dans la physionomie de la jeune femme, quand elle arriva, deux heures plus tard, au presbytère! La joie éclatait dans tous ses mouvements et dans tous les traits de son visage; elle allait et venait d'une pièce à l'autre, battant des mains, répondant à peine aux questions qui lui étaient faites, et Mrs. Rushbrand, qui l'accompagna dans sa chambre pour l'aider à se déshabiller, déclara en descendant qu'elle n'avais jamais vu « une petite créature aussi remuante et aussi gaie. »

Le soleil, le lendemain matin, se leva entouré de nuages gris; un brouillard humide obscurcissait les rues de la ville. Que de fois le temps revêt des couleurs appropriées aux événements dont nous allons être les acteurs !

Le grand jour, le ciel bleu conviennent aux mariages qui se célèbrent publiquement, en face d'une nombreuse assistance; mais pour des mariages clandestins, un temps couvert et pluvieux qui retient chacun chez soi, qui empêche les pauvres et les curieux de se grouper à la porte de l'église, n'est-il pas le meilleur et le plus désirable des auxiliaires !

Paul se leva de bonne heure et écrivit le nouveau nom de miss Snuman : HELEN, LADY HARTLEIGH, sur la première page de la Bible qui devait être son cadeau de noces; puis il se mit à préparer le petit discours qu'il avait l'intention d'adresser aux deux jeunes gens avant de les unir.

Helen, pendant ce temps, demeura dans sa chambre et s'y fit servir à déjeuner. Elle n'avait pas dormi de la nuit et il y avait longtemps qu'elle était debout, arrangeant la robe et le chapeau qu'elle porterait à la cérémonie; mais elle voulait éviter de se trouver en tête à tête avec le curé, de peur qu'il ne lui fît un sermon. Seuls le bruit de ses pas et les allées et venues des domestiques, dépêchés tour à tour pour acheter du tulle, des gants et des fleurs d'oranger, indiquaient au pasteur qu'elle avait conscience de l'événement qui approchait. Vers dix heures cependant, elle se décida à descendre, vêtue de blanc, habillée aussi correctement que si elle eût passé huit jours à préparer sa robe de noce et s'assit auprès de la fenêtre, après avoir serré les mains de Paul et reçu le livre pieux qu'il lui destinait. Malgré sa nuit d'insomnie et toutes les émotions qu'elle avait éprouvées depuis la veille, son attitude était calme et sa physionomie avait repris toute son expression de douceur.

De temps en temps, seulement, un geste de la main trahissait une certaine inquiétude ; elle soulevait le rideau et interrogeait l'horizon, comme si elle eût eu peur que quelque chose ne vînt ajourner ou rompre le mariage.

A l'heure dite, pourtant, un landau apparut sur la route et s'arrêta bientôt devant la cure ; lord Hartleigh en descendit. Il s'était arrêté en chemin chez le *Registrar*, pour avoir les papiers nécessaires à la célébration du mariage, et tenait à la main deux ou trois petits objets qu'il avait achetés en passant pour en faire présent à sa fiancée.

— Ma mère ne sait rien, dit-il à Paul après avoir baisé la main d'Helen, mais voici une lettre où je lui dis tout et que je vous prierai de lui remettre. Quant à moi, je pars ce soir avec lady Hartleigh et reviendrai au moment des courses. D'ici là, ma mère aura eu le temps de se calmer, et le moment sera bien choisi pour me montrer en public avec ma femme.

Paul prit la lettre et promit de la faire parvenir, si embarrassante que fût cette mission ; puis l'on s'achemina vers l'église. Le curé ouvrait la marche, donnant le bras à Helen, et lord Hartleigh suivait avec Mrs. Rushbrand, qui avait mis naturellement sa plus robe pour faire honneur aux deux époux.

Mais, bien que décidé seulement la veille, le mariage ne devait pas rester secret. Les quelques emplettes faites par le jeune lord et sa démarche

chez le *Registrar* avaient éveillé l'attention, et le
bruit que le lord du manoir allait se marier se répandit dans toute la ville. On devine que notre ami
M. Pottinger ne fut pas le dernier à s'émouvoir ni à
colporter la grande nouvelle. En approchant de
l'église, la petite procession aperçut des groupes de
curieux. Quand elle en sortit, une demi-heure plus
tard, la rue était encombrée et quelqu'un, dans la
foule, s'étant mis à crier hurrah ! chacun crut de son
devoir d'en faire autant, sans trop savoir pourtant
de quoi il s'agissait.

Lord Hartleigh n'avait pas prévu cette explosion
d'enthousiasme, et Paul Rushbrand non plus. Ils en
furent tous deux également contrariés, et pendant
que le jeune lord se dérobait à ce triomphe improvisé
en sautant avec sa femme dans la voiture qui devait les conduire à la gare, le pasteur reprit le chemin de sa cure en repassant les divers incidents qui
s'étaient déroulés depuis la veille.

L'Angleterre et les États-Unis sont les seuls pays
du monde où un homme puisse se marier en vingt-
quatre heures, sans autre autorisation que sa volonté
personnelle, sur la simple présentation d'un acte constatant qu'il est majeur. En utilisant ces dispositions
de la loi pour unir Helen à lord Hartleigh, Paul n'a-
vait-il enfreint aucun devoir? Sa conscience, comme
sa religion, approuvait sa conduite, mais l'idée du
chagrin qu'allait ressentir la mère du jeune lord le
troublait profondément.

Que penserait lady Hartleigh du rôle qu'il avait
joué dans cette circonstance, lui qu'elle avait prié de
s'intéresser à son fils et de le séparer de la femme à
laquelle il venait de l'unir pour toujours ?

Il résolut d'aller tout de suite apprendre a vérité à

lady Hartleigh et il prit la route d'Hazelwood au lieu de rentrer au presbytère.

« Hola! monsieur Rushbrand, » cria bientôt une voix, pendant qu'au même instant le bruit du trot d'un cheval amenait Paul à se retourner.

Le pasteur reconnut sir Giles Saplow.

« Ah ça! qu'est-ce que l'on dit, fit-il en s'approchant, lord Hartleigh a épousé Nelly Lees?

— Je viens de marier mylord à *miss* Snuman, répondit sèchement le ministre.

— Eh bien, vous avez fait une jolie besogne, reprit le baronnet en éclatant de rire : Nelly est une intrigante et lord Hartleigh un fou.

— Elle est fille d'un clergyman que j'affectionne et que j'estime, fit Paul en fronçant les sourcils.

— C'est possible, mais vous a-t-elle raconté sa vie?

— Elle m'a dit tout ce que je désirais savoir.

— Alors vous savez qu'elle a vingt-six ans et que, depuis dix ans, elle mène une existence dévergondée. Elle a été écuyère dans un cirque, chanteuse de romances dans un café chantant, danseuse dans une petite ville de province et c'est après ces beaux exploits qu'elle s'est faite institutrice. Vous a-t-elle conté tout cela, monsieur Rushbrand?

— Vous êtes mal renseigné, sir Giles, dit le curé en s'efforçant de maîtriser son indignation. Miss Snuman a été institutrice dans une famille, et c'est là qu'elle a connu lord Hartleigh. Encore ignorait-elle qui il était.

— Oh! la bonne plaisanterie, s'écria sir Giles : c'est moi qui les ai présentés l'un à l'autre.

— Vous! répéta le pasteur qui sentit ses jambes trembler sous lui.

— Certainement; je connaissais Nelly depuis long-

temps, et j'ai cru leur faire plaisir à tous les deux.
Mais si j'avais prévu ce qui vient de se passer, j'aurais été plus réservé. Quand je songe qu'elle a un enfant dans je ne sais quelle ville de province, je
trouve...

— Pas un mot de plus, sir Giles, je vous en prie,
dit le pasteur d'une voix ferme; je ne puis tolérer
qu'on calomnie une femme, la fille d'un de mes amis.

— A votre aise, reprit sir Giles, mais je croyais
qu'à part lord Hartleigh, qui, en sa qualité d'amoureux
ne voulait pas croire aux aventures de Nelly, tout le
monde connaissait l'histoire de cette fille. Pauvre lady
Hartleigh, que va-t-elle dire en apprenant tout cela ?

— Je vais lui porter une lettre de son fils, fit Paul
d'une voix tremblante.

— Voilà une mission dont je ne voudrais pas être
chargé, » dit sir Giles en se remettant à rire.

Et il partit au galop, pendant que Paul Rushbrand
s'appuyait contre un arbre pour se remettre du coup
qu'il venait de recevoir.

## CHAPITRE VII

### AVANT LES COURSES

Chaque année, à l'approche des courses de Stilborough, tout était sens dessus dessous à Royster Hall.
Les jeunes *misses* faisaient préparer les chambres destinées aux nombreux invités qui viendraient peupler

bientôt le grand château en briques rouges, et sir Peter lui-même ceignait un grand tablier blanc pour aider le sommelier à disposer les tonneaux d'ale et les bouteilles de vin réservés aux futurs convives.

Les hôtes de Royster ne manquaient pas, d'ailleurs, de bonnes raisons pour aimer le retour des fêtes de Stilborough. Non-seulement ils y trouvaient des occasions de distractions et de plaisirs, mais encore elles venaient toujours à propos pour relever momentanément les finances de la famille. Le champ de courses s'étendait en partie sur les terres appartenant aux Carew, et sir Peter s'était arrangé avec la municipalité de la ville pour qu'une partie des prix d'entrée prélevés sur les voitures, les chevaux et les piétons lui revînt. Puis, c'est une bonne fortune pour un propriétaire qui a des intérêts électoraux à ménager, que de pouvoir se produire chaque année, devant ses électeurs passés et futurs, dans le rôle et la pompe d'un châtelain. Les gens de Stilborough, auxquels il ouvrait son parc, les marchands de la ville, qu'il régalait de bière, avaient naturellement une haute opinion de ses mérites et l'envoyaient siéger au Parlement. Tout cela n'était pas à dédaigner.

Ce matin là, — le jour de l'ouverture des fêtes, — Oswald et Philip se levèrent de bonne heure pour faire le tour de la piste. Un beau soleil d'automne dissipait la brume de la nuit, et achevait de durcir le sol, déjà suffisamment séché par deux ou trois belles journées.

« Excellent terrain, fit Oswald en frappant du pied, mais mauvais pour *Bluebell*.

— Espérons-le, répondit son frère, j'ai suivi vos conseils, et si je perdais tous les paris que j'ai faits contre ce cheval, je ne sais pas ce que je deviendrais.

— Il n'y a rien à craindre, dit Oswald.

— Savez-vous que je perdrai trois mille livres, s'il gagne?

— Et moi dix mille; vous voyez que je suis encore plus engagé que vous?

— Dix mille! c'est beaucoup. Moi, je pourrais me tirer d'affaire, à la rigueur, si je perds, en vendant mon grade; mais vous?

— A quoi bon se préoccuper de ces choses-là, interrompit Oswald, quand on a d'autres soucis en tête, plus réels et plus pressants? Ma table est encombrée de notes de fournisseurs, de réclamations de créanciers, et je n'avais pas l'autre jour cinq livres dans ma poche.

— C'est comme moi, dit Philip.

— Il paraît que nos sœurs sont également dans l'embarras. Maud et Alice ont fait des dettes que leurs maris ne peuvent pas payer, et les trois autres ont des comptes énormes chez leurs modistes. Si nous gagnons le prix de la ville, tout est sauvé; mais il faut cela pour nous relever.

— Ça et un peu plus d'économie, » ajouta Philip, qui avait parfois des éclairs de raison.

Durant ce temps, le champ de course avait commencé à se peupler. Les marchands ambulants installaient leurs tables et déballaient leurs provisions. Les loueurs de chaises arrivaient avec leurs charrettes. Des escouades d'hommes de peine entraient dans les tribunes pour les balayer. Les chevaux faisaient un dernier temps de galop sous l'œil de leurs entraîneurs, et passaient ensuite aux mains des grooms qui leur mettaient leur couverture. Oswald reconnut *Bluebell* et fit remarquer à son frère le défaut qu'elle avait dans l'une des jambes de derrière. Philip songea qu'il avait vu, au régiment, nombre d'animaux affectés du même défaut et pourtant excellents coureurs. Mais Oswald ne souffrait pas qu'on pût discuter un jugement rendu par lui en matière de courses et de chevaux, et les deux jeunes gens retournèrent au château, l'un rempli de confiance dans l'issue de la journée, l'autre inquiet et troublé sans oser le laisser voir.

Tous les hôtes de Royster Hall étaient réunis dans la grande salle à manger du rez-de-chaussée, en train de prendre leur premier déjeuner, lorsqu'ils arrivèrent, et l'on devisait naturellement sur le point de savoir quel accueil il serait fait à lord et à lady Hartleigh. Les femmes déclaraient, avec des airs indignés, qu'elles n'échangeraient jamais le moindre signe de connaissance avec une personne aussi mal *réputée*, et les hommes se répandaient en plaisanteries et en critiques sur la conduite du jeune lord qui s'était laissé jouer par une aventurière.

« Ah! capitaine Carew, venez vous asseoir ici, dit lady Ambermere à Oswald, comme celui-ci entrait, et dites-nous si vous voudriez que votre femme devînt l'amie de lady Hartleigh.

— Un célibataire ne s'entend jamais à trancher ce genre de questions, » fit Oswald. Le mariage de lord Hartleigh l'avait vivement contrarié, à cause de sa sœur Bella, dont il avait ruiné les espérances matrimoniales, mais il était trop homme du monde pour le laisser voir et voulait éviter de prendre part à la conversation.

« Supposez que vous soyez marié et épris de votre femme, ajouta lady Ambermere.

— Alors j'aurais assez de confiance en elle pour ne pas intervenir dans le choix de ses relations.

— Et si elle vous demandait votre avis?

— Je le lui donnerais.

— Quel serait-il?

— De faire ce qu'elle voudrait.

— Vous vous moquez de moi, dit la jeune veuve en lui tournant le dos, et elle interpella sir Peter. Mais le châtelain de Royster Hall, qui tenait à rester en bons termes avec son riche voisin de Hazelwood, éluda les questions de lady Ambermere, comme l'avait fait son fils.

— M. Snuman passe pour un excellent homme, dit-il.

— C'est possible; mais cela ne change rien à la conduite de sa fille. Sir Giles prétend qu'elle a été écuyère.

— Puis danseuse, ajouta Mrs. Warrener.

— Et qu'elle a couru l'Angleterre sous de faux noms, fit Mrs. Hunt.

— Qu'importe, si elle est restée honnête? dit Oswald. Notre ami sir Giles est une mauvaise langue, et tout ce qu'il raconte n'est pas mot d'Évangile.

— En vérité, vous m'étonnez, capitaine Carew, reprit lady Ambermere. On dirait que le mariage vous semble la chose la plus simple du monde.

— Je ne prends pas Saplow pour un oracle; voilà tout, lady Ambermere.

— Vous avez tort, puisqu'il est la seule personne qui connaisse l'affaire de point en point. Il était à Hazelwood quand le curé de Stilborough est venu y porter l'affreuse nouvelle, et il dit que ça fendait le cœur de voir le désespoir de la pauvre lady Hartleigh. D'abord, elle refusait de se rendre à la triste réalité; mais quand elle eût lu la lettre de son fils, elle éclata en sanglots et accabla le pasteur de reproches. Il paraît qu'elle lui avait confié ses craintes, qu'elle l'avait supplié de s'employer à lui conserver son fils, et, au lieu de tenir compte de cette prière, c'est lui, dit-on, qui a précipité les événements.

— Rushbrand ne s'est pas conduit en gentleman dans cette affaire, dit sir Peter, qui n'eut pas plutôt infligé ce blâme au pasteur qu'il se prit à le regretter intérieurement.

— Enfin, voilà au moins une désapprobation nette et claire, fit lady Ambermere en battant des mains.

— Vous ne m'avez pas compris, balbutia sir Peter. J'ai voulu dire...

— Pas de restrictions après coup, interrompit la jeune veuve. Vous avez blâmé la conduite du curé; donc, vous blâmez le mariage; donc, vous avez, vous aussi, une pauvre opinion de miss Snuman. C'est clair comme le jour. »

Ce raisonnement, qui ne péchait pas, d'ailleurs, par défaut de logique, termina le débat. Lady Ambermere se leva de table triomphante, et toutes les femmes allèrent à leurs chambres pour y préparer leurs toilettes. En somme, ainsi qu'il arrive souvent dans des assemblées plus imposantes, la discussion n'avait pas amené de solution, et la question de l'accueil à faire à la nouvelle lady Hartleigh restait en suspens. Mais lady Ambermere n'était pas femme à abandonner un pareil sujet, et quand, un peu plus tard, elle descendit au salon dans la brillante toilette qui devait éblouir les connaisseurs de la tribune, elle s'approcha d'Oswald et reprit la conversation du matin.

Le capitaine, armé d'un crayon, consultait son carnet de paris et semblait peu enclin à se préoccuper d'autre chose.

— Oh! j'y suis maintenant, fit la jeune veuve. Vous pariez, vous faites des dettes, vous vous conduisez en mauvais sujet, et il ne vous reste plus assez de présence d'esprit ni de courage pour qualifier, comme elle le mérite, la conduite de vos amis.

— Vous avez raison, lady Ambermere, répondit le capitaine en fermant son carnet et en prenant un air froid; j'étais précisément en train de me faire ces réflexions. »

Elle eût donné bien des choses pour pouvoir revenir sur ce qu'elle avait dit: il avait l'air si digne, si franc, il était si bien pris dans son costume de courses!

« Naturellement, je plaisantais, fit-elle.

— Eh bien, moi, j'étais sérieux, dit l'officier. Quand la fortune d'un homme tient au jarret d'un cheval, il ne se sent pas d'humeur à critiquer les autres.

— Ne parlez pas comme cela, reprit-elle, ou vous me gâterez ma journée. Sur quel cheval avez-vous parié?

— Je ne veux pas contrarier vos vœux et gêner vos préférences personnelles, répondit-il en souriant.

— Et moi, je ne veux pas être exposée à me réjouir d'une course qui tournerait contre vous.

— Eh bien! j'ai parié contre la jument de lord Hartleigh.

— Contre *Bluebell!* Tout le monde en dit merveille.

— Je ne suis pas de cet avis; mais si je me trompe, il ne me restera plus qu'à me faire cocher de fiacre.

— Êtes-vous sérieux? dit-elle en changeant de couleur.

— Certainement. Tenez, ce matin même je regardais mon domestique vernir mes bottes, et je me demandais si je serais jamais capable d'en faire autant.

— Vous croyez donc que vous n'avez pas d'amis qui seraient heureux d'avoir une occasion de vous prouver leur affection?» dit la jeune veuve avec animation.

Oswald et lady Ambermere étaient seuls dans le salon, et le capitaine de hussards avait trop d'expérience pour ne pas comprendre le parti qu'il pouvait tirer de cette situation. Pourtant il reprit d'un air dégagé :

« Je plaisantais, lady Ambermere. Je suis assuré de gagner, et vous me permettrez de vous offrir, sur mes paris, un de ces petits chiens havanais que vous aimez tant. »

## CHAPITRE VIII

### BLUEBELL.

Une vive agitation se fit dans la tribune au moment où la cloche annonça le grand événement du jour : le prix de Stilborough. Les femmes apprêtèrent leurs lorgnettes ; les filles de sir Peter entourèrent la duchesse de Grandton, femme du lord-lieutenant, pour l'aider à reconnaître les principaux concurents ; et, en dedans de la piste, les cavaliers et les voitures, les jeunes dandys de la ville et les officiers de dragons de la garnison voisine, se hâtèrent vers les points d'où l'on pouvait le mieux suivre les péripéties de la course. Sir Peter rayonnait dans son habit bleu de ciel, ayant auprès de lui le lord-lieutenant et toutes les notabilités du comté ; il semblait rajeuni de dix ans. Lorsqu'il vint, suivi de ses hôtes, s'installer,

le drapeau à la main, près du poteau de départ, on
eût dit le lion de la journée.

Seule, la pauvre Helen assistait tristement à ces
préparatifs, du fond de la calèche de son mari. Lord
Hartleigh était arrivé en grande pompe sur le champ
de courses, dans une voiture à ses armes, avec postil-
lons sur le devant et deux laquais galonnés derrière,
et il avait voulu conduire immédiatement sa femme
à la tribune. Mais Helen, qui redoutait ce moment,
l'avait fait ajourner jusque après la course, et son mari
s'était résigné à assister, de sa voiture, aux futurs exploits de *Bluebell*, entouré de quelques officiers et de
quelques jeunes gens qu'il présentait tour à tour à sa
compagne.

Un second coup de cloche se fit entendre; les chevaux prirent position et les derniers paris s'engagè-
rent. Oswald, toujours confiant, courait d'agence en
agence pour risquer de nouveaux enjeux contre *Bluebell;* Philip, pris de peur, retournait sa position; sur
tous les points du champ de courses, régnait cette
animation indescriptible qui précède l'instant du
départ.

« Les voilà! » cria-t-on, et la ligne bariolée des jockeys, d'abord placés côte à côte, se brisa bientôt en
fragments bleu, blanc, rouge, au milieu desquels les
spectateurs suivaient avidement des yeux la casaque
des Hartleigh. *Kate* tint d'abord la tête; *Marvel* lui
succéda au premier rang, et le bruit se répandit que
*Bluebell* s'était dérobée à un tournant. Mais la
toque du jockey qui la montait, s'apercevait toujours
au milieu de la poussière, et quelques coups de
cravache donnés à propos, suffirent à lui faire reprendre la tête quand on approcha du poteau. Un immense
hurrah retentit alors dans la plaine; les mouchoirs

et les drapeaux s'agitaient, et sir Peter Carew, s'approchant du vainqueur, lui remit une branche de laurier, pendant que, de la tribune, les lorgnettes se braquaient sur le point de l'enceinte où l'on apercevait l'attelage des Hartleigh.

Tout heureux du succès que son écurie venait de remporter, le jeune lord quitta sa voiture et aida sa femme à descendre. Sans doute il eût été moins empressé, s'il avait entendu sir Gilles Saplow dire à son voisin, l'instant d'avant, que la duchesse de Grandton avait déclaré qu'elle quitterait la tribune, dans le cas où lady Hartleigh y paraîtrait. Mais il ignorait le complot ourdi sous les auspices de la femme du lord-lieutenant; il ne savait rien non plus du passé de celle à laquelle il avait donné son nom et s'il s'attendait à être accueilli avec une certaine roideur, en revanche il ne doutait pas que la considération qu'inspiraient sa personne et son nom, n'eussent vite raison de cette froideur. Tout se passa bien au début. Le jeune lord, donnant le bras à sa femme, marchait d'un pas ferme vers la tribune, et Helen reprit confiance en voyant les fronts se découvrir sur leur passage et les acclamations éclater autour d'eux. Mais, à mesure qu'ils approchaient de la partie du champ de courses occupée par l'aristocratie et par la haute bourgeoisie du comté, les saluts devenaient sinon plus rares, du moins plus froids, et un bruit de chuchotements se fit autour des jeunes mariés.

Helen pâlit et ses genoux tremblaient. L'idée que ce public connaissait ses antécédents et que sa vie entière pouvait, d'un instant à l'autre, être révélée à son mari, cette idée surgisait devant elle à l'improviste et l'écrasait. De son côté, lord Hartleigh cherchait vainement à discerner dans la tribune un geste d'encouragement ou d'amitié; pas un signe, pas un regard ne venait à lui. Ses nombreux amis de la veille voudraient-ils donc lui tourner le dos, parce qu'il ne s'était pas marié selon leurs préjugés et leurs goûts?

Ce fut sir Peter Carew qui assuma la pénible mission de répondre à ce point d'interrogation. Il savait quel affront on réservait à lady Hartleigh, et désireux de prévenir une scène qui eût rendu impossible toute réconciliation future entre les châtelains de Hazelwood et leurs détracteurs actuels, en même temps qu'elle eût brisé la vie d'une malheureuse dont il avait pitié, il arrêta lord Hartleigh et le prit à part, pendant que son fils Philip s'inclinait devant la jeune femme et lui offrait le bras.

« Je vous engage à ne pas vous montrer dans la tribune, mylord, fit sir Carew en tendant la main au jeune lord. On fait courir toutes sortes de bruits à l'endroit de lady Hartleigh, et il faut laisser à ces rumeurs le temps de s'apaiser.

— Des bruits sur ma femme, répondit lord Hartleigh en se redressant. Quel est l'impertinent qui a osé...

— Personne en particulier, mylord, interrompit sir Peter; mais on sait que votre mère a quitté Hazelwood pour ne pas voir sa belle-fille, et cette nouvelle a impressionné.

— Ce sont là des affaires de famille qui ne regardent personne, répliqua le jeune pair.

— Assurément. Aussi, comme je le disais tout à l'heure, quelques jours suffiront-ils à dissiper cette impression. En attendant, croyez-moi, Hartleigh : n'exposez pas votre femme à être mal accueillie par ces dames.

— Voulez-vous dire qu'on manquerait aux égards
dus à lady Hartleigh, si je la conduisais dans la
tribune? J'y aperçois vos filles; seraient-ce elles, par
hasard, qui refuseraient de recevoir ma femme?

— Mes filles! A Dieu ne plaise. Je vous en prie,
mylord, laissez-moi arranger cette affaire-là pour
vous. D'ici à quelques jours, vous viendrez à Royster,
et tout le monde vous fera bonne mine; il ne s'agit
que d'être un peu patient.

— Je vous remercie, sir Peter, fit le jeune homme
d'un ton hautain; mais je n'accepterai jamais que
lady Hartleigh soit reçue quelque part, par faveur;
elle a droit à un autre accueil. »

Là-dessus, lord Hartleigh salua son interlocuteur,
offrit le bras à sa femme et se retira au milieu des
chuchotements des élégantes de la tribune. Les unes
regrettaient d'avoir préparé inutilement les airs dédaigneux qu'elles réservaient à lady Hartleigh. Les
autres se félicitaient intérieurement d'avoir pu éviter
de s'associer à une pareille manifestation. Chacune
avait son mot à dire, sauf lady Ambermere, qui,
pâle et agitée, cherchait des yeux Oswald, sans parvenir à le découvrir.

# CHAPITRE IX

## LE DADA DE M. POTTINGER

Le moment est venu de dire que les courses de Stilborough n'étaient pas appréciées de la même façon par les gens de la localité. Pour M. Pottinger, notamment, ces fêtes étaient de vraies saturnales, empruntées aux plus mauvais jours de Babylone; et non content de les anathématiser devant le conseil municipal, malgré les protestations de son contradicteur habituel, M. Pettigrew, il avait chez lui un gros registre, sur lequel il inscrivait les divers incidents qui lui semblaient militer contre cette distraction. Accidents, paris, cas d'ivrognerie, batteries, exploits de *pick-pockets*, tout cela était religieusement noté par l'épicier, et servait à illustrer ses discours sur la matière.

Malheureusement pour M. Pottinger, ni ces exemples ni l'appui qu'il trouvait chez les vieilles dévotes de l'endroit n'avaient pu jusqu'ici amener la municipalité à interdire les courses, ou tout au moins à refuser de voter la somme qui venait chaque année grossir le prix de la ville.

Mais l'entrée en fonctions de Paul Rushbrand avait ravivé son zèle, et il n'avait laissé échapper aucune occasion d'initier le nouveau pasteur aux inconvénients qui résultaient pour Stilborough de ces « prétendues fêtes annuelles ». Aussi, quand il apprit que le capitaine Carew avait perdu trente mille livres et que lady Hartleigh avait été presque insultée, il remercia le ciel d'avoir mis de nouveaux atouts dans son jeu et courut au presbytère pour renouveler ses doléances au curé.

« Eh bien, monsieur Rushbrand, vous savez les nouvelles, fit-il en se frottant les mains ; et il rapporta au pasteur les bruits qui couraient dans la ville.

— En êtes-vous sûr ? demanda Paul, visiblement inquiet.

— Parbleu, reprit l'épicier. Des milliers de personnes ont vu sir Peter causer avec lord Hartleigh au moment où celui-ci montait dans la tribune ; et mylord et mylady ont rebroussé chemin, plus pâles que des morts.

— Et qui vous a parlé des pertes d'Oswald Carew ?

— C'est le secret de Polichinelle, Mr. Rushbrand ; il avait parié en désespéré contre cette jument qu'ils appelent *Bluebell*, et aujourd'hui ni lui ni sa famille ne peuvent payer. Ah ! ces courses, ces courses, quelle abomination ! Avez vous entendu tout le bruit qui s'est fait pendant la nuit, au *Lion Rouge* ?

— J'ai effectivement entendu du bruit, dit Paul.

— Eh bien, ce n'était rien à côté du tapage et du tohu-bohu des autres hôtels. Si j'étais maire, au lieu de permettre aux *public houses* de fermer ces jours-là deux heures plus tard, je les obligerais à fermer plus tôt. »

Paul fit un geste d'assentiment.

« Et quelle sorte de gens ça nous amène ! continua l'épicier : des saltimbanques, des bohémiennes, des marchands ambulants, voilà ce qui s'abat sur Stilborough les jours de courses. Tenez Mr. Rushbrand, vous devriez m'aider à extirper d'ici cette funeste habitude. Ça demandera peut-être des années, mais avec de la

persévérance on arrive à tout, n'en déplaise à sir Pe[?]
ter et aux autres *sportsmen*. »

Le pasteur ne promit rien; il était devenu plus cir[?]
conspect, depuis le mariage de lord Hartleigh. Son en[?]
trevue avec la mère du jeune lord, les reproche[?]
amers qu'elle lui avait adressés, obsédaient son souve[?]
nir et troublaient son repos. Sans ajouter foi à tout c[?]
que lui avait raconté sir Giles, il ne pouvait se dis[?]
simuler que certaines parties de son récit devaien[?]
être vraies. Ainsi Helen lui avait dit que son pèr[?]
était de retour, et quand il lui avait écrit à l'adress[?]
qu'elle indiquait, la poste avait retourné la lettr[?]
avec la mention : « destination inconnue. » La jeun[?]
femme avait donc menti sur ce point, et Paul soup[?]
çonnant, par ce détail qu'elle, avait pu le trompe[?]
autrement, s'était promis d'aller à Hazelwood dè[?]
qu'il l'y saurait installée, afin d'avoir avec elle un[?]
explication complète.

Ce furent les jeunes mariés qui vinrent les pre[?]
miers au presbytère; mais cette entrevue fut insigni[?]
fiante et ne leva aucun des doutes du pasteur. Lor[?]
Hartleigh fut gêné ; sa femme affecta de traiter Pau[?]
en vieil ami et lui remit un petit souvenir qu'ell[?]
avait rapporté à son intention de Paris. Aucune allu[?]
sion ne fut faite à l'incident des courses, et lorsqu'il[?]
furent partis, le curé se demanda si M. Pottinger l'a[?]
vait bien renseigné. Ah! qu'il eût donné de chose[?]
pour que l'épicier se fût trompé !

Mais tous les détails de ce scandale circulaient dan[?]
la ville avec trop de persistance pour qu'il n'y eût l[?]
que de simples commérages; le pauvre pasteur s[?]
remit à trembler. Quelle scène, songeait-il, que cell[?]
qui éclaterait entre lord Hartleigh et sa femme, l[?]
jour où le jeune pair découvrirait l'affreuse vérité ![?]

quels cruels reproches ne serait-il pas en droit de s'attendre, lui qui avait précipité ce mariage et uni indissolublement ceux qu'il aurait dû séparer ! Paul résolut d'écrire à Helen pour la conjurer de lui dire la vérité. Il lui tardait d'en finir, d'une façon ou d'une autre, avec des inquiétudes et des soupçons qui troublaient ses jours et ses nuits ; et s'asseyant à son bureau, après une courte prière pour demander à Dieu de l'inspirer, il adressa à la malheureuse femme une des lettres les plus affectueuses, les plus touchantes et les plus énergiques en même temps qu'ait jamais tracées une main d'homme. Un frère parlant à une sœur, la suppliant de lui ouvrir son cœur et lui promettant de la protéger envers tous, n'eût pas été mieux inspiré.

Peut-être cette longue missive aurait-elle parlé à l'âme d'Helen si elle l'eût lue. Elle se borna à en compter les pages et s'écria, en la jetant au feu : «Un sermon, sans doute ; j'ai autre chose à faire qu'à me laisser catéchiser ! »

---

## CHAPITRE X

### LA CHATELAINE DE HAZELWOOD

Helen était effectivement très-occupée. Ce n'était pas une de ces natures timides et faibles qui s'inclinent sous le premier orage, mais un tempérament trempé pour la lutte, que les difficultés stimulent au

lieu de l'abattre. Irritée, blessée de se voir frappée
d'ostracisme, elle avait juré de vaincre ces résistan-
ces et ces mesquines pruderies. Intelligente et expé-
rimentée, elle comprenait que le monde n'avait aucun intérêt à croire, sans rémission, ce qu'on disait
d'elle et à se brouiller à tout jamais avec un personnage du rang de son mari. Habile et fine, elle guettait
l'occasion de frapper un grand coup et de ramener à
elle d'abord les hésitants et les timides, ensuite et
peu à peu tout ce qui dans le comté donnait le ton à
l'opinion.

A ses yeux, son mari avait manqué de fermeté le
jour des courses. Si, au lieu de prêter l'oreille aux
conseils de sir Peter, — qu'elle accusait d'être l'âme
du complot ourdi contre elle, — il avait bravement
poursuivi son chemin, personne probablement n'eût
osé s'exposer aux effets de sa colère, et les positions
qu'il fallait maintenant qu'elle conquît une à une,
eussent été enlevées d'assaut.

Entre temps, Helen prenait possession de Hazelwood et inaugurait son entrée en fonctions non par des
réformes insignifiantes, mais par des actes et des me-
sures qui ne pouvaient laisser aucun doute sur la
façon dont elle entendait que son autorité fût res-
pectée.

Une vieille *housekeeper* [1], depuis vingt-cinq ans
au château, fut congédiée séance tenante, pour s'être
permis de consulter mylord avant d'exécuter un
ordre que sa nouvelle maîtresse lui avait donné.
Trois ou quatre femmes de chambre furent ren-
voyées de la même façon, et si la partie mâle du personnel domestique fut plus épargnée, c'est que Helen

1. Intendante.

savait que, dans sa position, elle avait moins à redouter des critiques des hommes, à quelque rang qu'ils
appartinssent, que de l'hostilité et de la jalousie des
femmes.

Tout le monde, au surplus, était astreint à lui
rendre compte des moindres détails. Elle vérifiait
toutes les notes, elle savait ce qu'il y avait au croc, ce
que contenait la cave, et il suffisait qu'on lui dît qu'une
chose se faisait de telle manière « du temps de la
mère de mylord » pour qu'elle la changeât immédiatement.

Helen avait tenu également à s'initier à l'histoire
des Hartleigh. Au lieu de reléguer dans un tiroir
les papiers de famille que sa belle-mère avait fait remettre à son fils par son avoué en quittant la maison,
elle les avait lus et relus si souvent qu'elle était maintenant plus ferrée que son mari sur la généalogie des
seigneurs de Hazelwood. Sir Giles Saplow venait au
château de temps en temps. C'était lui qui avait ré-
pandu dans le pays tous les bruits dont on se préva-
lait aujourd'hui pour refuser de voir lady Hartleigh ;
mais il avait compris, un des premiers, qu'il faisait
fausse route en se brouillant avec un personnage aussi
influent et aussi puissant que le jeune pair, et il agissait en conséquence. Première victoire pour Helen.

Singulier caractère que ce sir Giles Saplow. Chacun
le connaissait et l'accueillait ; personne ne l'aimait ni
ne l'estimait. On redoutait sa mauvaise langue : on
le savait incapable de garder un secret, voire de respecter la moindre confidence ; on se plaignait partout de son intempérance de langage, et cependant on
continuait à le recevoir, soit parce qu'il était riche,
soit qu'il fût difficile de rompre avec quelqu'un qui
acceptait tous les reproches et qui semblait ne pas

avoir conscience du mal qu'il faisait. Il avait soin d'ailleurs de ne jamais se poser en éditeur responsable des rumeurs qu'il colportait. Ce qu'il disait, il le répétait d'après d'autres; il ne certifiait rien, il était même tout prêt à reconnaître qu'on l'avait mal renseigné. Bref, il réussissait à se faire accepter comme un enfant terrible ou comme une branche d'ortie qui pique sans le vouloir.

« Où est Hartleigh? dit-il un matin en entrant dans le petit salon d'Helen.

— Je viens de le voir passer avec son fusil, répondit lady Hartleigh en fermant son livre de comptes. En marchant un peu vite, vous le rattraperiez facilement.

— Merci, Nell; je préfère rester sur ce sofa, à vous entendre causer.

— Je vous ai dit mainte fois de ne plus m'appeler Nell et de ne pas fumer devant moi, reprit Helen.

— C'est vrai, je l'oubliais. Ah ! vous n'avez pas été longue à prendre le ton du commandement et les allures d'une châtelaine.

— Il le fallait bien, fit Helen d'une voix ferme. Maintenant ma belle-mère peut revenir, si son fils réussit à la calmer; je ne redoute plus que son autorité balance la mienne vis-à-vis des gens de la maison.

— Ferez-vous une démarche auprès d'elle ?

— Non, dit Helen. Lord Hartleigh croit que je plairais à sa mère et qu'elle pourrait se laisser toucher en me voyant; mais je ne suis pas de cet avis, et le mieux, selon moi, est d'attendre sans essayer de rien brusquer. Lady Hartleigh adore son fils; elle ne pourra pas se résigner longtemps à vivre séparée de lui.

— Diable! mais vous êtes rompue à toutes les finesses diplomatiques, fit sir Giles en riant. Qui m'eût dit que vous en viendriez là, le jour où je vous présentai à Hartleigh comme une gentille petite personne qui l'allégerait volontiers de deux ou trois mille livres? Aujourd'hui, vous avez un titre, un château, une fortune, vous êtes roide et fière comme une reine. Ah ! j'ai fait là une belle besogne !

— On agit et on parle différemment selon la position qu'on occupe, dit Helen sèchement.

— Je m'en aperçois, reprit le baronnet... Et vous comptez toujours prendre votre revanche sur les hobereaux du comté?

— Pourquoi ne serais-je pas reçue dans la bonne société aussi bien que vous? demanda Helen en jetant un regard dédaigneux sur son interlocuteur.

— Merci de la comparaison, fit le baronnet d'un air piteux ; mais moi, je suis un homme et...

— Parce que vous faites la loi et que nous la subissons, interrompit Helen avec chaleur, vous croyez que vous avez droit à plus d'indulgence que les femmes! Un homme peut commettre toutes les immoralités et toutes les folies avant de se marier, et on lapide la malheureuse qui, faute d'expérience ou de sagesse, trébuche, ne fût-ce qu'une fois, sur l'âpre chemin de la vie. En vérité, ces prétentions me révoltent et cette iniquité m'indigne.

— Bravo ! mylady : vous faites un *speech*.

— Dites plutôt que je me laisse aller à un mouvement de légitime colère, continua Helen. Je ne fais pas l'apologie de mon passé; j'ai été faible, j'ai eu tort et je l'expie. Mais combien d'hommes que l'on salue et que l'on respecte, ont été plus coupables que moi! Combien ont mené une existence déréglée à laquelle

ma vie d'aventures ne saurait même être comparée !
Croyez-vous, par hasard, que je ne serai pas aussi fidèle et aussi dévouée à mon mari que vous pourriez
l'être à votre femme? Lui donnerai-je de moins bons
conseils que ceux que vous donneriez à lady Saplow ?
Serai-je moins économe que vous ne le seriez, des de-
niers de la communauté? Voyez les Carew : tout le
monde leur fait bonne mine et les tient en haute estime. Eh bien, ils sont tous criblés de dettes, et j'ai ouï
dire qu'aux dernières courses le capitaine Oswald
avait perdu une somme énorme qu'il est hors d'état
de payer.

— Vous êtes décidément très-irritée contre les Carew. Laissez-les donc tranquilles : ils ne vous sont
pas hostiles, et je compte épouser une des filles.

— Cette grosse fille joufflue, qui ressemble à un pa-
quet, sur son cheval?

— Amy Carew est une jolie personne, et je sais bien
des jeunes gens qui seraient heureux de l'avoir pour
femme.

— Alors, si elle vous prend, ce ne sera pas pour votre
physique, mais pour votre argent, dit Helen d'un ton
moqueur.

— Encore merci, répondit le baronnet; mais pourquoi êtes-vous si maussade à mon égard, ce matin ?

— Je vous ai dit mainte fois que je détestais les
Carew, que je voulais me venger d'eux, et vous m'en
parlez sans cesse.

— Comme vous êtes devenue vindicative ! Vous vous
vengeriez donc de moi, si nous venions à nous fâcher ?

— De vous aussi bien que d'un autre ; lorsque j'ai
pris quelqu'un en haine, je deviens intraitable. »

A cet instant, un domestique vint dire que M. Pottinger désirait parler à milady.

« Monsieur qui ? demanda sir Giles.

— Pottinger, répondit Helen, qu'on le fasse entrer. Il a été le premier à s'approcher de mon mari le jour de notre mariage, et à le féliciter à la sortie de l'église. Je n'oublie pas les bons procédés, d'où qu'ils viennent.

— Alors, moi, je vous laisse, dit sir Giles en se levant; je vais tâcher de rejoindre Hartleigh. »

Et il sortit, au moment où M. Pottinger, ganté, peigné et rasé de frais, était introduit auprès de la nouvelle châtelaine de Hazelwood.

Les épiciers n'ont pas souvent, comme d'autres commerçants, bijoutiers, tapissiers, cordonniers, etc., l'occasion de pénétrer dans les appartements des grandes dames. Les ordres qu'ils reçoivent leur sont transmis par les domestiques, et ils laissent généralement aux portes des maisons les denrées qu'ils y apportent, en sorte que c'était la première fois que M. Pottinger franchissait le seuil du boudoir d'une lady.

La plus belle pièce qu'il eût vue de sa vie était celle où siégeait le conseil municipal de Stilborough, et en apercevant toutes les belles choses qui ornaient le salon de lady Hartleigh, tableaux, œuvres d'art, meubles et tentures, il se sentit comme cloué au sol par la crainte d'endommager l'une ou l'autre de ces merveilles. Ses bras le gênaient, ses pieds l'embarrassaient, son chapeau pesait à sa main, et la vue de la jeune femme dans sa robe de velours noir, avec de petites boucles d'oreilles en diamant, ajoutait à son éblouissement.

« Votre *Ladyship* a eu l'extrême bonté de m'envoyer un service à thé, dit enfin l'épicier, dont la langue, d'ordinaire si agile, semblait ne se mouvoir qu'après un laborieux effort.

— C'est un petit souvenir de notre mariage, fit la

jeune femme. Ah! vous avez dû être surpris de voir
Sa Seigneurie se marier si vite et si simplement ? »

M. Pottinger eut un geste qui indiquait qu'il ne se
permettait jamais de s'étonner des actes des gens au-
dessus de lui.

« Le peu d'éclat que nous avons donné à la cérémonie s'explique d'ailleurs facilement, reprit Helen,
qui savait que tout ce qu'elle dirait à l'épicier ferait
immédiatement le tour de Stilborough. Je suis fille
d'un *clergyman* actuellement en Chine, et une vieille
tante, chez qui je demeurais, ne voulait pas que j'épou-
sasse lord Hartleigh sous prétexte qu'étant catholique,
elle avait le devoir de ne pas donner sa nièce à un
protestant. Quand j'ai vu que c'était un parti pris, je
l'ai quittée, je suis accourue à Stilborough, et il a fallu
naturellement précipiter le mariage pour ne pas m'exposer aux critiques des gens malveillants.

— Vous avez eu raison, mylady, fit M. Pottinger,
qui était, comme on sait, un adversaire acharné du
catholicisme et de ses pratiques.

— Et les courses, monsieur Pottinger? continua la
jeune femme. Avez-vous vu notre jument *Bluebell*
gagner le prix?

— Je n'y suis pas allé, mylady, mais j'ai été heureux
d'apprendre que le cheval de mylord avait remporté
le grand prix.

— Ça n'a pas été sans peine, dit Helen. A l'endroit
où la piste passe près de la rivière, la bête a failli se
dérober, effrayée par la réverbération de la lumière;
si elle eût été montée par un jockey moins habile, nous
étions perdus.

— Je connais cet endroit-là, mylady : il n'est pas
dangereux seulement pour les chevaux, et il nous a
causé bien des tracas, au conseil municipal.

— Comment cela ? »

L'épicier, enchanté de se voir questionner et d'acquérir ainsi de l'importance, haussa sensiblement le ton de sa voix.

— Mon Dieu, oui, reprit-il, beaucoup d'ennuis. Ce terrain-là appartient à la ville, et il y a quelque temps on nous offrit de l'acheter, pour y établir une scierie mécanique. Le prix proposé était bon ; l'affaire était excellente, mais la crainte de contrarier sir Peter Carew l'empêcha d'aboutir.

— Et en quoi cette combinaison pouvait-elle contrarier sir Peter ?

— Je vais vous l'expliquer, mylady. Si cette partie de terrain était détachée du champ de courses, il faudrait installer la piste dans un autre endroit, et les fêtes n'auraient plus lieu sur la propriété de sir Peter.

— Je comprends, fit Helen. Alors, c'est un projet abandonné ?

— Pas en ce qui me concerne, mylady, répliqua l'épicier. Malgré tout mon respect pour sir Peter, je compte reprendre la question devant mes collègues à la plus prochaine occasion. Mais je crains de n'être pas soutenu, car les gens de la ville tiennent beaucoup à leurs courses.

— N'y aurait-il pas moyen de concilier les deux choses en choisissant un autre terrain pour les courses, par exemple aux abords du parc de Hazelwood ? Je suis sûre que lord Hartleigh se prêterait volontiers à tout arrangement qui pourrait servir les intérêts de Stilborough.

— Cela changerait complétement la situation, mylady, fit M. Pottinger, vivement intéressé.

— Vous croyez que le conseil municipal consentirait

à vendre ce bout de terrain, s'il était assuré de trouver
un autre emplacement pour les courses?

— Je n'en doute pas, répondit M. Pottinger.
Toutes les objections tomberaient et sir Peter lui-
même, tout contrarié qu'il serait, n'aurait plus rien
à dire.

— Assurément, ajouta mylady. Il ne peut pas prétendre à faire passer ses convenances personnelles
avant les intérêts de la ville. »

L'idée qu'elle pourrait contribuer à être désagréable
aux Carew plaisait à Helen, et un observateur qui eût
surveillé le jeu de sa physionomie pendant la conversation qu'on vient de lire, aurait sûrement remarqué
l'air de satisfaction qui s'y peignit quand elle entrevit
l'occasion de jouer un mauvais tour au châtelain de
Royster Hall. En outre, elle comprenait que le trans-
fèrement du champ de courses dans le voisinage de
Hazelwood lui créerait une situation enviable vis-à-
vis de la société du comté. Il faudrait qu'on se décidât
à venir chez elle, ou qu'on se résignât à ne plus voir
les courses. Elle pourrait fonder de nouveaux prix,
ajouter au luxe et au nombre des fêtes, se rendre populaire et nécessaire en même temps. Tout cela était sé-
duisant pour une femme qui visait à rentrer en grâce
auprès du monde par un coup de maître.

De son côté, M. Pottinger se frottait les mains. Du
moment qu'il ne parvenait pas à faire supprimer les
courses, c'était quelque chose que de réussir à les faire
transporter ailleurs. Qui sait si le nouveau terrain
serait aussi convenable que l'ancien, si les sportsmen,
habitués à une piste, ne se refuseraient pas à essayer
de l'autre? Les institutions sont comme les fleurs : elles
ne poussent pas partout où on les transplante. M. Pottinger et lady Hartleigh échangèrent un regard, et

chacun d'eux devina qu'il pouvait compter sur le concours de l'autre.

« Votre *Ladyship* m'autorise-t-elle à faire savoir au conseil municipal que lord Hartleigh permettrait volontiers que les courses eussent lieu auprès de son parc, dit l'épicier en s'apprêtant à se retirer.

— Certainement, monsieur Pottinger, j'en parlerai à mon mari dès qu'il rentrera.

— La ville vous en aura bien de l'obligation.

— Je ne ferai que payer mon droit de joyeux avénement, » dit Helen avec l'air et le sourire d'une vraie grande dame.

---

## CHAPITRE XI

### UN CONSEIL DE FAMILLE

Les familles qui vivent sur le crédit ressemblent à des gens qui dansent sur la glace. On se figure que cela durera toujours; on saute, on rit, on s'amuse, comme si on foulait la terre ferme.

Puis un beau matin le temps change, la glace craque, on ne sait plus où mettre le pied, et il faut s'enfuir au plus vite, sous peine d'être englouti.

La veille des courses de Stilborough, sir Peter pouvait passer pour jouir d'une large aisance. Certes, lui et ses enfants devaient de l'argent de tous côtés; mais les créanciers avaient confiance et quand une note arrivait à Royster Hall, on parvenait toujours à la payer.

Il n'en fut plus ainsi après les grosses pertes d'Oswald. Obligée de se cotiser pour aider le jeune capitaine à payer ses dettes, la famille Carew constata
avec une véritable stupeur l'état précaire de ses finances. Et comme, pour comble de malheur, les fournisseurs, qui avaient vent de la situation, sollicitaient
en termes pressants le règlement de leurs comptes, une
crise devint inévitable.

Avant tout, il fallut payer les sommes perdues par
Oswald : les Carew étaient une famille unie, où l'on se
soutenait les uns les autres. Philip abandonna les
quatre mille livres qu'il avait gagnées en pariant à la
dernière heure pour Bluebell. Sir Peter renonça à
tous ses bénéfices sur les courses. Jack Carew, l'officier de marine, qui venait de toucher de grosses parts
de prises, en fit don à son frère, et les sœurs engagè-
rent leurs bijoux. On arriva ainsi à faire les seize mille
livres perdues par Oswald.

Mais ce n'était pas tout que d'avoir sauvé l'honneur
du nom ; il fallait faire face aux réclamations qui as-
saillaient chacun des membres de la famille et aviser
au moyen de vivre. Le pauvre sir Peter réunit ses enfants autour de la grande table du salon, et les invita à
faire leurs confessions. Il savait bien qu'ils étaient tous
dépensiers. Mais il se figurait que l'argent qu'ils lui
demandaient de temps en temps, servait à payer leurs
extravagances, et qu'aucun d'eux n'avait de grosses
dettes. Pourtant, l'heure de compter venue, Oswald
annonça qu'il devait dix mille livres, Philip cinq
mille, et les aveux des filles ne furent pas plus rassu-
rants. Celles qui étaient mariées arguèrent de la
cherté de la vie pour justifier des passifs de six ou sept
mille livres. Celles qui ne l'étaient pas devaient de cinq
à six cents livres tant à la couturière qu'à la modiste.

Bref, quand sir Peter Carew eut ajouté ses dettes personnelles à celles de ses enfants, on arriva au chiffre de cent mille livres.

« Ah! mes pauvres amis, s'écria-t-il, qu'aurait dit votre mère si elle avait vu cela ? »

Il fut décidé qu'Oswald et Philip vendraient leurs grades, et que sir Peter tâcherait de leur faire obtenir des places lucratives, ainsi qu'aux capitaines Hunt et Warrener, qui promirent de réduire leurs dépenses. Ensuite on emprunta tout ce qu'on put sur Royster Hall, et comme un spéculateur avait offert naguère à sir Peter de lui payer une somme importante s'il consentait à faire abandon des divers profits qu'il retirait des courses, on résolut de prêter l'oreille à ces ouvertures et de hâter la conclusion du marché. De cette façon, on conjurerait le péril actuel et on pourrait même aller quelque temps encore sans révéler ses embarras.

Une conférence de cette sorte, tenue au sein d'une famille unie, a pour conséquence immédiate de relever les courages : chacun a son idée, son espoir, son énergie, qui ajoute aux inspirations et à la confiance des autres, et les Carew se sentaient déjà tout remontés par les divers projets qu'ils venaient d'arrêter, quand Amy, qui était descendue dans le jardin, revint avec une lettre qu'elle remit à son père. Elle était de M. Pottinger, et si les membres de ce congrès improvisé eussent été moins occupés par les conversations particulières qui avaient succédé à la discussion générale, ils auraient remarqué l'air de consternation que prit sir Peter en lisant ce qui suit :

POTTINGER ET FILS
        épiciers
    25, HIGH STREET
    Stilborough

                                        29 septembre 18..

        Sir,

Je prends la liberté de vous informer que je viens de saisir le conseil municipal d'une proposition qui sera discutée à la prochaine séance,
s'il plaît à Dieu de me garder la vie. Cette proposition est ainsi conçue :
« Le Conseil municipal de Stilborough notifie à sir Peter Carew, membre
de la Chambre des Communes, son intention de vendre dans le plus bref
délai la partie de terrain, comprise dans le champ de courses, qu'on dé-
signe d'habitude sous le nom de *Stubb's piece.* »

Vous vous souvenez, sir Peter, qu'il y a quelque temps, la municipalité fut sollicitée d'autoriser une scierie mécanique à s'établir en cet endroit, et que la crainte de ne pouvoir trouver un autre emplacement pour
les courses empêcha seule cette demande d'être accueillie avec faveur.
Mais lord Hartleigh ayant bien voulu consentir à ce que l'on fît une piste
dans le parc d'Hazelwood, l'objection faite au projet ci-dessus n'existe
plus, et je ne doute pas, connaissant l'intérêt que vous portez à Stilborough, que cette combinaison n'ait votre approbation.

Veuillez me croire votre respectueux serviteur,

                                JOSEPH POTTINGER.


« C'est un tour de Hartleigh, fit un des frères, le
premier moment de stupéfaction passé.

— Voilà ce que c'est, mesdames, d'avoir monté une
cabale contre lady Hartleigh, ajouta Oswald. Je vous
avais bien dit qu'il n'y avait rien à y gagner.

— Nous ne pouvions pourtant pas recevoir cette
femme, quand la duchesse était contre elle, s'écria
Mrs. Warener.

— Elle n'a pas eu à se plaindre de nous, puisqu'elle
n'a même jamais essayé de nous parler, fit Mrs. Hunt.

— Vous n'auriez pas dû être aussi empressées à
croire ce qu'on dit d'elle, dit Philip en se mordant
les ongles.

— Vous avez vous-même reconnu que la moitié au
moins de ce qu'on dit d'elle était exact, répliqua
Mrs. Hunt.

— Et moi je déclare que je ne la recevrai jamais, » reprit Mrs. Warrener avec emphase.

Cette discussion oiseuse agaçait sir Peter et, comme il arrive souvent en pareille occurrence, ce fut à Amy qu'il s'en prit, quoiqu'elle n'eût pas ouvert la bouche.

« Taisez-vous donc, Amy, fit-il d'un ton bourru.

— Mais je n'ai rien dit.

— On ne répond pas à son père, sachez cela.

— Il ne me semble pas que le contenu de cette lettre soit aussi grave que vous paraissez le croire, interposa Oswald. En cas de vente, n'avons-nous pas un droit de préférence?

— Hélas non! fit Basile, l'avocat. Notre droit est expiré depuis plusieurs années. J'ai vu l'acte. Mais on peut toujours plaider.

— Quel est ce Pottinger? demanda l'officier de marine?

— Un beau parleur doublé d'un marguillier, répondit son frère Albert, l'employé au ministère des affaires étrangères.

— Tâchons de corrompre l'homme à la scierie mécanique, suggéra Georges, l'employé des bureaux de la guerre.

— Voulez-vous un moyen sûr de couper court à l'incident? dit Oswald avec un geste qui imposa silence à tous les autres. Que mes sœurs mettent leurs chapeaux et aillent faire une visite à Hazelwood. Cela pourra déplaire à la duchesse de Grandton, mais cela arrangera singulièrement nos affaires.

— Moi, aller chez cette femme? fit Mrs. Warrener avec indignation.

— Jamais! ajouta Mrs. Hunt.

— Si nous perdons le champ de courses, nous sommes

ruinés, dit sir Peter. Maintenant arrangez-vous comme vous voudrez. »

Le député de Stilborough mit les mains dans ses poches et leva les yeux au ciel, d'un air convaincu et résigné qui força ses filles à réfléchir à la gravité de la situation.

« Attendons à demain, reprit Mrs. Warrener avec un soupir. Peut-être me sentirai-je plus de courage.

— Pourquoi remettre à demain ce qu'on peut faire tout de suite? dit Philip.

— Il n'y a pas une minute à perdre, fit sir Peter, à qui la sagesse du conseil d'Oswald n'échappait pas. Mais, je vous le répète, ça vous regarde. »

Le résultat de cette dernière partie de la conversation fut que Mrs. Warrener et Mrs. Hunt montèrent à leurs chambres pour s'habiller, et qu'il fut décidé qu'Amy les accompagnerait à Hazelwood pour donner plus de solennité à cette démarche. Mrs. Hunt et Mrs. Warrener étaient deux femmes pratiques. Lorsqu'elles furent enfermées avec leur jeune sœur :

« Vous voyez, dirent-elles à celle-ci, que nous savons sacrifier nos convenances personnelles à l'intérêt de la famille. Que cela vous serve de leçon, à vous et à Oswald. Nous lui avons dit ce matin qu'il fallait absolument qu'il épousât lady Ambermere. Vous, vous allez rencontrer là-bas sir Giles Saplow ; il est riche, vous lui plaisez, tâchez de ne pas le décourager.

— Mais sir Giles ne m'a jamais parlé de demander ma main, fit Amy, dont les yeux se remplirent de larmes.

— Oh ! qu'à cela ne tienne ; nous nous arrangerons pour qu'il le fasse, dit l'aînée des deux sœurs. »

# CHAPITRE XII

## QUESTIONS EMBARRASSANTES

Amy était une bonne fille, la préférée de son père à cause de sa douceur, l'esclave de ses frères et de ses sœurs par son empressement à leur rendre service. On s'adressait toujours à elle, et elle ne se lassait jamais d'obliger. Même avant que sa sœur Alice fût mariée, c'était Amy qui tenait la maison, et aujourd'hui que cette tâche revenait à Isabel, qui était son aînée d'un an, elle avait conservé ces fonctions, à la demande générale. Elle était si soigneuse, si exacte, elle s'entendait si bien à mener les domestiques, à surveiller le linge de ses frères, à s'assurer qu'ils trouveraient chaque chose à sa place, les jours où ils partaient pour la chasse! Tout le bien-être dont on jouissait à Royster, c'était à elle qu'on le devait. Il n'y avait pas de désir qu'elle ne cherchât à exaucer, pas de chagrin qu'elle n'essayât d'adoucir. Peut-être ne lui en était-on pas suffisamment reconnaissant; mais sent-on les bienfaits des rayons du soleil aussi longtemps qu'on n'en est pas privé?

Ainsi accoutumée à se dévouer aux autres, Amy en était venue peu à peu à regarder son père, ses frères et ses sœurs comme résumant pour elle tout l'univers, et l'idée qu'on pouvait la marier non dans son intérêt mais dans le leur n'avait rien qui pût choquer les habitudes de son cœur, surtout dans les circonstances difficiles où tous les siens se trouvaient placés. Elle n'avait pas d'inclination, pas de préférence person-

nelle; seulement sir Giles lui déplaisait, et c'était pour
cela qu'elle pleurait.

Ses larmes toutefois s'étaient séchées quand le landau des Carew, où elle avait pris place en face de ses
sœurs, s'arrêta devant Hazelwood. Mais lady Hartleigh
était sortie, et les trois jeunes femmes durent simplement laisser leurs cartes. Quelle surprise pour Helen
lorsqu'elle lut en rentrant les noms des visiteuses! De
quel air triomphant elle tendit leurs cartes à son
mari. Lui fut ravi de cet incident; il avait horreur
des querelles, et il eût volontiers fait atteler sur-le-
champ pour courir à Royster Hall. Mais Helen objecta
que ce serait trop d'empressement; et lorsque, au bout
de deux jours, elle céda aux instances de son mari,
elle s'arrangea pour arriver chez ses voisins à une
heure où elle était certaine de ne pas les rencontrer.
De cette façon, on se trouvait en règle des deux côtés,
et si les Carew tenaient réellement à faire la connaissance de lady Hartleigh, c'était encore à eux que revenait le soin de la prochaine visite. Helen, qui devinait
les motifs secrets de leur première démarche, comprit que la seconde ne se ferait pas attendre. Mais
elle ne changea rien cependant aux instructions
qu'elle avait données à M. Pottinger; même elle
obtint l'assentiment tacite de son mari, lequel approuvait du reste tout ce qu'elle faisait.

Quant à M. Pottinger, il était tout à son projet.
Jamais on ne vit épicier aussi actif, aussi remuant,
aussi peu occupé de son thé et de son sucre. Son fils
surveillait la boutique; lui allait de maison en maison
arrêtait les passants, causait, pérorait, fulminait,
menaçait même à l'occasion, pour gagner des partisans
à son idée. L'établissement d'une scierie mécanique
aux abords de Stilborough serait une source de pro-

spérité intarissable pour la ville. Elle grandirait en importance; elle aurait deux députés au lieu d'un, une garnison, un chemin de fer, et le reste à l'avenant. « Sans compter que les courses n'y perdront rien, ajoutait l'épicier après cette brillante énumération. Le parc d'Hazelwood est autrement joli que l'emplacement de la piste actuelle, et mylord Hartleigh saura bien s'arranger pour que tous ces vauriens qui pénètrent librement sur la propriété de sir Peter soient exclus de la sienne, ce qui atténuera un peu l'immoralité de ces fêtes néfastes, renouvelées des orgies des païens d'autrefois. »

Peut-être M. Pottinger ne croyait-il pas un mot de ce qu'il disait; peut-être se figurait-il sincèrement que toutes ses prédictions se réaliseraient. On s'illusionne si vite sur ce que l'on désire ! Dans tous les cas, l'opposition un peu hâtive que sir Peter Carew fit au projet de l'épicier fut pour celui-ci d'un secours inespéré. Au lieu de répondre à la lettre de M. Pottinger, le baronnet avait fait signifier au maire, par l'intermédiaire de son avoué, qu'il contestait à la municipalité le droit de vendre *Stubb's piece*, cet endroit ayant toujours été regardé, disait-il, « comme un lieu de récréation réservé aux habitants de Stilborough. » Or rien n'excite les Anglais autant qu'une question de droit. Trois ou quatre rusés compères fouillèrent les archives de la ville, lurent, et compulsèrent force documents, et rédigèrent finalement une consultation en due forme, d'où il résultait :

1° Que sir Peter Carew n'avait aucun droit de préférence en cas de vente de terrains appartenant à la ville;

2° Que la municipalité avait le droit absolu de disposer à sa convenance, de la pièce de terre appelée *Stubb's piece ;*

3° Que la municipalité avait également le droit — bien qu'elle n'en eût pas usé jusque-là — de faire pratiquer un chemin à travers le parc de sir Peter Carew.

De fait, la totalité du terrain qui servait de champ de courses, avait appartenu autrefois à la ville. Le grand-père de sir Peter en avait acheté une partie, et son intention d'acquérir le reste ressortait de cette clause inscrite dans les contrats « que lui et ses héritiers jouiraient d'un droit de préférence, à prix égal, durant une période de cinquante ans. » Malheureusement, ce droit était périmé depuis longtemps. Sir Peter n'avait pas cru utile d'acheter un morceau de terre qui se trouvait tout naturellement englobé dans le champ de courses, et il était trop tard maintenant pour prendre cette précaution. En outre, la ville pouvait avoir intérêt à revendiquer son droit de passage à travers le parc de Royster Hall, pour abréger la distance entre Stilborough et la future usine qu'on projetait d'élever à *Stubb's piece*.

Sir Peter Carew jouait vraiment de malheur. Perdre une prérogative dont il avait joui jusqu'ici, c'était dur ; mais voir son propre parc transformé en grande route, c'était trop fort. Il résolut de lutter, et son homme d'affaires commença à échanger du papier timbré avec M. Japper, l'avoué de la mairie.

Jusque-là Pottinger n'avait guère réussi à rallier à son projet que deux de ses collègues du conseil : Wigson le coiffeur, et Jones le tailleur, qui en voulaient aux hôtes de Royster de ce qu'ils se faisaient couper les cheveux et habiller à Londres. Mais les derniers incidents qu'on vient de lire eurent pour effet immédiat de grossir le nombre des partisans de l'épicier. Thompson le boulanger et Jackson le vitrier, tous deux conseillers municipaux, lui promirent leur appui et il ne fut plus question dans la ville que de la vente de *Stubb's piece* et du droit de passage dans le parc de sir Peter.

Ce droit, auquel personne n'avait songé précédemment, apparaissait maintenant comme une nécessité urgente. Des chansons furent composées en son honneur, et un dimanche les jeunes gens de Stilborough envahirent le parc de Royster Hall, non plus en promeneurs qui se savent chez autrui, mais en gens qui se croient chez eux.

Disons, à la louange de M. Pottinger, qu'il blâmait formellement ces manifestations. A l'exemple des hommes d'État qui se voient sur le point d'en venir à leurs fins, il affectait le calme et la modération. Il était devenu en quelques jours chef de parti; la loi était pour lui; qu'avait-il besoin de taquineries mesquines, lorsque déjà il triomphait?

Le conseil municipal se composait de douze membres, non compris le maire. Quatre soutenaient M. Pottinger; mais les sept autres demeuraient hésitants et il y en avait même parmi ceux-là deux ou trois que la crainte de déplaire aux Carew poussait dans les rangs de l'opposition dont M. Pettigrew était, naturellement, le chef de file. Néanmoins, comme l'opinion publique était du côté de l'épicier, le résultat de la discussion ne faisait l'objet d'aucun doute et ce fut avec l'air d'un homme sûr de soi que M. Pottinger prit place à son banc le jour où le conseil s'assembla pour débattre sa proposition. Ainsi qu'il le dit lui-même, après avoir exposé son projet, la question n'était plus de savoir si les courses auraient lieu ici ou là, mais bien de décider si une ville industrielle et commerçante tolérerait qu'on empiétât sur ses prérogatives ou qu'on refusât de les reconnaître.

Que la piste s'étendît auprès de Royster Hall ou aux abords du parc de Hazelwood, peu importait, du moment que les deux terrains étaient également bons. Mais ce qu'on ne pouvait admettre, c'était qu'un baronnet essayât de faire la loi à un conseil municipal et de placer ses convenances et ses intérêts personnels au-dessus de ceux d'une ville. Quant à l'argument invoqué par sir Peter, il ne valait même pas la peine qu'on s'y arrêtât. Quoi! parce que Stilborough avait négligé de revendiquer un droit pendant un certain nombre d'années, il serait trop tard pour le faire aujourd'hui! Autant vaudrait prétendre qu'un débiteur peut déclarer à son créancier qu'il ne le payera pas, sous prétexte que l'autre, par excès de complaisance, n'a pas réclamé immédiatement son dû.

« Il serait dans son droit; toute dette est prescrite après sept ans, s'écria M. Pettigrew d'un air triomphant.

— Un galant homme n'invoque jamais la prescription, fit M. Pottinger.

— Nous discutons un point de droit et non une question d'usages, fit M. Pettigrew.

— Il me semble que le mieux serait de tout concilier, dit M. Nibbs, le pharmacien.

— Le temps de la conciliation est passé, répliqua M. Thompson, le boulanger. Si sir Peter Carew n'avait pas contesté nos prérogatives, je serais le premier à insister pour qu'on laissât les choses en l'état. Mais il a essayé de nous en imposer, et notre dignité exige qu'on l'en punisse. Aussi voterai-je purement et simplement en faveur de la motion de M. Pottinger.»

MM. Wigson, Jones et Jackson applaudirent; MM. Nibbs et Prindle soupirèrent bruyamment.

« Puisque nous sommes tous d'accord, un scrutin

est inutile, fit remarquer M. Nibbs, qui voulait empêcher un vote formel, pour laisser une porte ouverte aux
compromis.

— Nous sommes loin d'être d'accord, riposta M. Pettigrew en frappant du pied, et je demande pour ma
ma part qu'il y ait un scrutin. Oui, monsieur Pottinger, vous pouvez me regarder de travers; mais je ne
faillirai pas à mon mandat.

— A la question, firent plusieurs conseillers peu dis-
posés à voir le débat dégénérer en un échange d'injures entre MM. Pottinger et Pettigrew.

— Oui, c'est cela, à la question, dit M. Thompson.
Nous laisserons-nous mener par sir Peter? Voilà ce
que nous avons à décider.

— Avant de renoncer au champ de courses actuel,
dit M. Whispie, qui en sa qualité de marchand de
chevaux avait des relations fréquentes avec les jeunes
Carew, il serait bon d'être sûr d'en avoir un autre. Où
est le consentement de lord Hartleigh, Pottinger?
Avez-vous un écrit quelconque à nous montrer?

— J'ai une promesse formelle de mylady, répondit
M. Pottinger; cela vaut bien une signature. »

Cette fine réplique mit fin à la discussion, et un premier scrutin à main levée couronna le triomphe de
l'épicier. Une seconde épreuve fut plus décisive encore,
et lorsqu'on proposa d'envoyer une adresse de remercîments à lord Hartleigh, tous les conseillers voulu-
rent la signer. Une heure plus tard, un écriteau était
planté à *Stubb's piece* avec la mention : TERRAIN A
VENDRE, et le 9 novembre suivant, M. Pottinger, élu
maire, revêtait la robe rouge et la chaîne d'or.

## CHAPITRE XIII

### DE HAZELWOOD A ROYSTER

Sir Peter commençait à comprendre qu'il avait agi trop précipitamment. En intentant un procès à la ville, il compromettait son siége au Parlement et s'exposait à des dépenses considérables. Son avoué, comme de juste, se gardait bien de lui faire envisager ce dernier côté de la situation ; mais le député de Stilborough savait par expérience à quels chiffres énormes s'élèvent les frais de procédure, et il sentit ainsi qu'à tous les points de vue il faisait fausse route. Le plus sage eût été d'acheter *Stubb's piece* à n'importe quel prix, et cette solution eût sans doute été celle qu'il aurait adoptée, si sa querelle avec la ville n'avait pas surgi à une heure où il était à court d'argent. Aujourd'hui encore, ce parti-là était le seul à prendre ; mais il fallait auparavant s'assurer des dispositions de lord Hartleigh, et une nouvelle visite à Hazelwood fut jugée indispensable.

Cette fois les Carew trouvèrent lady Hartleigh *at home* et Helen les reçut avec une grâce charmante, même avec un tact parfait. Elle les mit tout de suite à leur aise, elle n'eut pas l'air de soupçonner qu'on eût pu médire à ses dépens dans le salon de Royster Hall, si bien que Mrs. Hunt et Mrs. Warrener, qui s'étaient attendues à rencontrer une personne vulgaire, ne purent s'empêcher de convenir qu'elle avait de l'esprit et d'excellentes façons. Quant à Philip, à Jack et à leurs beaux-frères, ils furent enthousiasmés de sa beauté, et sir Peter en vint à se reprocher d'avoir pu soupçonner une femme aussi affable et aussi douce d'être l'âme du complot ourdi contre lui.

Aussi de quel ton dégagé il aborda cette question des courses, que quelques instants plus tôt il ne savait comment amener.

« Votre *Ladyship* est au courant de ce qui se passe à propos des courses de Stilborough? » demanda sir Peter.

Helen prit un air ingénu, et répondit qu'elle avait simplement ouï parler de difficultés entre la ville et sir Peter Carew, à propos d'un certain droit de passage. Elle en avait été désolée pour sir Peter, et ne comprenait pas que les gens de Stilborough pussent attacher tant d'importance à prendre tel chemin au lieu de tel autre.

« Oh! il ne s'agit pas seulement de cela, reprit sir Peter. Ils ne veulent plus que les courses aient lieu à Royster Hall, et lord Hartleigh encouragerait ce projet.

— Nous! fit Helen en joignant les mains. Mais quelle absurdité! Qui fait courir ce bruit, sir Peter?

— N'est-il donc pas exact que mylord ait offert à la municipalité un nouvel emplacement pour les courses?

— C'est-à-dire que nous avons consenti à ce que les courses eussent lieu à Hazelwood, si le terrain actuel ne convenait plus, répondit Helen. Il me semble même qu'on prétendait que vous ne vouliez plus qu'elles se fissent chez vous, destinant votre terrain à un autre usage.

— Je n'ai jamais rien dit de semblable.

— C'est une conspiration dans toutes les règles, fit Mrs. Warrener.

— Menée par un certain Pottinger, un épicier, ajouta Mrs. Hunt.

— Nous avons été bien mal renseignés, dans tous les cas,» dit Helen en se tournant vers son mari.

Lord Hartleigh rougit. Cette comédie lui répugnait et, depuis quelques minutes, il était sur des charbons ardents.

« La vente de la prairie au bord de la rivière soulève une question de droit? demanda-t-il.

— Oui, mylord, répondit sir Peter. Mais cet incident-là sera promptement réglé, si vous ne tenez pas à faire changer l'emplacement des courses; car dans ce cas j'achète *Stubb's piece*.

— Comment pourrions-nous désirer rien de semblable quand vous paraissez souhaiter le contraire! dit Helen avec un sourire.

— Je vous avoue qu'effectivement il me serait désagréable de perdre les courses, fit sir Peter. Elles ont eu lieu de tout temps sur mes terres, et j'ai été peiné de voir avec quelle facilité le conseil municipal passait outre à cette considération. Cependant ma famille a rendu des services à Stilborough.

— Ils nous ont traités comme on ne traite pas un directeur de cirque qu'on oblige à déménager, dit Mrs. Hunt.

— Puisqu'il en est ainsi, je retirerai le consentement que j'avais donné, fit lord Hartleigh pendant que sa femme lui lançait un regard foudroyant.

— C'est tout juste, ajouta lady Hartleigh en souriant.

— Je vous remercie de votre courtoisie, dit sir Peter, et puisque je vais rester à la tête des courses, j'espère que vous viendrez y assister, à Royster Hall, l'année prochaine, lady Hartleigh.

— Il ne faut pas attendre jusque-là pour venir nous voir, continua Mrs. Hunt. Si vous vouliez dîner avec nous un jour de la semaine prochaine, jeudi, par exemple?

— Avec grand plaisir, dit Helen, et je vous supplie à l'avance de laisser vos enfants au salon. J'aime tant les *babies*. »

Les Carew s'étaient à peine retirés, que lady Hartleigh donnait l'ordre d'atteler et partait pour Stilborough, sous prétexte d'emplettes urgentes. Elle se fit conduire chez M. Pottinger, manda l'épicier à la portière de sa voiture, lui dicta divers ordres et ajouta tout bas : « Je crois que sir Peter veut acheter *Stubb's piece*. »

L'épicier pâlit et regarda lady Hartleigh avec des yeux hébétés.

« Oui, il compte acheter *Stubb's piece*, continua mylady, et j'en suis contrariée pour vous qui voyez avec raison, dans l'installation d'une usine importante aux portes de Stilborough, une source de prospérité nouvelle pour la ville, et qui vous êtes donné tant de mal pour assurer le succès de cette combinaison. Aussi me suis-je dit que peut-être vous seriez disposé à vous rendre acquéreur de ce terrain; dans ce cas, je vous prêterais la somme nécessaire, et la chose resterait un secret entre nous. Ne manquez pas d'envoyer le thé dès ce soir, monsieur Pottinger. » Et avant que l'épicier eût pu revenir de son ébahissement, le valet de pied avait repris sa place près du cocher et le coupé d'Helen tournait le coin de la rue.

Amy n'avait pas accompagné ses sœurs à Hazelwood, ce jour-là. Une migraine lui avait servi d'excuse, migraine réelle et non pas feinte du reste, qu'elle avait gagnée à lire et à vérifier les factures qui continuaient à affluer à Royster Hall ; et comme, de plus, Mme Rogandi, la couturière, avait écrit le matin qu'elle aurait le plaisir de se rendre au château « pour régler son petit compte avec les misses Carew », il fallait bien que l'une d'elles restât pour la recevoir.

Cette Mme Rogandi était une femme considérée, mariée à un Italien, habile dans son art et, ce qui est plus rare, instruite et bien élevée. Elle avait passé plusieurs années dans une de ces écoles commerciales qui rendent aujourd'hui de bons services, et valait certainement, au point de vue du savoir, la plupart de ses pratiques.

Elle possédait une charmante villa à Swickenham ; ses deux fils faisaient leur éducation au collège de Chettenham ; une de ses sœurs avait épousé un officier ; son mari se livrait à des recherches historiques qui passaient pour n'être pas sans valeur. Ajoutons qu'elle avait trente-quatre ans, d'excellentes manières et une remarquable pénétration.

« Je regrette que vous ayez pris la peine de venir jusqu'ici, madame Rogandi, fit Amy à la couturière, d'autant plus que je suis obligée de vous renvoyer les mains vides.

— Je m'y attendais un peu, miss, répondit Mme Rogandi. Aussi est-ce plutôt pour prendre des arrangements avec vous que dans l'espoir d'être payée tout de suite, que j'ai pris la liberté de vous déranger.

— Puis-je vous offrir un verre de vin et un biscuit ?

— Non, merci ; j'ai lunché avant de partir, » dit Mme Rogandi. Et elle reprit : « Vous savez que votre note et celles de vos sœurs atteignent un chiffre relativement élevé, miss ? »

— Surtout quand vous les envoyez en même temps. Pourquoi faire cela ?

— Il faut bien les envoyer un jour ou l'autre, et je ne crois pas qu'on puisse me reprocher d'être exigeante. Mrs. Hunt et Mrs. Warrener ne m'ont rien donné depuis sept ans, pas même au moment de leur mariage.

— Oh! je sais que vous êtes très-accommodante, trop peut-être, dirai-je, car sans cela je ne vous devrais pas autant. Il ne faut pas me tourmenter, madame Rogandi.

— Je vous laisserai tout le temps que vous voudrez. Seulement, je désire que vous me fixiez une époque.

— Je n'aime pas à promettre, fit l'honnête miss Amy, mais je parlerai à mon père.

— Cela ne mènera à rien, miss, interrompit Mme Rogandi d'un ton un peu sec. Il s'écoulera du temps — excusez ma franchise — avant que sir Peter puisse payer les huit mille livres qui me sont dues.

— Huit mille livres! répéta Amy stupéfaite.

— Oui, miss, les notes de vos sœurs, jointes aux vôtres, font ce chiffre, et je ne puis compter que sur vous pour les solder, puisque c'est vous qui dirigez le château. Ah! je sais que vous avez tous de grands embarras.

— Pas autant que vous semblez le croire, répliqua Amy avec une pointe de fierté.

— Je souhaite de me tromper, mais je ne le pense pas; vous avez tant d'autres créanciers... Savez-vous que c'est dur, pour nous autres commerçants, de faire crédit à des jeunes filles qui ne nous offrent d'autre garantie que leur honneur, et de ne pouvoir ensuite nous faire payer?»

Amy rougit et se mordit les lèvres,

« Aussi nos prix sont-ils plus élevés qu'ils ne le seraient autrement, continua Mme Rogandi; et grâce à cela, quand nos clientes nous payent en se mariant, nous n'avons pas fait une mauvaise affaire. Mais Mrs. Warrener et Mrs. Hunt ont déçu nos prévisions; elles ont épousé des dépensiers déjà ruinés, et si nous avions su, à ce moment, que les affaires de sir Peter étaient aussi embarrassées, vous n'auriez plus trouvé de crédit nulle part. A présent nous n'avons plus d'espoir qu'en vous : vous ferez un meilleur mariage que vos sœurs et...

— Croyez bien que je vous payerais tout de suite, si j'avais jamais de l'argent, s'écria Amy. Mais pourquoi me dire toutes ces choses-là ?

— Il me serait bien dur de perdre huit mille livres, répondit la couturière d'une voix sèche.

— Vous ne les perdrez pas, répliqua Amy, qui se sentait près de pleurer.

— A condition que vous vous marierez bien, ajouta Mme Rogandi.

— On dirait, à vous entendre, que je n'ai que l'embarras du choix.

— Quand on est jolie comme vous l'êtes, miss, on épouse qui l'on veut, et permettez-moi d'ajouter, incidemment, qu'une fois la lune de miel passée, il n'y a plus de différence entre le mari qu'on a épousé par amour et celui qu'on a pris pour sa fortune. D'ailleurs il est des circonstances où un mariage d'argent est une question d'honneur. Quand un homme qui a des dettes se résigne à embrasser une carrière ennuyeuse pour les payer, il me semble qu'une femme peut bien s'imposer, elle aussi, un sacrifice... D'autant plus qu'il existe mille petits moyens de l'alléger, ajouta Mme Rogandi avec un sourire plein de malice.

— Assez, fit Amy indignée. De la part d'une autre que vous, je n'eusse pas toléré un seul instant de pareils propos.

— Vous avez tort de vous fâcher, miss Carew, repartit la couturière sans se troubler, et vous oubliez surtout que je parle à une jeune personne dont la famille me doit huit mille livres sterling. Au surplus, si ma conversation vous déplaît, je puis retourner à Londres et procéder d'une autre façon.

— Non, non, ne faites pas cela, reprit la pauvre Amy, de plus en plus confuse et agitée. Laissez-moi un peu de temps;... d'ici à quelques semaines la situation se sera peut-être améliorée.

— Vous aurez tout le temps que vous voudrez, miss, du moment que nous nous comprenons, fit Mme Rogandi. Votre parole me suffit. »

Et l'entrevue entre la jeune fille et la couturière se termina sur ces mots.

On devine qu'à la suite de cette conversation Amy fut triste et accablée. Il lui semblait qu'on l'avait insultée, qu'on avait brutalement porté la main sur toutes ses pudeurs et ses délicatesses de jeune fille : elle se sentait prête à se jeter aux pieds du premier pacha venu qui lui ferait la cour, lui promettant d'être son esclave, pourvu qu'il fît cesser cette affreuse situation d'elle et des siens. Combien de pauvres créatures que le monde accuse d'être ambitieuses et égoïstes, ont été conduites à faire des mariages d'intérêt par des circonstances du genre de celles que traversait Amy Carew.

Heureusement pour son repos, ses devoirs de maîtresse de maison ne lui laissaient pas le temps de réfléchir et de pleurer. Elle se baigna les yeux afin que son père et ses sœurs ne pussent pas soupçonner ce qui s'était passé, et s'en fut au jardin pour achever de se remettre des émotions de la journée. Paul Rushbrand, à cet instant, remontait l'avenue qui longeait la terrasse, et la jeune miss le vit se diriger d'un pas lent vers le perron.

Dans les dispositions d'esprit où elle se trouvait, la visite du curé de Stilborough était le seul incident qui pût la consoler et la distraire. Les derniers sermons du pasteur, à l'office du dimanche, lui avaient fait un bien dont elle se rendait compte sans qu'elle s'expliquât comment ce langage si simple pouvait l'impressionner aussi vivement. En voyant apparaître le jeune curé à une heure où elle avait le cœur serré, il lui sembla que la Providence avait pitié de sa tristesse, et s'employait à l'alléger.

Paul cependant n'arrivait pas. Il avait brusquement quitté l'avenue pour gagner un petit monticule d'où l'on apercevait toute la vallée de Stilborough, et semblait absorbé dans la contemplation du splendide paysage qui se déroulait sous ses yeux. Amy, perdant patience, sortit du jardin par une porte de côté, et s'approcha du pasteur, en toussant deux ou trois fois pour appeler son attention.

« Bonjour monsieur Rushbrand, fit-elle en souriant.

Bonjour, miss Amy, » répondit le pasteur. Et il ajouta presque aussitôt. « Mais vous avez pleuré; serait-il arrivé quelque chose à l'un des vôtres?

— Non, dit-elle étonnée de sa clairvoyance, Mais nous avons tous nos petits chagrins.

— Petits ou grands, fit le pasteur avec un soupir. J'étais précisément en train de songer que c'est vraiment pitié de voir l'homme occupé sans cesse à se créer des soucis, au lieu de jouir de cet univers que Dieu a fait si beau pour lui. »

## CHAPITRE XIV

### LE PASTEUR ET LA JEUNE MISS

Ils marchaient lentement l'un près de l'autre.

« Mon père et mes sœurs sont sortis, fit Amy, mais je les attends à tout instant. Ils sont allés voir lady Hartleigh.

— Ils ont bien fait, répondit Paul, qui était en effet heureux de cette démarche.

— C'est la seconde visite qu'ils font à Hazelwood, continua la jeune miss, et vous le sauriez depuis longtemps si vous étiez venu nous voir.

— Vous avez eu des courses, des fêtes de toutes sortes.

— Vous blâmez donc les courses ?

— Certainement.

— Vous m'étonnez, reprit Amy. Je me figurais que toutes les distractions étaient permises, du moment qu'on s'y livrait innocemment. Les uns aiment la danse, d'autres les chevaux ; ceux-ci le cigare, celles-là les bijoux. Si vous condamniez tous ces goûts, le monde alors serait bien ennuyeux.

— Croyez-vous donc que l'existence soit triste pour ceux qui ne peuvent ni avoir des chevaux ni porter des bijoux, demanda le pasteur ? Pour moi, le plus heureux temps de ma vie est celui où j'étais mousse, travaillant du matin au soir et gagnant dix shillings par semaine.

— Oh ! si vous voulez discuter sérieusement, c'est autre chose, fit Amy avec une petite moue. Voyons,

dites-moi pourquoi et comment je pèche, en aimant le plaisir ? »

Il sourit et jeta sur la jeune fille un regard presque tendre.

« Si vous êtes heureuse, Dieu soit béni, » reprit-il.

Mais, à sa grande surprise, l'air moqueur d'Amy fit place à une expression de mélancolie profonde. Ses lèvres, prêtes à sourire, se mirent à trembler, et ses yeux se remplirent de larmes. Le pasteur fut ému.

« Je suis vraiment peiné d'avoir dit quelque chose qui vous ait affligée, fit-il.

— Oh ! ce n'est rien, dit-elle ; cela passera dans une minute. J'ai été triste toute la journée. »

Le tact est la politesse du cœur : Paul garda le silence ; mais comme Amy, dans son trouble, laissait tomber les roses qu'elle tenait à la main, il se baissa et les releva.

« Je suis bien malheureuse, monsieur Rushbrand, reprit Amy... Les pauvres envient souvent le sort des riches... Si pourtant ils savaient !

— La Providence proportionne aux forces de chacun les soucis qu'elle envoie, fit Paul, qui sentait l'émotion le gagner de plus en plus.

— Pas toujours, monsieur Rushbrand. Il y a des gens dont les épreuves sont au-dessus de leur énergie. Le pauvre a la ressource du travail et de la charité d'autrui ; mais le riche..., mais moi..., ah ! je ne saurai plus jamais ce que c'est que d'être heureuse.

— Jamais, c'est beaucoup dire. J'espère qu'au contraire vous aurez plus d'une fois l'occasion de rire de votre découragement d'aujourd'hui.

— Je ne le crois pas et ne le mérite pas, monsieur Rushbrand, car mes soucis actuels sont presque tous des suites de mon étourderie. Tenez, depuis quelque temps, j'ai songé à maintes choses auxquelles je n'avais jamais réfléchi auparavant.

— Il n'est jamais trop tard pour s'amender, dit Paul d'une voix grave. Toutefois n'est-ce pas sur votre frère plutôt que sur vous-même que vous pleurez ? On dit qu'il a perdu de grosses sommes.

— Les dettes de mon frère sont payées, répondit Amy en redressant fièrement la tête, et mon chagrin ne vient que de moi. Mais n'essayez pas de deviner cette énigme, monsieur Rushbrand, et changeons de conversation. J'aperçois un cavalier au bas de l'avenue.

— C'est sir Giles Saplow, dit le pasteur d'un air vexé.

— C'est vrai, fit Amy en changeant de couleur; j'espère qu'il ne verra pas que j'ai pleuré. Rendez-moi mes fleurs, monsieur Rushbrand : il ne manquerait pas de me plaisanter, s'il vous voyait porter mon bouquet. »

Elle essuya ses yeux et ouvrit son ombrelle pour mieux dissimuler le trouble de ses traits. Sir Giles montait un beau cheval noir et s'approchait au petit trot, suivi d'un magnifique bouledogue.

« Qu'avez-vous donc fait à Sirem ? demanda Amy quand il fut à portée de voix. Il a la gueule pleine de sang.

— Ah! il vient de se battre, répondit le baronnet en descendant de cheval. Un satané blaireau qui lui a sauté à la gorge et dont il ne s'est défait qu'à grand peine !

— Quelle horreur ! dit Amy avec un geste de dégoût.

— Les chiens aiment cela, n'est-ce pas, Rushbrand ?

— Je n'en sais rien, fit le curé; mais je voudrais bien, sir Giles, que vous n'entraîniez pas les enfants

de Stilborough à vous accompagner dans vos expédi-
tions. On prétend que vous les avez engagés à vous
apporter tous les rats qu'ils prennent.

— Vous n'allez pas vous faire le protecteur des
rats, j'imagine, dit sir Giles en riant. Et au surplus,
pasteur, puisque vous surveillez de si près les enfants
de vos écoles, tâchez donc qu'ils ne dévalisent plus
mon verger. Le premier que je prends aura affaire à
moi.

— Vous en trouverez qui sont de force à se défendre, »
sir Giles, » riposta le ministre, moitié sérieusement,
en riant.

Amy éclata de rire et sir Giles Saplow, qui ne dé-
testait pas qu'on lui tînt tête, reprit sa belle humeur
habituelle.

« Je vais aller mettre mon cheval à l'écurie, » ajouta-
t-il.

Lorsqu'ils furent seuls, Amy regarda fixement le
pasteur et lui dit :

« Vous n'aimez pas sir Giles, monsieur Rushbrand?

— Il n'est plus là maintenant, fit remarquer le pasteur, et ce que je pense de lui, je veux le lui dire en
face. »

Les deux jeunes gens rentrèrent au château en parlant de choses indifférentes, et avant que le baronnet
eût eu le temps de les rejoindre, sir Peter et ses enfants
revenaient d'Hazelwood. Tous semblaient satisfaits
de leur visite. Mrs. Hunt et Mrs. Warrener firent
au pasteur un accueil très-courtois et accablèrent sir
Giles Saplow de politesses. Mais sir Peter se montra un peu froid pour le curé, qu'il soupçonnait d'avoir
trempé dans le complot du sieur Pottinger, et ce fut
seulement du bout des lèvres qu'il lui demanda de
rester à dîner.

Paul accepta cependant. Il était venu à Royster
Hall pour rétablir l'entente entre la ville et le château ;
l'attitude réservée de son hôte ne pouvait suffire à
le détourner d'un projet qu'il regardait comme un devoir. D'ailleurs les arguments qu'il tenait en réserve
pour calmer sir Peter lui semblaient de nature à produire un effet immédiat d'apaisement.

Mal renseigné sur l'incident par M. Pottinger, il
croyait que les difficultés provenaient de ce que
la municipalité, émue des scènes tumultueuses qui
avaient marqué les dernières fêtes, voulait supprimer
les courses, pendant que sir Peter tenait à les conserver ; et il lui paraissait qu'en démontrant à celui-ci
qu'il retirerait un jour maint avantage de l'établissement, près de son parc, d'une usine importante, il cou-
perait court au conflit.

Pour utiliser le temps qui le séparait encore de
l'heure du dîner, sir Peter Carew proposa au pasteur
de lui montrer les appartements. Les deux hommes
étaient seuls et le vieux baronnet remplit son rôle de
cicerone avec tout l'orgueil d'un châtelain qui fait les
honneurs de la maison de ses pères. Mais si ces sortes
de visites offrent un grand charme à l'artiste, à
l'homme de goûts raffinés, elles sont sans intérêt
pour les natures primitives. Devant tous ces tableaux,
ces tapisseries, ces longs corridors sombres, ces vieilles
cheminées d'autrefois, ces portraits de grands seigneurs et de grandes dames, Paul Rushbrand demeurait froid.

Autant son œil s'animait en face des grands spectacles
de la nature, de la mer, des montagnes et des bois,
autant il restait indifférent devant ces souvenirs d'un
temps qu'il n'avait entrevu qu'à travers les pages de ses
livres. Sir Peter lui montra, d'un geste respectueux,

une armure toute rouillée qu'avait portée un de ses
ancêtres à Naseby. Le pasteur se contenta de dire « vraiment ! » comme si cette relique du passé lui eût produit
l'effet d'un uniforme moderne trouvé sur un soldat
mort... au profit d'une mauvaise cause. Ah ! que l'histoire perdrait de son côté poétique et romanesque, si
nous voyions de moins loin les scènes qu'elle nous
décrit, si nous jugions les morts qu'elle présente à
notre culte aussi sévèrement que nous traitons les
vivants !

« Oui, dit sir Peter, en remettant dans son four-
reau une vieille épée qu'il venait de montrer au pasteur, nous sommes une ancienne famille, et la municipalité eût commis une mauvaise action si elle nous
avait contraints à quitter le comté, comme j'ai pu le
craindre un instant.

— Je ne crois pas que personne ait jamais eu
pareille idée, sir Peter, répondit M. Rushbrand,
heureux que la conversation se portât sur se sujet.
Si je comprends bien la situation, les gens de Stilborough veulent supprimer les courses, qui sont deve-
nues pour eux une cause d'ennuis de toutes sortes, et
construire des usines qui accroîtraient, petit à petit,
la prospérité de la ville

— Vous avez étudié consciencieusement votre dossier, pasteur, reprit le baronnet en riant. Mais, dites-
moi, trouveriez-vous plaisant qu'on installât une
scierie à votre porte, avec droit de passage dans votre
jardin, pour les ouvriers et pour tout le monde ?

— Votre propriété augmenterait de valeur, dit le
curé, qui avait hâte de placer l'argument dont il attendait merveille.

— Dans quarante ans d'ici peut-être, fit sir Peter,
c'est-à-dire à une heure où je serai depuis longtemps

dans votre cimetière, pasteur. Mais quand même je vivrais assez pour voir votre prédiction s'accomplir, croyez-vous donc que cela suffirait pour me consoler du préjudice causé à ma propriété, qui deviendra inhabitable du jour où cette maudite scierie fonctionnera ? Non, non ; si ce projet-là se réalise, je plie ma tente et vais la planter ailleurs.

— Ce serait un parti extrême, dit Paul, qui voyait déjà la place d'Amy vide à l'église.

— Le seul possible, s'écria le baronnet. D'ailleurs, il ne s'agit pas de supprimer les courses, mais de les transporter à Hazelwood, en sorte que les scènes de désordre dont vous parlez, subsisteraient toujours.

— J'ignorais qu'on parlât de chercher un autre emplacement pour les courses, répondit Paul, visiblement surpris... M. Pottinger m'a raconté... »

Sir Peter éclata de rire et prit le bras du pasteur.

« Vous êtes d'âge à être mon fils, Rushbrand, reprit-il, et je puis me permettre de vous donner un conseil. Eh bien ! défiez-vous de cet individu ; il a l'air de ne songer qu'à l'intérêt commun, et il ne se préoccupe que de lui-même.

— Vous m'étonnez en disant qu'on s'occupe de transporter les courses à Hazelwood, dit le curé sans relever la dernière observation de son interlocuteur, J'aurais cru que lady Hartleigh se serait opposée...

— Opposée ? Mais c'est elle qui a offert son parc. Cependant je dois dire que cette après-midi nous avons arrangé l'incident à l'amiable. *Stubb's piece* nous coûtera bien deux milliers de livres, mais j'éviterai l'affront qu'on voulait nous faire. Allons dîner, monsieur Rushbrand. »

Bien qu'à l'heure où sir Peter parlait de dépenser deux mille livres, il n'en eût pas cinquante en poche,

sa table était servie avec la même prodigalité qu'auparavant, car les gens de son monde se résignent difficilement à rien retrancher au budget de leur cuisine.
Paul Rushbrand fut émerveillé et étonné en même
temps de ce luxe. Habitué à manger quand il avait
faim, et à se contenter alors d'un seul plat, il ne s'expli-
quait pas qu'on pût goûter successivement de tant de
mets et rester si longtemps à table. Le menu sur papier glacé, les noms baroques qui y figuraient, les
femmes qui buvaient le champagne aussi lestement
qu'un verre d'eau, étaient pour lui autant de nou-
veautés.

Mais les attentions dont sir Giles Saplow continuait d'être l'objet de la part de ses hôtes furent surtout, à ses yeux, l'élément curieux et instructif de ce
dîner. A l'exception d'Amy, qui restait silencieuse,
c'était à qui ferait le plus d'avances au baronnet, à
qui rirait le plus haut de ses lourdes plaisanteries, à
qui admirerait davantage ses moindres mots. Que ce
personnage sans distinction et sans esprit pût être
traité avec autant d'égards, cela constituait pour le
pasteur une énigme indéchiffrable, et sa surprise s'ac-
crut encore quand, sir Giles entamant un sujet religieux, personne ne lui rappela que la présence à table d'un membre du clergé rendait cette conversation
inopportune.

Ce fut au dessert que l'incident se produisit. Le baronnet, tout en croquant des noix, se mit à parler
des derniers travaux de Darwin et ajouta, en se tournant vers le pasteur qui avait pris pourtant un visage
sévère et peu encourageant :

« Que pensez-vous de ce livre sur l'origine de
l'homme, qui a paru ces temps-ci, monsieur Rushbrand, et qui nous fait remonter au singe? Je viens de

le finir, et je compte en faire don au Cercle des ouvriers de Stilborough. Il est bon que ces braves gens connaissent les deux côtés de la question.

— Voulez-vous dire que ces découvertes et que ce livre infirment l'autorité de la parole divine ? demanda Paul d'une voix qu'il s'efforçait de rendre calme.

— Nous admettons l'existence de Dieu, mais rien ne nous la prouve, fit sir Giles.

— Tout la démontre au contraire. Elle éclate dans les grandes œuvres de la nature.

— Je suis prêt à me laisser convertir ; mais je vous préviens que cet argument-là est usé.

— Usé ! répéta Paul ; mais s'il s'est usé en vieillissant, c'est qu'il a toujours existé, c'est qu'en tout temps on a compris sa force. Puis, laissez-moi vous dire ceci : quand même il serait démontré — ce qui est loin d'avoir été fait — que les atomes se sont groupés pour former le soleil et la terre, et que l'air a engendré une végétation d'où sont sortis tous les êtres, depuis l'insecte jusqu'à l'homme, il resterait encore à établir qui a créé ces atomes et l'air qui les a vivifiés. Car la création de ces particules primitives est tout aussi difficile que celle de l'univers, et le bon sens indique que la force créatrice qui a pu faire les unes, a pu former aussi le monde.

— Je vous accorde cela, dit sir Giles en cassant une nouvelle noix. Vous n'admettez pas d'effet sans cause ?

— Naturellement, fit Paul, qui ne voyait pas où on voulait le conduire.

— Alors, qui a créé le créateur ? » demanda sir Giles. Il s'arrêta un instant pour jouir de l'embarras de son contradicteur et reprit : « Sans doute, vous me direz que l'origine du créateur est un mystère, et vous aurez raison ; mais alors toute votre argumentation

s'écroule. Prétendant établir l'existence de Dieu par une
série de déductions, tenant les unes aux autres, vous
ne pouvez pas nous demander de vous laisser prendre
un point de départ qui ne repose sur rien de positif.

— Tout cela est bien abstrait et nous ferions mieux
de parler d'autre chose, dit Mrs. Warrener que cette
discussion ennuyait.

— Il y a des questions qu'il ne faut point tenter
d'approfondir, reprit Paul d'une voix humble ; Dieu
en a interdit l'accès à nos faibles intelligences. Pourtant, je veux répondre encore un mot à sir Giles.
Vous êtes riche, monsieur, vous êtes magistrat, et les
pauvres cherchent en vous des exemples à suivre. Eh
bien ! je vous conjure, dans votre propre intérêt, de
ne pas vous employer à détruire leur foi et leur espoir d'une vie future ; car du jour où ils n'auront plus
de croyance, je me demande, en vérité, qui pourra les
retenir et les empêcher de vous prendre vos biens.
Notre tâche est déjà difficile et ingrate, à nous ministres de l'Évangile ; ne la rendez pas impossible, en
sapant les obstacles que nous tentons d'élever contre
les périls qui vous menacent ! »

Paul, en disant ces mots, s'était levé. Les femmes
en profitèrent pour quitter la table et passer dans la
pièce voisine. Comme Amy franchissait le seuil de
la porte, elle se retourna pour sourire à son père, et
son regard rencontra les deux hommes entre lesquels
s'était livré le combat oratoire auquel le lecteur
vient d'assister. L'un avait la face rouge, les yeux
appesantis par les fumées du vin. L'autre avait l'œil
clair, et le visage calme. L'un était le sceptique ; l'autre le croyant. Elle les compara l'un à l'autre dans
ce rapide regard, et comprit lequel des deux était fait
à l'image de Dieu.

## CHAPITRE XV

### UN SOLDAT AMOUREUX

Il nous faut maintenant nous attacher pour quelque temps à la fortune du capitaine Oswald.

Il était parti pour Londres sous prétexte d'y faire les arrangements nécessaires à la vente de son grade, et ses sœurs lui avait arraché la promesse qu'il demanderait la main de lady Ambermere, qui, elle aussi, était en ville. En réalité, l'héritier de sir Peter ne voulait ni quitter l'armée, ni se marier, mais simplement tâcher de trouver de l'argent, pour s'éviter cette double obligation. Naturellement, sa dernière mésaventure ne l'avait pas guéri de la passion du jeu. Furieux de sa mauvaise chance, il guettait l'occasion de se rattraper, et se levait tous les jours avec l'espoir que quelque chose de bon pourrait arriver avant la nuit.

Rien n'arriva cependant, sauf des réclamations conçues dans des termes de moins en moins parlementaires.

Il existe à Londres des bureaux de renseignements par l'intermédiaire desquels les fournisseurs d'un quartier transmettent à ceux d'un autre les noms de leurs débiteurs, si bien qu'un homme ou une famille signalé à l'un de ces établissements est immédiatement mis au ban de la communauté des marchands. Sans un gain de deux cents livres, qu'il eût la chance de faire aux courses de Saint-Léger, Oswald n'aurait pas pu obtenir à crédit une paire de gants. La réputation d'un homme ressemble à son ombre, qui quelquefois le suit et quelquefois le précède, qui tantôt se raccourcit et qui tantôt s'allonge. Pour l'heure la réputation des Carew les précédait partout, et était beaucoup plus courte que de raison.

Sir Peter avait écrit à divers ministres pour les prier de donner à ses beaux-fils et à ses fils ces postes lucratifs qu'un membre du Parlement, qui a toujours bien voté, est en droit de réclamer et d'obtenir. Mais que pouvait offrir le gouvernement à des jeunes gens habitués à mener une vie facile et à satisfaire tous leurs caprices ?

Les consulats, les places aux colonies, les directions de prisons peuvent convenir aux mortels ordinaires ; mais comment proposer de pareilles positions à un officier aux Gardes qui veut payer ses dettes, sans déroger et sans se gêner ? Philip crut faire faire une concession en acceptant d'être envoyé comme attaché militaire en Allemagne, avec un supplément de quatre cents livres par an. Albert se fit nommer secrétaire d'une commission et reçut, à ce titre, une augmentation de traitement de trois cents livres. Mais on ne trouva rien qui convînt aux capitaines Hunt et Warener, ni à leur beau-frère Oswald.

Donc il ne restait plus à celui-ci qu'à faire la cour à lady Ambermere, et il se mit à l'œuvre avec l'entrain d'un homme qui voit dans le mariage la fin de tous les plaisirs et de toutes les libertés. Mylady avait une maison à Kensington, et comme la caserne du régiment d'Oswald était tout près de là, il se trouvait en bonne situation pour surveiller les mouvements de la jeune veuve et pour y conformer les siens. Toutefois le colonel Pounceforth, son supérieur et son rival, jouissait des mêmes avantages et s'en était servi depuis quelque temps, très-habilement.

Aussi, quand le capitaine entra en campagne, trouva-t-il le terrain moins sûr et moins facile qu'il ne l'avait supposé. D'une part, la jeune veuve n'était pas demeurée insensible aux attentions du colonel ; d'autre part, elle trouvait qu'Oswald descendait dans la lice en homme par trop sûr de soi. Certes, il n'avait point cessé de lui plaire et elle était disposée à l'excuser ; mais ses déclarations étaient-elles sincères et le meilleur moyen de s'en assurer n'était-il pas de jouer les coquettes et de faire l'aimable avec le colonel.

Ce galant officier crut qu'enfin il touchait au terme de ses désirs. A quelque heure du jour qu'il frappât à la porte de lady Ambermere, il la trouvait chez elle, tandis qu'Oswald n'était admis, le plus souvent, que lorsqu'il y avait d'autres visites au salon. Le colonel avait souvent des tête-à-tête avec mylady, Oswald jamais ; et si, par politesse, Pounceforth se levait quand son rival entrait, elle le priait de se rasseoir ou elle les congédiait tous les deux. Avec l'un, elle était expansive, confiante ; avec l'autre, froide et réservée. C'était le colonel qu'elle consultait sur les questions de toilette, bien qu'il n'y connût rien ; si Oswald disait qu'il préférait le bleu, il la trouvait le lendemain en rose.

Le capitaine Carew avait conscience de cette comédie ; elle le fatiguait, elle l'agaçait, mais les obstacles qu'il rencontrait ne faisaient que l'exciter davantage. Il commençait à trouver que lady Ambermere valait la peine qu'on lui fît la cour et qu'elle était moins simple qu'il ne l'avait jugée. L'installation, les chevaux, les voitures de la jeune veuve lui paraissaient des biens enviables, et s'il n'était pas encore réconcilié avec le mariage, au moins admettait-il qu'en

prenant certaines précautions, qu'en faisant stipuler,
par exemple, la somme de liberté dont on jouirait des
deux côtés, on pouvait le rendre supportable. En
attendant, les coquetteries de lady Ambermere équiva-
laient pour lui au gaspillage d'un temps précieux, et il
se promit de brusquer le dénoûment la prochaine fois
qu'il serait seul avec elle.

Mylady se promenait tous les jours à cheval dans
Rotten Row [1] ; ce fut là que le capitaine Carew résolut
de la rejoindre et de lui demander sa main à brûle-
pourpoint. Or, de tous les endroits qu'un homme peut
choisir pour faire une semblable démarche, un lieu
public est le plus mal choisi. Les femmes n'aiment
pas à être contraintes de dire oui ou non, lorsqu'elles
ont tant d'autres moyens de se faire comprendre, et
ces monosyllabes sont cependant leur seule ressource,
lorsqu'elles savent qu'on les regarde.

« Bonjour, lady Ambermere, dit le capitaine Oswald en approchant son cheval de celui de la jeune
femme. Je réussis enfin à vous rencontrer seule, et
vous voici ma prisonnière.

— Où me conduisez-vous ?

— N'importe où, sauf auprès de Pounceforth.

— Vous êtes jaloux ?

— N'ai-je pas quelque raison de l'être ; vous êtes
tout sourires pour lui, et me recevez à peine lorsque
je viens vous voir.

— Pourquoi venez-vous alors ?

— Ah ! voilà.

— Attraction magnétique ?

— Quelque chose comme cela.

— Après-demain vous serez, vous et le colonel, sur le

1. Allée de Hyde Park

pied de la plus complète égalité, car je vais à Norfolk, au mariage d'une amie.

— Vous ne serez pas longtemps absente, j'espère?

— Il est probable que je ne serai pas de retour avant Noël ; je dois aller dans le Leicestershire et ensuite dans le nord.

— Le Leicestershire! mais c'est le comté de Pounceforth ! Gageons qu'il courra après vous.

— J'espère le rencontrer de temps en temps.

— Vous voulez dire souvent.

— Soit; pourquoi pas ? »

Lady Ambermere mit son cheval au trot, et Oswald la suivit sans mot dire.

— Qu'allez-vous faire en mon absence? reprit-elle bientôt. Rien de bon, j'imagine.

— Je penserai à vous.

— A moi, à vos paris, à vos cartes et au reste.

— A qui la faute ? répliqua-t-il.

— A vous seul, je suppose.

— Croyez-vous que vous n'y serez pour rien ? Vous pourriez faire de moi l'être le plus rangé de tout Londres.

— Mais je vous trouve très-bien comme cela, dit-elle en caressant l'encolure de son cheval.

— Si vous vouliez avoir pour moi la moitié seulement des bontés que vous avez pour Pounceforth?

— Tâchez de lui ressembler.

— Comme vous en êtes éprise !

— Je l'aime beaucoup, effectivement.

— Et moi, pas du tout; de sorte que si je vous demandais une faveur, vous répondriez non.

— Probablement; parce qu'elle ne serait pas raisonnable, fit-elle en riant, et en rougissant légèrement.

— Cela dépend; supposez que je vous demande de
revenir à Londres après votre voyage à Norfolk?

— Dans quel but?

— Pour vous dire que je vous aime, pour tâcher
que vous m'aimiez et que vous consentiez à m'épouser.

— Tout cela! c'est beaucoup, s'écria-t-elle en rougissant de nouveau. Parlez-vous sérieusement, capitaine Carew?

— Sur mon honneur, dit-il en portant la main à
son cœur.

— Eh bien, supposez que je vous demande à mon
tour une faveur, afin de vous éprouver; que je vous
prie de ne pas toucher une carte pendant un an, de
travailler, de faire quelque chose qui puisse rendre
une femme fière de porter votre nom, que diriez-
vous? »

Elle tourna la tête de son côté, attendant anxieuse-
ment sa réponse; il hésita et balbutia des lieux com-
muns. S'il avait témoigné le moindre empressement
à accepter ses conditions, l'épreuve n'eût pas duré
longtemps. Mais de le voir mordant ses lèvres et ne
sachant plus que dire, c'était mortifiant, et elle l'eût
volontiers frappé de sa cravache quand il reprit:

« Je ne suis pas un joueur aussi endurci que vous
le croyez; cependant je ne puis pas m'engager à ne
plus toucher une carte, sous peine de m'exposer à vous
manquer de parole. Quant à me distinguer par quelque action d'éclat, il n'y a guère qu'aux Indes que j'y
pourrais prétendre, et mon régiment ne part pas.

— Ne pourriez-vous pas changer de corps? demanda-t-elle sur le ton du dédain. Sachez donc, capitaine Carew, que quand on offre son nom à une
femme, on doit tâcher que le présent ait de la valeur. »

Oswald changea de couleur, et lady Ambermere réfléchit qu'elle avait peut-être été trop dure. Elle chercha alors à se montrer plus gracieuse et à amener le jeune officier à renouveler sa déclaration ; mais elle l'avait blessé dans son amour-propre, et il parut ne point comprendre ses avances. Le tête-à-tête devenait gênant ; auprès d'une des portes du parc, mylady annonça qu'elle rentrait chez elle ; puis, lui tendant la main au moment de le quitter :

« Après tout, reprit-elle, je crois que je reviendrai à Londres en quittant Norfolk, et si vous avez été sage d'ici là, je pourrai peut-être vous accorder quelques-uns des priviléges que vous enviez à votre ami le colonel.

— Oh ! fit-il en riant et en levant son chapeau, je serai sans doute parti pour l'Inde en ces temps-là. »

Lady Ambermere comprit qu'Oswald Carew abdiquait et qu'il ne lui demanderait plus jamais d'être sa femme.

---

## CHAPITRE XVI

### UNE PARTIE DE CARTES

Une fois rentrée, elle fondit en larmes ; puis, cet accès passé, elle s'essuya les yeux et se demanda ce qu'elle ferait ? Comment avait-elle pu être assez téméraire pour froisser l'homme à qui elle voulait plaire ? Comment avait-il pu prendre au sérieux ses taquine-

ries? Elle songea à lui écrire pour s'excuser; la
crainte de commettre ce que le monde appelle une in-
convenance, la retint. N'était-ce pas à lui, au surplus,
de faire les premiers pas, et le meilleur moyen d'être
aimé n'est-il pas de feindre l'indifférence?

Oswald, au même moment, faisait d'amères réflexions. Il avait joué son plus bel atout, risqué sa
dernière carte, et il avait perdu la partie. Même on
l'avait traité de haut en bas, froissé et humilié de
toutes les façons, et, pour comble de malheur, il se
sentait presque épris, maintenant qu'il se croyait dé-
daigné! Il alla luncher à son club, où il se livra à une
violente sortie contre les femmes; il s'en fut au ma-
nége sauter quelques barrières, pour chasser sa mauvaise humeur; il prit un bain turc, pour achever de
tuer le temps. Mais tout cela ne l'empêchait pas de
songer qu'il se verrait le lendemain contraint de
prendre un grand parti, de vendre son grade, d'accepter le premier emploi venu, et cette perspective
était loin de lui sourire. Tant qu'il avait pu se tirer
d'affaire aux dépens d'autrui, payer ses dettes avec
les bijoux de ses sœurs, et mener grand train avec
l'argent des autres, ses folies lui avaient semblé
naturelles et il ne lui était jamais arrivé de les regretter. Obligé aujourd'hui de ne plus compter que
sur lui-même, il ne savait à quoi se résoudre pour
liquider sa situation, et peut être commençait-il à comprendre que les extravagances s'expient toujours chè-
rement.

Il retourna à son club. C'était, de tous les établissement du même genre, le plus aristocratique et le plus
élégant. On y jouait gros jeu, on y jouait même sur parole et les étrangers y étaient admis, toutes choses
qu'on tolère rarement dans les cercles. Oswald s'in-

stalla d'abord dans le salon de lecture et s'absorba de
nouveau dans ses méditations ; mais le bruit qu'on
faisait dans la salle de jeu, l'eut bientôt arraché à ses
réflexions. Il se leva et passa dans la pièce voisine, où
une demi-douzaine de jeunes gens groupés autour
d'une table suivaient attentivement une partie d'é-
carté engagée entre le marquis de Felwood, l'héritier
du duc de Lowland, et un étranger.

« Vous êtes trop fort pour moi, prince, dit le marquis à son adversaire en quittant sa chaise. Mais voici
Oswald Carew, qui est de taille à vous tenir tête. » Et
il offrit sa place au capitaine.

« Allons, Carew, donnez-nous un échantillon de
votre savoir-faire, cria une autre voix.

— En cinq points ? demanda Oswald, à qui la vue
des cartes avait rendu tout son entrain.

— Oui, en cinq points, répondit le marquis ; mais
laissez-moi vous présenter d'abord à votre adversaire :
Prince, le capitaine Carew, du deuxième régiment des
Gardes ; le prince Karetskine, officier russe. »

Les deux joueurs se saluèrent, se mesurèrent des
yeux et s'assirent. Oswald était un trop habile parieur
aux courses pour être un bon joueur d'écarté, car on
est rarement l'un et l'autre à la fois ; mais il avait une
qualité précieuse pour un habitué des tapis verts : un
imperturbable sang-froid. Sous ce rapport, il était de
beaucoup supérieur au prince, qui ne savait pas dissimuler ses impressions. Les rives de la Neva envoient
dans les capitales de l'Occident de jeunes gentilshommes qui étonnent le monde par leurs folies et le
séduisent par leurs charmes ; le prince Karetskine
était du nombre. Ses cheveux blonds taillés en brosse
donnaient à sa physionomie un air martial qui contrastait singulièrement avec son teint rose, et l'ex-

pression de jeunesse qu'on retrouvait dans tous ses traits; il était grand, bien bâti et son œil bleu, doux comme celui d'une femme, semblait imposer la sympathie et la confiance.

Oswald accepta l'enjeu proposé par le prince et eut, en trois minutes, perdu quarante-cinq livres. La seconde partie lui en coûta vingt. A la troisième, Karetskine tourna le roi deux fois et gagna de nouveau quarante-cinq livres. Une quatrième, une cinquième, une neuvième se terminèrent encore à l'avantage du Russe et, en moins de trois quarts d'heure, le capitaine Carew avait perdu trois cents livres.

« Vous êtes en veine aujourd'hui, prince, fit le marquis, qui suivait la partie en fumant une cigarette.

— Comment peut-on jouer avec un Russe en ayant une opale sur soi? cria lord Beaumaris, des grenadiers, en montrant une bague qu'Oswald avait au doigt.

— C'est vrai, fit le jeune Russe en souriant, on a des préjugés contre l'opale dans mon pays et je ne m'aventurerais jamais à jouer, si j'en avais une sur moi. »

Oswald retira sa bague et, par une de ces étranges coïncidences auxquelles les superstitions doivent de se perpétuer, il advint que la chance tourna de son côté, si bien qu'au bout de quelques parties, il ne devait plus à son adversaire que vingt-cinq livres.

« Si nous jouions le piquet, proposa l'officier russe : en cent cinquante; dix livres le point et pas de revanche. »

Oswald hésita un instant, mais se sentant en veine, ainsi que disent les joueurs, il accepta, à condition toutefois de ne jouer que cinq livres le point.

Comme il arrive toujours, la première partie fu

suivie d'une seconde, celle-ci d'une troisième, celle-là
d'une quatrième ; bref, tous les assistants s'étaient retirés depuis longtemps, que les deux hommes jouaient
encore. Des sandwiches et du vin, qu'ils se firent apporter, leur tinrent lieu de dîner, et il fallut que les
cartes tombassent de leurs mains, fatiguées de les
tenir, pour qu'ils songeassent à s'arrêter. On fit alors
les additions, en ajournant au lendemain la revanche: Karetskine perdait dix-sept mille livres. Il tira
tranquillement de sa poche son portefeuille et remit à
Oswald un chèque de cette somme.

## CHAPITRE XVII

### LES LOIS ET LES LOIS DE L'HONNEUR

En se réveillant le lendemain matin, Oswald aperçut dans sa chambre Felwood et Beaumaris, qui causaient avec animation, à voix basse.

« Dites donc, Oswald, fit le marquis, n'êtes-vous
pas resté seul avec Karetskine, hier au soir ?

— Oui... pourquoi ?

— Parce que le pauvre garçon est mort.

— Mort, répéta Oswald en ouvrant de grands yeux.

— C'est horrible, reprit le marquis. Quand son domestique est entré dans sa chambre, il y a deux heures,
il l'a trouvé inanimé, à côté d'un flacon de chloral.

— On se demande si c'est un accident ou un suicide, continua lord Beaumaris. Qui a gagné hier
soir ?

— Moi, dit Oswald. Voici un chèque du prince, dix-sept mille livres sterling. »

Les deux jeunes gentilshommes eurent un geste qui indiquait qu'ils étaient édifiés. Oswald s'était jeté à bas de son lit et racontait à ses amis les détails de la soirée de la veille, tout en s'habillant à la hâte. Karetskine l'avait quitté en lui serrant la main et en lui donnant un rendez-vous pour le lendemain. Il était si calme que le capitaine Carew ne pouvait pas admettre l'hypothèse d'un suicide. Peut-être, ayant de la peine à s'endormir, le prince avait-il eu recours au chloral et en avait-il pris outre mesure.

« Effectivement, fit le marquis, on a de la peine à croire qu'un garçon aussi riche ait pu se tuer pour quelques milliers de livres.

— On ne sait jamais si tous ces étrangers ont vraiment les fortunes qu'ils se donnent, dit lord Beaumaris.

— Il va y avoir une enquête et l'incident fera grand bruit, reprit Felwood. Nos noms seront dans les journaux et l'on nous fera tous comparaître. Mon père va jurer comme un païen.

— Enfin, ce n'est pas notre faute ni celle d'Oswald, fit remarquer lord Beaumaris et, en attendant, j'engage Carew à venir avec nous à l'hôtel où le prince était descendu. »

Oswald acheva de s'habiller et partit avec ses amis. Tout l'hôtel était sens dessus dessous. Les domestiques allaient et venaient ; le *coroner*[1] quittait l'établissement après avoir ordonné une enquête ; le médecin de l'ambassade russe entrait pour examiner le cadavre, et on attendait à tout instant l'ambassadeur lui-même.

---

1. Officier de l'état civil, chargé de constater les décès.

Le capitaine Carew demanda à pénétrer dans la chambre du prince et y fut introduit avec ses deux compagnons. La mort subite est toujours effrayante ; mais quand elle frappe quelqu'un qui, la veille encore, partageait vos plaisirs, elle prend un caractère particulièrement saisissant. Elle ressemble à un châtiment. A la vue de ce corps inanimé, Oswald se sentit pâlir. L'idée qu'il était la cause involontaire de cet horrible drame lui serrait le cœur, et il regardait machinalement autour de lui, comme pour chercher dans tous ces objets de luxe qui l'entouraient des preuves écartant l'hypothèse d'un suicide. L'ambassadeur entra sur ces entrefaites ; on lui narra ce qui s'était passé, on lui montra le chèque signé par Karetskine ; Son Excellence ne parut pas douter que son jeune compatriote ne se fût tué. Alors il s'approcha du lit, fit le signe de la croix d'un air majestueux au-dessus du cadavre, comme pour pardonner à cette âme russe d'avoir pris la liberté de s'envoler sans la permission du czar, et se prêta aussitôt aux diverses questions qu'Oswald et ses amis lui posèrent.

De ses réponses, il ressortit que le prince Nicolas Karetskine appartenait à une bonne famille et que sa fortune était à peu près aussi compromise à Saint-Pétersbourg que celle d'Oswald l'était à Londres. Ses parents lui faisaient une pension de dix mille livres ; mais il en dépensait trois ou quatre fois autant chaque année ; il était criblé de dettes et sa grosse perte de la veille, qui venait se greffer sur bien d'autres, avait dû certainement le pousser à un acte de désespoir. Ces renseignements, on le devine, vinrent vite aux oreilles des reporters de la presse, et tous les journaux du lendemain en firent le point de départ d'articles bien sentis. L'un réédita une vieille tirade sur LA FA-

TALE PASSION DU JEU, tenue en provision pour les circonstances de ce genre. L'autre exprima l'espoir, en
termes ampoulés, que « la haute situation des personnes en cause n'empêcherait pas l'enquête de suivre
son cours régulier». Enfin, le coroner, homme grave
et convaincu de son importance, profita de l'occasion
pour déclarer qu'il ferait son devoir, et s'apprêta à
créer tous les ennuis possibles au capitaine Carew et à
ses amis du club. Ce fut un scandale complet.

Oswald avait écrit à son père pour lui raconter cette
malheureuse affaire ; Beaumaris et Felwood en avaient
fait autant de leur côté. Tous trois se retrouvèrent à
l'hôtel à l'heure indiquée pour l'enquête, et furent
introduits dans la salle où les jurés s'étaient installés
après l'examen du corps. Il y avait là des journalistes,
des avoués, des curieux. Le coroner ouvrit la séance
et les trois médecins préposés à l'inspection du cadavre
furent invités, l'un après l'autre, à déposer. Leur avis
à chacun fut que la mort était simplement due à un
accident.

Le prince était revenu de son cercle un peu ému ; il
avait l'habitude de prendre du chloral ; il en avait pris,
cette fois encore, sans remarquer que la bouteille qui
le contenait était beaucoup plus grande que celles dont
il se servait ordinairement ; enfin ce soporifique, absorbé à haute dose, avait rencontré dans l'estomac une
énorme quantité d'alcool, provenant des libations de
la veille, qui avait ajouté à sa force, et la mort s'en
était suivie.

Le propriétaire de l'hôtel parut ensuite et donna
quelques détails sur la façon de vivre du prince, notamment sur la quantité de cognac qu'il avait l'habitude de prendre. Puis vint l'ambassadeur de Russie, qui
avait demandé à être interrogé, non pas pour confir-

mer ce qu'il avait dit à Oswald, mais pour jurer le
contraire. De fait, ce personnage voulait bien faire
des confidences à deux gentilshommes de son monde
et de son rang ; mais il n'entendait pas que les boutiquiers de Londres pussent regarder un officier des
Gardes de Sa Majesté Impériale autrement que comme
un homme accompli. Il fit donc un pompeux éloge du
prince, de la noblesse de son caractère, de l'élévation
de ses principes, et sourit à l'idée qu'on pouvait soupçonner un garçon aussi riche de s'être tué pour quelques
milliers de livres perdues.

« Capitaine Carew, dit le coroner en s'adressant à
Oswald, vous ne contestez pas, je pense, que vous ayez
gagné hier soir dix-sept mille livres sterling au prince
Karetskine. Mais j'ai une autre question à vous poser.
Est-il vrai qu'aux dernières courses de Stilborough
vous ayez perdu à peu près cette somme?

—Je m'oppose à cette question, fit l'avoué des Carew.
Elle est absolument étrangère au débat.

— Vous verrez qu'au contraire elle s'y rattache
immédiatement, répondit le coroner. D'ailleurs, le
fait est connu de tout le monde; j'ai là un journal de
sport qui le mentionne en termes formels.

— Et qui dit, je l'espère, que la somme a été payée
immédiatement? ajouta Oswald.

— C'est vrai; les paris ont été réglés, fit le coroner
d'un air solennel. Mais laissons cela pour le moment.
Je vois, sur la note du club, que vous avez bu cinq
bouteilles de champagne, le prince et vous, à votre
dîner. Est-ce exact?

— Les Russes ont la réputation de boire beaucoup,
répondit Oswald.

— Admettons cela, reprit le coroner. Qu'avez-vous
fait après le dîner?

— Nous avons continué à jouer.

— Vous étiez seuls?

— Oui.

— Vous connaissiez beaucoup le prince Karetskine?

— Je lui avais été présenté ce jour-là même.

— Ainsi, vous n'avez éprouvé aucun scrupule à gagner dix-sept mille livres à un jeune homme que vous
connaissiez à peine et que vous aviez vu boire outre
mesure. »

L'avoué vit trop tard le piége tendu à son client et
se leva pour protester.

« Que prétendez-vous insinuer? demanda-t-il au
coroner.

— Je n'insinue rien; je constate simplement que le
capitaine Carew a choisi un singulier moment pour
regagner l'argent qu'il avait perdu à Stilborough.

— Tous ceux qui me connaissent, s'élèveront avec
moi contre cette odieuse imputation, répliqua Oswald.
La vérité est que j'étais beaucoup trop animé pour me
rendre compte de ce que je gagnais, et quand nous addi-
tionnâmes les points, je fus tout surpris de voir ce qui
me revenait.

— Votre surprise ne vous a pas empêché de vous
assurer que le chèque était en règle, fit le coroner
d'une voix aigre.

— Cela prouve la présence d'esprit du prince et non
la mienne, répliqua Oswald. Au surplus, je n'ai apporté le chèque à l'audience que pour avoir l'occasion
de le déchirer publiquement. » Et reprenant le chèque
des mains du coroner, Oswald Carew le déchira au
milieu d'un murmure d'approbation.

« Vous cédez à l'action de l'opinion publique, qui
s'indignerait avec raison de vous voir profiter d'un

argent acquis dans de pareilles conditions, fit le coroner. Mais il n'en reste pas moins établi que si cet infortuné jeune homme n'était pas resté à jouer avec vous, en tête-à-tête, nous n'aurions pas aujourd'hui à déplorer sa mort. »

Un verdict « de mort accidentelle » termina enfin ce pénible débat, et Oswald quitta l'audience, meurtri, accablé et vivement irrité. La plupart des journaux du lendemain approuvèrent l'attitude du coroner, et nombre des oracles de la bonne société lui donnèrent également raison. Le colonel Pounceforth mit Carew aux arrêts; le ministre de la guerre, furieux de ce scandale, le suspendit de son grade, et le malheureux capitaine commença à se dire que gagner dix-sept mille livres à un prince russe ayant trop bu, n'est pas précisément une bonne fortune.

## CHAPITRE XVIII

### UNE PAIRE DE BOTTES

Un malheur vient rarement seul. Oswald ayant été pour ainsi dire chassé de l'armée, le gouvernement crut devoir retirer à ses frères les postes spéciaux qu'il venait de leur confier. Philip perdit sa place d'attaché militaire; Albert n'eut plus ses fonctions de secrétaire, tout cela à une heure où la famille Carew venait d'être accablée par le triomphe de M. Pottinger dans l'affaire de *Stubb's piece*. En vain, lors de la

vente, l'agent de sir Peter avait-il mis enchère sur
enchère, un autre agent, qui passait pour être le représentant de l'épicier, n'avait cédé devant aucune offre,
et ce méchant bout de terrain avait fini par lui être
adjugé au prix énorme de sept mille livres. Pour sir
Peter, le succès de M. Pottinger équivalait à une ruine
complète et prochaine.

Le baronnet n'avait été habitué ni aux contrariétés
ni aux épreuves; le coup qui l'atteignait ne lui en était
donc que plus dur, et son caractère, doux d'ordinaire,
devint violent et acariâtre. Ses enfants évitaient de
l'approcher, encore plus de lui parler. La moindre circonstance lui servait de prétexte pour récriminer et
pour s'emporter. Il parlait d'aller à Stilborough et
d'administrer publiquement à M. Pottinger la correc-
tion qu'il méritait.

Ce fut la pauvre Amy qui supporta tout le poids de
la mauvaise humeur de sir Peter. Ses sœurs s'arran-
geaient pour se trouver le moins souvent possible avec
leur père; elle trouvait au contraire qu'il avait droit
à un redoublement d'égards, et toutes les attentions
qu'une fille tendre peut avoir pour un père préoccupé
et malheureux, elle les prodiguait au baronnet sans se
laisser décourager par ses mouvements d'impatience.
Les soucis personnels ne manquaient pas cependant à
la jeune miss. Mrs. Hunt et Mrs. Warrener la pressaient
d'épouser sir Giles Saplow, qui était toujours très-
assidu auprès d'elle, et plus la malheureuse enfant
étudiait ce personnage, plus elle sentait pour lui une
sorte de répulsion qu'elle ne parvenait pas à surmon-
ter.

S'il y avait eu au moins dans cette commune personne un côté qui rachetât la vulgarité de l'ensemble,
si cet esprit étroit avait eu au moins une de ces qua-

ités qui font oublier les défectuosités d'une nature,
elle eût pu se rattacher à ces détails et perdre de vue
le reste. Le sol où l'on trouve un diamant passe aussitôt pour riche, et l'homme chez qui l'on rencontre
une vertu, peut en avoir reçu d'autres en partage. Mais
sir Giles Saplow, avec quelque indulgence qu'on l'ob-
servât, ne présentait rien de semblable.

Un moment vint cependant où ce personnage parut
se comporter en *gentleman*. Après la disgrâce d'Oswald, il continua de venir au château et s'abstint de
toute critique à l'adresse du jeune officier, attitude
d'autant plus méritoire qu'il n'était pas dans ses habitudes de ménager son prochain et d'avoir pitié des
gens à terre. Peut-être la crainte d'avoir maille à partir avec les capitaines Hunt et Warrener, qui eussent
pu lui reprocher d'avoir compromis leur belle-sœur,
entra-t-elle pour quelque chose dans les procédés courtois qu'il continua d'avoir envers les Carew; mais
Amy attribua sa fidélité à des motifs plus nobles. Elle
vit que le baronnet soutenait publiquement son frère,
qu'il bravait l'opinion pour défendre Oswald, et son
cœur, ouvert à tous les généreux sentiments, en prouva
une vive reconnaissance. La pauvre fille! Ce fait, si
naturel pourtant, qu'un ancien ami de sa famille leur
était demeuré fidèle dans le malheur, fut le seul rayon
de soleil qui luisît pour elle durant cette période troublée où sir Giles briguait sa main !

Le baronnet la demanda, en due forme, un dimanche,
après le luncheon. Il avait fait, ce jour-là, une toilette
exceptionnelle, mis un costume de chasse flambant
neuf, des gants de peau de chien tout frais, une cra-
vate voyante avec une épingle à tête de renard, et sa
longue barbe rouge était évidemment peignée. A
table, il parla peu et but moins que d'habitude. De

temps en temps il regardait Amy, qui pâlissait et rou-
gissait tour à tour; et, comme chacun devina ce qui se
préparait, on proposa d'aller en bande à Stilborough,
pour que sir Giles pût s'expliquer chemin faisant avec
Amy. On assisterait à l'office du soir et l'on reviendrait
au château. Malheureusement, le baronnet avait pris,
le matin, des bottes vernies un peu étroites, et s'étant
approché du feu après le repas, pendant que l'on mettait les châles et les chapeaux, il ressentit, à peine en
route, de vives douleurs qui le rendaient incapable de
toute déclaration. Que ceux qui contesteraient cette
impuissance, prennent la peine d'essayer!

« Ah! ces bottes! » fit tout à coup sir Giles, qui marchait à côté d'Amy, à quelque distance des autres promeneurs. Et il essaya un sourire qui ressemblait à
une grimace.

Une pareille entrée en matière ne se prêtait guère
à une demande en mariage, et la conversation se
porta naturellement sur les cordonniers et les chaussures. Sir Giles — il se hâta de le dire — ne souffrait
pas précisément d'un mal de pied ordinaire, causé par
des bottes trop étroites; mais bien d'une meurtrissure
faite par un cheval, dont le sabot s'était posé sur son
pied.

Amy répondit qu'elle savait que sir Giles aimait
beaucoup les chevaux, et l'engagea à mettre de l'eau-
de-vie camphrée sur sa foulure.

Le baronnet, flatté, reprit qu'effectivement peu
d'hommes s'entendaient mieux que lui à diriger une
écurie et demanda à la jeune miss si elle avait remarqué la jument qu'il montait le jour de la visite de « ce »
sot de pasteur ».

« Une jument noire, fit la jeune fille.

— Oui, continua sir Giles. Eh bien, quand je l'ai

achetée, personne ne pouvait la monter, et unefois elle a failli me jeter dans une carrière.

— Vraiment? dit Amy.

— Certainement. Et qu'auriez-vous dit, miss Amy, si vous aviez appris que j'étais mort?

— Moins on dit, plus on pense, sir Giles, répondit la jeune fille.

— Quoi! vous n'auriez pas eu plus de chagrin que cela?» fit le baronnet.

La conversation finissaitdonc par devenir sentimentale lorsque, à un tournant, le clocher de Stilborough apparut à peu de distance. Sir Giles songea que s'il commençait sa déclaration, il nepourrait pas l'achever avant qu'on eût atteint l'école, tandis qu'en attendant le retour à Royster, il aurait tout le temps voulu. Ses bottes, d'ailleurs, le tourmentaient toujours, et il lui tardait de s'asseoir pour permettre à ses pieds de se dégonfler.

Sous ce rapport, il fut servi à souhait. L'école était finie lorsqu'ils arrivèrent, et la cloche sonnait l'office du soir. Amy quitta le baronnet pour causer un instant avec la maîtresse, qui plaçaitles enfants sur les chaises disposées à leur intention dans une des ailes de l'église, et sir Giles se dirrigea vers le banc des Carew, heureux de toucher enfin au terme de ses peines. Il souffrait toujours, cependant, et le repos ne produisaitpas l'effet bienfaisant qu'il en attendait. S'il retirait ses bottes? songea-t-il.

Le banc était assez élevé pour empêcher qu'on le vît et ce moyen extrême pouvait seul le tirer d'affaire. Les perfides chaussures furent donc retirées, et le malheureux baronnet éprouva enfin un peu de soulagement. Mais comment les remettre? comment surtout revenir au château et faire bonne contenance au salon? Une

nouvelle inspiration vint à l'esprit de sir Giles. Il se
dit qu'en courant au *Lion rouge* et y louant une car-
riole, il pourrait aller à Saplow Court, changer de
chaussures et revenir à Stilborough avant la fin de
l'office. La porte de la sacristie était ouverte; sir Giles
n'hésita pas, il se rechaussa à moitié, quitta son banc
à petits pas et si jamais jeune fille poussa un soupir
d'allégement en se sentant délivrée d'un adorateur
importun, ce fut bien miss Amy lorsqu'elle vit le baronnet disparaître piteusement par la porte de la sacristie.

----

# CHAPITRE XIX

## UN SERMON SUR LE MARIAGE

Une sacristie est un lieu réservé par lequel sir Giles
n'avait pas le droit de passer, même pour abréger
sa *via dolorosa*. Cependant, non content de s'être ar-
rogé cette liberté, il prit le waterproof du pasteur, en
entendant la pluie tomber, et le sacristain qui le vit
passer, aurait certainement couru à sa poursuite si
le commencement des prières ne l'avait contraint
de se rendre à son poste, pour répondre l'*amen* traditionnel.

Paul Rushbrand avait aperçu Amy, dès son arrivée
à l'église. Il savait qu'on était triste à Royster Hall
et, bien qu'il ne soupçonnât pas que la jeune miss fût
sur le point de se marier, la pensée qu'elle avait sa

part des malheurs survenus dans sa famille, qu'elle était soucieuse et troublée sans doute, suffisait à le rendre préoccupé et fiévreux.

Depuis sa visite au château, il vivait du souvenir d'Amy, et en la voyant apparaître, en apercevant à quelques pas de lui ce frais et doux visage qu'il évoquait si souvent dans ses heures de rêve, l'idée qu'il pourrait peut-être mêler à son sermon quelques phrases, quelques mots qui lui révéleraient l'état de son cœur, s'empara de lui, violente, passionnée, et le poussa tremblant au *pupitre*[1]. Quand le poëte, le peintre, le romancier et l'écrivain s'inspirent, dans leurs œuvres, de la femme qu'ils aiment, pourquoi le ministre du Dieu d'amour n'aurait-il pas le droit de réchauffer les textes qu'il commente en les faisant passer à travers son cœur? Paul, en tournant les feuillets de la Bible, était tombé sur ce verset : *Et il y eut en ce temps une noce à Cana*. Il y vit une inspiration d'en haut et, prenant cette citation pour point de départ, il montra tout ce qu'il y a de sainteté dans le mariage, quand il est réellement l'union sincère de deux cœurs.

Amy l'écoutait religieusement. Elle était comme un prisonnier à qui on accorderait quelques heures de liberté et qui, bien que sachant qu'il sera réintégré dans sa cellule, s'abandonnerait aux espérances et aux rêves de la vie libre. Toutes ces joies de l'existence à deux, que le pasteur décrivait avec tant d'âme, elle les savourait en pensée. Ces tableaux d'intérieur qu'il déroulait, son imagination les lui montrait, frais et vivants, éclairés par cette douce lumière qui

---

1. La chaire, dans les églises anglaises, se réduit à un pupitre qui porte une Bible et auquel conduisent deux ou trois marches.

projetait ses rayons colorés à travers les vitraux du
temple.

Mais quand Paul eut fini et qu'au charme des illusions qu'avait fait naître sa parole succédèrent les tristesses de la réalité, quand elle songea que sir Giles allait revenir, que dans une heure peut-être elle serait sa fiancée, elle tomba à genoux et mit sa tête dans ses mains. « Que faire? pensait-elle. Quel est mon devoir? Si je dis non, à quels reproches ne serai-je pas en butte de la part de mes sœurs, de mes frères, de ma conscience elle-même, pour avoir fait passer mon égoïsme avant l'intérêt des miens? Mon Dieu! ayez pitié de moi et guidez-moi! »

Elle se releva et marcha rapidement vers la porte, sans regarder l'autel, aux pieds duquel Paul Rushbrand était demeuré agenouillé. Mais il pleuvait toujours; sir Giles n'était pas là; ni elle ni ses sœurs n'avaient de parapluie. Sous le porche, elle rencontra le bedeau qui venait de quitter sa robe de serge et qui s'offrit obligeamment à aller au *Lion rouge* demander une voiture pour reconduire ces dames à Royster Hall.

« Duddes! cria une voix.

— Oui, monsieur Rushbrand. — Excusez, miss Carew, mais le pasteur m'appelle, dit le bedeau; je suis à vous dans un instant.

— Où est mon *waterproof?* demanda le pasteur. Je l'ai laissé ici, et le sacristain prétend que sir Giles Saplow l'a emporté.

— C'est possible, reprit le bedeau; heureux de se rallier à une supposition qui lui épargnait des recherches.

— Il aurait dû au moins vider les poches, continua Paul. L'une contenait...

— De l'argent? interrompit le bedeau.

— Non; quelque chose de plus précieux pour moi. »

À cet instant, le pasteur poussa la porte qui était restée entr'ouverte et se trouva en face d'Amy. Tous deux se regardèrent et rougirent.

« J'attends une voiture, fit la jeune fille.

— Si vous vouliez bien venir l'attendre à la cure, vous y seriez mieux qu'ici, et ma mère serait charmée d'avoir l'occasion de faire votre connaissance, dit Paul.

— Pas aujourd'hui; merci, monsieur Rushbrand.

— Au moins, ne restez pas sous ce porche, exposée aux courants d'air et à l'humidité. »

Amy fit quelques pas en arrière et vint se placer sous l'orgue, dans une demi-obscurité qui empêchait de surprendre sur ses joues la trace de ses larmes. Les circonstances qu'elle traversait, les émotions multiples par lesquelles elle passait, avaient stimulé ses nerfs et fait taire, pour un instant, la timidité de sa nature. Elle résolut de savoir si, oui ou non, le pasteur avait songé à elle en prêchant, et entra immédiatement en matière.

« Vous avez fait un bien beau sermon, monsieur Rushbrand, dit-elle; est-ce que vous pensez à vous marier?

— Pourquoi? Parce que j'ai parlé de mariage? balbutia Paul, que cette brusque question prenait au dépourvu.

— Alors c'est un de vos paroissiens qui se marie? reprit Amy.

— On se marie beaucoup à Stilborough, fit le pasteur en riant. Le boulanger Thompsom épouse miss Jackson, la fille du plombier. Le menuisier...

— Voulez-vous me permettre une question, mon-

sieur Rushbrand, interrompit la jeune fille. Supposez que miss Jackson n'aime pas M. Thompson, qu'elle
l'accepte par condescendance pour sa famille, en se
promettant de se conduire en épouse fidèle et dévouée;
miss Jackson aurait-elle raison à vos yeux?

— Quelles étranges idées vous avez, miss Carew!
répondit Paul embarrassé. D'où vous viennent-elles?

— C'est votre sermon qui me les a données, fit
Amy d'une voix ferme; n'avez-vous pas blâmé les
mariages où l'affection n'a aucune place? Mais veuillez, je vous en prie, répondre à ma question. Une femme
qui se marie par dévouement pour les siens, avec l'intention d'être auprès de son mari ce qu'elle serait
pour l'homme qu'elle aime, commet-elle, selon vous,
une action condamnable?

— La faute retombe sur ceux qui l'ont poussée au
sacrifice et sur l'homme qui l'a accepté, répondit
Paul, qui commençait à soupçonner la vérité au milieu des questions d'Amy.

— Merci, monsieur Rushbrand; c'est tout ce que je
voulais savoir. Il me semble que j'entends le bruit de
la voiture. »

La manche d'un manteau en *seal-skin* frôla le poi-
gnet de Paul; deux yeux doux et limpides cherchè-
rent les siens; une petite main effleura la sienne qui
s'ouvrit à ce contact, et il y eut un serrement rapide
comme l'éclair. Mais d'où partit ce serrement? De lui
ou d'elle, ou de tous les deux à la fois? Amy s'élança
dans la voiture et disparut.

Une demi-heure plus tard, comme elle arrivait à
Royster Hall, ses sœurs, qui l'avaient devancée,
croyant qu'elle reviendrait avec sir Giles, se précipi-
tèrent à sa rencontre.

« Eh bien! s'est-il expliqué? demandèrent-elles

— Non; ses bottes le gênaient, » répondit la jeune miss. Et elle sourit, pendant que ses aînées échangeaient des regards consternés.

---

## CHAPITRE XX

### LA CAMPAGNE DE MADAME ROGANDI

Le lendemain des incidents qu'on vient de lire, le nouveau maire de Stilborough, M. Pottinger, vit entrer dans son cabinet Mme Rogandi, la couturière, accompagnée de l'avoué Pronge. Des générations d'édiles avaient traversé le sanctuaire où trônait maintenant l'épicier, et comme chacun s'était ingénié à l'embellir selon sa spécialité et ses goûts, il ressemblait plutôt à une exposition d'objets — sinon artistiques, du moins utiles — qu'à un *buen retiro* de magistrat.

M. Pottinger était assis à sa table, au-dessous d'une sorte de baldaquin en velours fripé, œuvre d'un de ses prédécesseurs, le tapissier de Stilborough.

« Que voulez-vous ? demanda-t-il en apercevant les deux visiteurs.

— Je suis M. Pronge, de Londres, répondit l'homme d'affaires, et madame...

— Pronge, de la maison Pronge, Gonter et Cⁱᵉ, pour le recouvrement des créances ? interrompit le maire.

— Précisément. Puis-je me permettre de vous demander si vous êtes initié aux affaires commerciales ?

— Je suis épicier et marchand de vin, fit M. Pottinger en se rengorgeant.

— Alors, vous comptez peut-être sir Peter Carew parmi vos clients.

— Sir Peter a cessé de se fournir chez moi, et d'après ce qu'on dit de l'état de ses affaires, je n'ai pas lieu de le regretter.

— Monsieur Pottinger, reprit l'avoué, voici ce qui nous amène, madame et moi. Nous sommes allés ce matin à Royster Hall, et on nous y a reçus avec un manque d'égards impardonnable. On a été presque grossier.

— Vous êtes allés sans doute réclamer de l'argent?

— De l'argent dû depuis des années.

— Et sir Peter vous a mis à la porte?

— Pas tout à fait; mais à peu près.

— Ah! je le connais bien, dit le maire. Il prétend qu'un de ces jours il me cravachera sur la place du marché; mais je ne le crains pas. Quand on a la loi pour soi, monsieur Pronge, on est fort.

— C'est vrai, répondit l'avoué; mais je reviens au but de notre visite. Sir Peter et ses filles sont des clients de madame, qui est couturière et modiste; ils lui doivent huit mille livres, et loin d'être disposé à la payer, le baronnet lui écrit des lettres insolentes et allègue que ses enfants étaient mineurs quand la dette a été contractée.

— Huit mille livres! répéta M. Pottinger ébahi. Huit mille livres de robes et de chapeaux?

— Costumes de fantaisie, robes de bal, fit Mme Rogandi, en jetant un regard passablement dédaigneux sur le premier magistrat de Stilborough.

— Mais une honnête famille s'habillerait pendant cent ans avec cette somme, reprit M. Pottinger.

— Elle serait bien mal habillée ! dit sèchement la couturière. Au surplus, je ne me plains pas du chiffre de ma créance ; les jeunes *misses* n'ont commis aucune extravagance ; elles n'ont acheté que des choses indispensables à des personnes de leur rang...

— Là n'est pas la question, interrompit M. Pronge. Certaines dettes ont été contractées par certaines personnes à une certaine époque. Le père refuse de les payer. Je dis que sir Peter tombe sous le coup du code criminel. »

M. Pottinger, qui était occupé à faire une division sur un coin de papier brouillard pour voir combien de robes représentent huit mille livres, redressa brusquement la tête.

« Vous jugez que sir Peter est passible d'une poursuite ? demanda-t-il.

— Je prétends que ses filles ont eu dernièrement besoin d'argent pour aider leur frère à payer ses paris, et qu'elles s'en sont procuré en engageant divers objets qui m'étaient achetés à crédit. Or le code vise ce genre d'actes.

— Et d'où tenez-vous ces détails ? fit le maire, de plus en plus intéressé.

— Du *pawnbroker* [1] lui-même, qui connaît Mme Rogandi et de M. Reuben, le bijoutier. Miss Amy Carew, notamment, a engagé une pelisse qu'on venait de lui livrer, et Mme Rogandi vous demande, sur mon conseil, un mandat d'amener contre cette jeune fille.

— Vous dites ? fit M. Pottinger ahuri.

— Je réclame un mandat d'amener contre miss Amy Carew, reprit M. Pronge. La loi est formelle.

---

1. En Angleterre, les monts-de-piété ne dépendent pas de l'État. Ce sont généralement des marchands de bric-à-brac qui font les prêts ; on les appelle *pawnbrokers*.

— Nous comptons n'en user qu'à la dernière extrémité, ajouta Mme Rogandi. Il est même présumable qu'il suffira de l'exhiber, pour que sir Peter se décide à payer.

— Vous voulez que je fasse arrêter miss Carew! s'écria M. Pottinger en frappant du poing sur la table. Ah ça ! vous êtes donc fous, vous autres gens de Londres ! »

De fait, sir Peter avait encore trop d'influence dans le pays et M. Pottinger était trop circonspect pour qu'un mandat d'amener contre une des châtelaines de Royster Hall eût chance d'être signé à l'hôtel de ville de Stilborough. En vain M. Pronge argua-t-il qu'un maire a pour devoir d'exécuter la loi, l'épicier fut inflexible.

« Allez trouver un des juges de paix du comté, reprit-il, M. Rushbrand, notre curé, par exemple, qui demeure à deux pas d'ici. Il fera ce qu'il voudra; mais vous n'aurez jamais ma signature. »

M. Pronge, voyant qu'il n'obtiendrait rien du maire, se retira, et M. Pottinger, en le reconduisant à la porte, l'entendit qui disait à Mme Rogandi: « Je crois que nous ferions bien de passer au bureau de police. Nous demanderons à l'inspecteur de venir avec nous. Ce serait plus régulier. »

On devine que M. Pottinger ne demeura pas, devant sa table, à régler les affaires de la ville, quand ses deux visiteurs furent partis. A l'heure où un événement aussi important que l'arrestation d'une des misses Carew se préparait, pouvait-il, lui maire de Stilborough, rester enfermé entre quatre murs? Son premier devoir n'était-il pas de colporter la grande nouvelle, de recueillir les impressions qu'elle produirait? En un clin d'œil, il fut sur la place du Marché et courait chez le pharmacien, M. Nibbs, pour lui narrer ce qui se passait; de là chez le médecin, le docteur Pothéram; de là chez le vétérinaire; de là chez sa femme, à qui il était juste de ne pas laisser ignorer l'incident; de là dans toutes les boutiques de High Street.

« Ah! quelle triste affaire! s'écriait M. Pottinger avec un soupir, après chacun de ces récits. Cette pauvre miss Carew que nous avons vue si souvent caracoler dans nos rues, amenée au tribunal entre deux policemen!

M. Pottinger allait un peu vite en besogne, car lorsqu'il revint à sa mairie, après avoir fait sa tournée, il aperçut la couturière et M. Pronge qui sortaient du presbytère avec l'air de gens... battus sur toute la ligne.

---

## CHAPITRE XXI

### UN HAUT FAIT DE SIR GILES

Ce matin-là, un orage domestique avait éclaté à Royster Hall. La visite inattendue de Mme Rogandi et de son homme d'affaires avait poussé sir Peter au paroxysme de la fureur. Il avait apostrophé l'élégante couturière dans des termes plus que vifs, et quand, pour le calmer, l'avoué Pronge avait invoqué la loi, il lui avait montré la porte d'un geste si impérieux, que l'autre avait jugé prudent de s'esquiver. Alors le baronnet s'en était pris à ses enfants de toutes les humiliations qu'il endurait; il leur avait reproché d'avoir trompé sa confiance, d'avoir commis toutes les folies,

d'avoir entassé dette sur dette, sans se demander si
leur vieux père pourrait jamais les payer. Bref, lorsque sir Giles arriva au château, il trouva toute la
maison en larmes. Mrs. Hunt, Mrs. Warrener et Isabel
s'enfuirent pour cacher leurs yeux rouges, et Amy, à
qui incombaient toujours les corvées, resta seule au
salon pour lui tenir compagnie.

« J'ai bien des excuses à vous faire, dit le baronnet, en posant son manteau sur une chaise, — le manteau de Paul qu'il avait gardé depuis la veille; — mais
j'espère que votre père a reçu ma lettre et qu'il vous
aura dit ce qui m'est arrivé.

— Oui, mon père m'a remis votre billet... Vous
n'aviez pas d'excuses à me faire, sir Giles.

— Oh! beaucoup d'excuses, au contraire. J'ai été
véritablement confus. Mais, comme vous l'avez lu, je
ne pouvais pas faire autrement : mon domestique
était sorti et il avait mis sous clef toutes mes chaussures.

— Effectivement, c'était piquant.

— Voilà ce que c'est que d'être célibataire, reprit
le baronnet : personne ne surveille votre maison. J'ai
pourtant essayé de forcer l'armoire; il m'en coûtait
de vous faire attendre, et puis j'étais forcé de marcher
nu-pieds, à moins de remettre ces maudites bottes qui
m'avaient tant fait souffrir. Mais j'ai vainement
cherché à ébranler le placard; il a résisté à mes efforts,
et pourtant j'ai de la poigne, je vous l'assure.

— Je n'en doute pas, fit Amy, qui eut peur un instant que sir Giles ne lui montrât son bras.

— Oui, miss Carew, continua le baronnet en baissant la voix, un homme seul ne peut pas tenir une
maison, et depuis quelque temps j'ai une idée... La
devinez-vous ?

— Comment le pourrais-je ? dit la jeune miss en pâlissant.

— Eh bien, l'idée m'est venue que vous consentirez peut-être à m'aider à administrer ma maison. Qu'en pensez-vous ?

— Oh ! sir Giles !

— Ne dites pas non, reprit le baronnet adoucissant de son mieux le timbre nasillard de sa voix. Je ne me dissimule pas que je suis indigne de vous, mais vous êtes pourtant la seule femme que j'aie jamais songé à épouser... Vous savez que j'ai de l'argent et que Saplow Court est une jolie habitation, très-confortable... C'est convenu, n'est-ce pas ?

— En vérité... sir Giles... balbutia la pauvre fille qui se sentait près de s'affaisser.

— Qui ne dit mot consent, fit le baronnet en riant ; nous n'en reparlerons plus. »

Et il la baisa au front, sans que la malheureuse eût le courage ou la force de dire un mot.

. . . . . . . . . . . . . . . . . . .

« Il me semble que vous devriez aller trouver mon père, sir Giles, dit-elle enfin, quand le premier moment de stupeur fut passé.

— *Sir* Giles, répéta le baronnet. Vous pouvez bien supprimer *Sir*, maintenant.

— Je crois que vous trouverez mon père dans la bibliothèque, reprit Amy en rougissant.

— J'y cours, dit le baronnet ; mais encore un baiser ; le premier comptait à peine. Et si nous allions tous à Hazelwood, après mon entrevue avec sir Peter ?

— Comme vous voudrez, répondit Amy, qui était incapable d'avoir une volonté ou un désir.

— Alors, à tout à l'heure, fit le baronnet. Nous irons à cheval ; ce sera plus amusant. »

Mais comme il se dirigeait vers la porte, ses yeux tombèrent sur le manteau de Paul et il se retourna pour crier à Amy :

« Voici un *waterproof* qui appartient à M. Ruhsbrand ; il faut me faire penser à le lui rapporter.

— Il l'a cherché partout hier soir, répondit la jeune miss ; je l'ai entendu qui le réclamait au bedeau.

— J'en suis fâché, dit le baronnet ; mais je ne pouvais pas me laisser tremper jusqu'aux os. »

Elle prit le *waterproof* pour le porter dans le vestibule et, comme elle tenait renversé, quelque chose tomba de la poche. Une lettre, elle l'eût remise sans même songer à la lire ! Mais une photographie, dans une enveloppe ouverte ! D'un geste prémédité ou machinal, Amy tira le portrait : c'était le sien.

Le sien ! Elle ne le lui avait pas donné cependant ; il avait dû l'acheter au photographe de Stilborough, et il avait écrit au dos : *Genèse, chap.* XXIX, *versets 10, 12.* Elle courut à sa Bible et lut le passage indiqué :

« Et Jacob aima Rachel, et il dit : Je te servirai durant sept ans, pour Rachel ta plus jeune fille.

« Et Jacob servit pendant sept ans pour Rachel, et ces sept années passèrent comme un jour, à cause de l'amour qu'il avait pour elle. »

Amy se rappela ce que le pasteur avait dit la veille au sacristain, « d'un objet précieux » qui était dans sa poche.

Elle comprit et fondit en larmes. Pourtant quand, le surlendemain, elle reçut par la poste le relevé de son compte chez Mme Rogandi, avec un acquit en due forme, elle ne soupçonna pas d'où venait ce cadeau de noces, dont cependant sir Giles se défendait !

# CHAPITRE XXII

## UN GENTLEMAN DANS L'EMBARRAS

M. Pottinger était trop bavard et Mrs. Pottinger trop curieuse pour que le prêt de sept mille livres fait par Helen à l'épicier, lors de la vente de *Stubb's piece*, ne finît pas par être su. Lord Hartleigh fut vivement contrarié en apprenant cette étrange nouvelle, et voulut s'en expliquer immédiatement avec sa femme.

Il la trouva dans la serre aux camellias, en train de cueillir des fleurs pour mettre le soir dans ses cheveux, et en le voyant apparaître, les sourcils froncés, les lèvres contractées, Helen pressentit un orage et s'apprêta à y faire face.

« Que dit-on dans la ville? fit le jeune lord. Vous auriez prêté de l'argent à Pottinger pour acheter *Stubb's piece* ? J'espère que ce bruit n'est pas fondé.

— Qui vous l'a rapporté? demanda Helen d'une voix tranquille.

— Saplow. Mais d'autres que lui en parlent, et je ne sais pas de rumeur plus désobligeante que celle-là.

— Désobligeante pour qui?

— Pour moi, pour vous, pour nous deux. Nous avons l'air d'avoir voulu jouer les Carew.

— Je pourrais nier, Charlie, reprit Helen, car il n'y a pas de preuve contre moi ; mais je préfère vous dire la vérité. Oui, j'ai donné de l'argent à Pottinger. Il faut que nous soyons les maîtres du comté et, pour cela, les courses doivent avoir lieu à Hazelwood.

— Voici la première fois que quelqu'un de ma fa-

mille commet une action honteuse et déloyale, s'écri-
lord Hartleigh avec un geste de colère.

— Ne perdez pas la tête, Charlie, fit-elle en souriant.

— Vous ne semblez pas comprendre ce qu'il y a de
révoltant à serrer la main d'un homme et à lui faire
du tort par derrière. Vous avez accueilli les Carew
vous avez accepté leur hospitalité...

— Pardon, interrompit Helen ; le jour où nous de-
vions dîner à Royster, vous y êtes allé seul.

— Soit! et, par parenthèse, ce ne fut pas gracieux
de votre part. Pourquoi cette animosité contre les
Carew ? Sans eux, sans les égards qu'ils vous ont
montrés, ni la vieille lady Higham, ni les Pompen-
more, ni les Chevron et bien d'autres n'auraient jamais voulu vous voir.

— Dites plutôt qu'ils sont venus parce qu'ils ont
fini par comprendre qu'ils auraient tout à perdre en
se brouillant avec vous. Cela vaudrait mieux que de
faire sentir à votre femme qu'elle doit s'estimer bien
heureuse qu'on ne lui ait pas fermé toutes les portes
au nez.

— Je ne prétends pas cela, Helen ; mais... vous
vous rappelez qu'après notre mariage... nous nous
sommes trouvés dans une situation... bien... difficile.

— Ah ça ! vous ne voyez pas que si je lutte contre
ces Carew, c'est que j'ai mes raisons pour cela, s'écria
Helen d'une voix irritée. Ils sont ruinés, leur réputation est compromise, ils mourraient peut-être de faim
sans sir Giles Saplow, et vous prenez leur parti contre
votre femme ! Faites mieux, croyez-moi : vous voulez
que votre cousin arrive au Parlement. Eh bien ! ayez
les courses à Hazelwood, et son élection est assurée.

— Quoi ! j'opposerais un candidat à sir Peter, une ancienne connaissance ! Mais la délicatesse...

— Vous me faites rire, mon pauvre Charlie, interrompit Helen, et vous devriez bien laisser votre femme mener vos affaires à votre place. Soyez sûr qu'elle ne perdra jamais de vue vos intérêts. »

Mais lord Hartleigh n'entendait pas raillerie sur les questions d'honneur, et les reproches qu'il adressa à Helen n'avaient qu'un tort : celui de venir trop tard. C'est au lendemain du mariage et non lorsque déjà des habitudes sont prises, qu'un homme doit faire sentir son autorité et imposer le respect des principes qu'il professe. Helen commença par sourire en s'entendant catéchiser ; puis ce long sermon l'impatienta ; elle tint tête à son mari, et celui-ci, exaspéré, finit par lui dire qu'il comptait en l'épousant qu'elle se conduirait en femme de gentilhomme et qu'il reconnaissait s'être trompé.

« Ah ! permettez, Charlie, fit Helen irritée. Voilà la deuxième fois que vous tâchez de m'humilier en me parlant de votre naissance et des devoirs que j'ai contractés en prenant votre nom. Croyez-vous donc que je ne sache pas à quoi m'en tenir sur le compte de vos ancêtres ?

— Que voulez-vous dire ? demanda le jeune pair en prenant un air hautain.

— Rien, sinon que j'ai lu vos papiers de famille et que je suis édifiée sur la moralité de ces ladies Hartleigh dont vous semblez si fier. L'une correspondait avec un marquis français. L'autre s'est fait enlever par un lord Royster, de la branche aînée des Carew. Une troisième fut la cause de je ne sais combien de duels.

— Ce sont d'affreuses calomnies, et je ne comprends

pas que vous n'ayez pas honte de vous en faire l'écho. Au surplus, ce n'est pas d'aujourd'hui que j'apprends à vous apprécier : vous m'avez fait un mensonge...

— Lequel ? interrompit Helen.

— Vous vous souvenez que j'ai été amené à vous épouser par la pensée que vous alliez être mère.

— Et mes prévisions ne se sont pas réalisées, n'est-ce pas? ajouta Helen. Mon Dieu ! c'est un bonheur que je me sois trompée, puisque, de votre propre aveu, vous ne m'auriez pas épousée sans cette circonstance.

— Je ne vous en avais jamais parlé et j'eusse continué à ne vous en rien dire, sans vos allusions de tout à l'heure à des mensonges infâmes que votre devoir est de répudier. Si ce sont là les idées que vous auriez données à notre enfant, mieux vaut cent fois que mon nom s'éteigne avec moi.

— Vous faites du mélodrame, Charlie, reprit Helen, qui avait recouvré son calme. Voyons, regardez-moi et que tout soit oublié. Vous savez bien que je ne pensais pas ce que je disais.

— Non, dit lord Hartleigh avec roideur. Il y a certaines choses qu'un gentilhomme ne pardonne pas. » Et il sortit.

Que de gens du monde auquel appartenait lord Hartleigh, sont plus susceptibles pour leurs ancêtres que pour eux-mêmes ! Combien ont « des cadavres » dans le passé de leurs familles, qui ne soupçonnent pas l'existence de ces squelettes, quoiqu'ils tiennent la clef du caveau, et qui s'indignent lorsqu'on la leur révèle !

Lord Hartleigh était si irrité, qu'il songea un instant à brûler ses archives. A défaut de ce parti extrême, il prit un cigare et sortit. S'il allait trouver

Pottinger, s'il lui offrait de lui racheter *Stubb's piece*, tout serait réparé et l'on ne pourrait pas l'accuser d'avoir trompé la confiance et l'amitié de sir Peter? Mais, en revanche, sa maison deviendrait un enfer; Helen ne lui pardonnerait pas cette démarche. « Après tout, se dit le jeune pair, mieux vaut encore une brouille avec Carew qu'avec ma femme. » Fut-il le premier mari à qui la crainte de troubles domestiques ait fait accepter une action blâmable?

... Pendant que lord Hartleigh devisait ainsi avec lui-même, sir Giles Saplow arrivait à Hazelwood et trouvait Helen en train de luncher.

« Je sais ce qui vous amène, s'écria-t-elle d'un ton peu engageant. Mon mari m'a rapporté le bruit absurde qui court dans Stilborough, et j'en ai assez causé avec lui pour ne plus souffrir qu'on m'en parle.

— Ça ressemble tout à fait à un de vos tours, Nell, dit le baronnet, et je viens vous engager, dans votre propre intérêt, à laisser les Carew tranquilles.

— Toujours des menaces, reprit-elle sans se laisser intimider. Allez faire vos révélations à lord Hartleigh; vous verrez quels coups de cravache répondront à vos confidences.

— S'il me frappe, je le poursuivrai devant les tribunaux.

— Et vous serez déshonoré vis-à-vis de l'opinion publique, pour avoir jeté le trouble et la désunion dans un ménage. Mais puisque vous parlez de tribunaux, engagez donc vos futures belles-sœurs à retirer leurs bijoux du mont-de-piété. Autrement, il pourra leur arriver ce qui a failli survenir l'autre jour, pour miss Amy, votre fiancée.

— Encore quelque machination infernale ourdie
par vous, n'est-ce pas ?

— Quoi! vous ne savez pas? fit-elle en prenant
une grappe de raisin. Mais, sans le pasteur Rushbrand, qui a payé la note de miss Amy, elle allait
en prison. Je le tiens de Mme Rogandi, ma couturière. »

Sir Giles était suffoqué. Il prit une bouteille de vin
et s'en versa un plein verre pour se remettre.

« C'est cela, dit Helen. Grisez-vous, pour vous consoler. Voulez-vous que je demande du gin?

— Vous prétendez que les sœurs d'Amy peuvent être arrêtées d'un instant à l'autre? balbutia le
baronnet.

— J'en suis sûre. D'ailleurs, croyez-vous que l'une
d'elles se résignerait à devenir votre femme, si ce
n'était pas pour sauver les autres? Regardez-vous
donc dans une glace.

— Pas de plaisanterie, fit sir Giles. Amy peut ne
pas m'aimer aujourd'hui; elle s'attachera à moi, en
voyant mes efforts pour lui plaire.

— Erreur; l'amour ne s'achète pas.

— Qu'en savez-vous, vous qui n'avez jamais aimé
personne ?

— Vous croyez? » répondit-elle.

La physionomie d'Helen prit une expression étrange
et sir Giles garda le silence. Il tenait à son argent et
à ses aises, et il craignait de faire un mariage de
dupe. Mais Amy paraissait si bonne; elle était si gracieuse, si naïve, elle avait des yeux si doux !...

« Non, non, reprit le baronnet en se levant, toutes
les femmes ne sont pas comme vous, Dieu merci! Jamais je ne trouverais une nature aussi accomplie que
celle d'Amy, et si de l'épouser devait me coûter cin-

quante mille livres, je les donnerais, parce qu'elle les vaut.

— Comme vous êtes romanesque ! dit Helen en éclatant de rire.

— Vous m'avez fait comprendre combien Amy m'est chère, par le chagrin que j'ai eu de l'entendre insulter, » fit le baronnet en se retirant.

Et, en disant ces mots, sir Giles Saplow avait presque l'air intéressant.

---

## CHAPITRE XXIII

### BONNES ACTIONS

Quand quelqu'un se décide à rompre avec des habitudes anciennes, il tombe presque toujours dans l'excès contraire; mais c'est surtout en matière d'argent que cette règle se confirme. Un homme, ordinairement parcimonieux, qui a été amené à juger nécessaire de délier les cordons de sa bourse pour se procurer un avantage ou un plaisir, y puise largement et sans mesure. Sans doute ces dépenses lui sont si pénibles qu'il espère en rendre le retour inutile par sa libéralité du moment.

Sir Giles Saplow ayant trouvé, à la suite de sa conversation avec Helen, qu'il devait venir en aide à son futur beau-père, se mit à l'œuvre courageusement.

Ce n'était pas la générosité qui le poussait, mais
simplement ce calcul : que s'il ne levait pas les embarras de sir Peter, il lui fallait renoncer à Amy ou
se lancer dans une vie d'humiliations et de désagré-
ments perpétuels. S'il ne payait pas les dettes des
Carew ou s'il ne le faisait qu'à moitié, il pouvait s'attendre à voir toute la famille lui tomber sur les bras
après le mariage, et il lui serait bien difficile de leur
refuser sa porte. Le monde le blâmerait ; il aurait le
chagrin et l'ennui de voir comparaître son beau-père
devant le tribunal des banqueroutes ; ses belles-
sœurs viendraient pleurer autour de lui ; sa femme
gémirait du matin au soir ; bref il n'aurait pas un
instant de repos.

Si, au contraire, il remettait à flot sa future famille, on vanterait partout sa générosité ; ses beaux-
frères, ses belles-sœurs n'oseraient plus rien lui demander, et Amy chercherait à reconnaître, par un
redoublement de dévouement et de tendresse, les sacrifices qu'il aurait faits pour les siens. Comme il serait
flatté, lui, si sensible aux satisfactions d'amour-propre, d'être l'objet des attentions d'une femme jolie et
bien élevée, en présence d'amis accoutumés à le plaisanter et à le regarder comme une sorte de gentilhomme campagnard, incapable de gagner le cœur
d'une jeune fille ! Souvent la vanité l'avait poussé à
dépenser des sommes considérables pour avoir des
chevaux, des voitures, des chiens qui éclipsaient ceux
de ses voisins. Serait-il plus avare, maintenant qu'il
s'agissait de s'associer une compagne que tout le
monde lui envierait ?

Sir Giles Saplow était d'ailleurs en situation de
venir en aide aux Carew sans emprunter *six pence*.
Ses terres lui rapportaient vingt-cinq mille livres

par an et, comme il n'en dépensait guère plus de sept
mille, il avait en réserve près de quatre-vingt mille
livres placées en titres sûrs et convertibles en espèces
du jour au lendemain. Le baronnet n'hésita pas : un
matin, il entraîna son futur beau-père dans le jardin et
lui demanda un relevé exact de ses dettes ! Ce fut une
jubilation générale. Sir Peter était ému jusqu'aux
larmes, et les deux filles mariées, qui vivaient dans
les transes depuis un an, ne se sentaient plus de joie.
Alors chacun se mit à l'œuvre; on réunit les factures,
on interrogea ses souvenirs, on écrivit aux rares
fournisseurs qui n'avaient pas envoyé leurs notes.
Pendant toute la semaine, on ne vit qu'additions sur
tous les bouts de papier, sur tous les coins des buvards;
et l'esprit humain est si bizarre, que ces gens en train
de payer leurs dettes, avec l'argent de leur prochain,
s'imaginaient faire une œuvre méritoire dont ils
avaient lieu d'être fiers.

Sir Giles mit les additions dans sa poche, après les
avoir vérifiées, écrivit à son agent de change de vendre une partie de ses titres, et prévint sir Peter qu'il
avait déposé, à son nom, chez un banquier, cinquante-
cinq mille livres sterling. Alors les Carew goû-
tèrent cette sensation indescriptible qu'on éprouve à
payer un fournisseur insolent et à le prévenir, en
même temps, qu'on lui retire sa pratique. Ainsi furent traités la couturière, le bijoutier et le marchand
de gants; d'autres, qui s'étaient montrés plus courtois,
furent récompensés de leur savoir-vivre en recevant
seulement la moitié de leur dû; d'autres, plus discrets
encore, n'eurent rien du tout. Cinquante-cinq mille
livres font une somme respectable : le plus gros des
dettes fut liquidé. Toutefois on reconnut qu'il en faudrait encore vingt mille pour lever toutes les hypothè-

ques prises successivement sur Royster Hall et pour racheter *Stubb's piece*, qu'il fallait avoir à tout prix afin de conserver les revenus des courses.

Cette perspective de nouveaux déboursés altéra sensiblement la bonne humeur de sir Giles. Il s'abstint de toute observation à l'égard de sir Peter, son âge ne lui permettant pas de catéchiser le vieux baronnet; mais ses futures belles-sœurs ne furent pas épargnées, et il cessa d'être pour elles « cet excellent sir Giles, toujours si prêt à obliger », pour devenir « un insupportable mentor, dont les sermons et les recommandations les ennuyaient. »

Seule Amy échappa à ces tirades. Loin de la prêcher, il affectait de la considérer comme la seule personne de la famille qui eût le sens commum, et il saisissait toutes les occasions de le lui dire, malgré ses protestations.

« Quand je pense, fit le baronnet, que vous avez failli être victime des exentricités de votre famille, au point d'être arrêtée pour dettes, je suis tenté de les prendre tous en grippe. »

Amy ouvrit de grands yeux. Elle n'avait pas eu connaissance de la démarche de Mme Rogandi, et sa surprise devint de l'ébahissement, quand sir Giles, en lui racontant toute l'histoire, lui apprit qu'elle avait été sauvée par l'intervention de Paul Rushbrand.

« L'a-t-on remercié au moins? demanda Amy; je serais désolée s'il pouvait supposer que je connais sa conduite et que je ne lui en ai pas une vive gratitude.

— Il vaut mieux ne pas remuer cette affaire, répondit sir Giles. Rushbrand n'a fait que son devoir, et lorsque ces pasteurs rendent un service, on peut être certain qu'ils se le font payer.

— Vous a-t-il prié de lui rembourser la somme ? demanda Amy, choquée de la façon dont le baronnet traitait le pasteur.

— Non, mais il se fera rembourser d'une autre façon. Il nous demandera un de ces jours de lui faire avoir une autre cure, un évêché, que sais-je ! A propos, je compte m'occuper de Hunt et de Warrener.

— C'est bien aimable à vous, fit Amy d'un air distrait.

— Oui, le duc de Grandton va être mon obligé. Il veut avoir deux de mes chevaux, et si je les lui cède, ce sera bien le moins qu'il fasse quelque chose pour moi auprès de son frère le ministre. Seulement, faites comprendre à vos sœurs que leurs maris doivent accepter tout ce qu'on leur offrira, dussent-ils pour cela aller aux Indes.

— Certainement, dit Amy, et vous pouvez être sûr qu'elles vous sont reconnaissantes de ce que vous avez fait pour notre famille.

— Je n'en sais trop rien, reprit le baronnet. Oswald m'a écrit une lettre presque sèche, pour décliner mon offre de payer ses dettes.

— Il aura craint d'abuser de vous.

— Il aurait pu être plus aimable. En remboursant les sommes empruntées sur Royster Hall, j'ai fait ses affaires, au bout du compte, puisque c'est lui qui héritera.

— C'est sans doute cette pensée qui l'aura empêché de faire un appel personnel à votre générosité, répondit Amy avec une grâce et une douceur qui calmèrent sur-le-champ la mauvaise humeur de sir Giles.

— Enfin, continua-t-il après un instant de silence, du moment que vous m'êtes reconnaissante, je suis content. Quant à ce pasteur, j'aviserai à le rembourser et à le remercier si cela vous fait plaisir.

— Si nous allions le voir ensemble ? suggéra Amy.

— Ce ne serait pas convenable. Laissez-moi arranger la chose, comme si vous ne saviez rien. Autrement, vous seriez vis-à-vis de lui dans une situation délicate. »

Amy soupira. Au point de vue des usages, sir Giles avait raison ; mais un bon cœur, qui se sent l'obligé d'un autre, a de la peine à se plier aux conventions sociales qui l'empêchent d'exprimer sa gratitude.

Sir Giles avait rehaussé à ses yeux le mérite du pasteur en cherchant à le diminuer, et elle se demanda si, n'étant pas encore mariée, elle était tenue d'obéir au baronnet.

La question était d'autant plus fondée que sir Saplow oublia sa promesse. Les jours se passèrent sans qu'il songeât à Paul Rushbrand, et quand, un peu plus tard, il se rendit au presbytère, ce fut seulement pour le prier d'intervenir auprès de M. Pottinger dans l'interminable affaire de *Stubb's piece*.

« Je ne comprends pas ce gaillard-là, dit sir Giles. Ayant appris qu'un M. Rodgie, de Londres, venait d'arriver à Stilborough pour voir le terrain en question et pour y installer sa scierie mécanique, j'ai écrit à Pottinger de ne rien conclure et lui ai offert dix mille livres.

— Vraiment ? fit le pasteur.

— Oui, et savez-vous ce qu'il me répond ? Que de me vendre ce méchant bout de terre équivaudrait à le restituer aux Carew.

— Il a peut-être conclu avec M. Rodgie ? demanda Paul.

— Il n'y a rien de signé, j'en suis certain, et en traitant avec moi il y gagnerait au moins mille livres.

— Cela montre du moins qu'il est désintéressé, fit remarquer Paul.

— Ou que c'est un entêté et un sot, ajouta le baronnet.

— Je ne vois pas trop en quoi mon intervention vous servirait, reprit le pasteur. Ma position est délicate : à diverses reprises, j'ai désapprouvé les courses, et à moins d'être sûr que sir Peter n'entend pas les continuer, il m'est difficile de me mêler de cette affaire.

— Qui vous a dit que nous voulions les continuer ? dit sir Giles. Voyons, pasteur, un bon mouvement ; allez trouver cet épicier ; vous n'êtes jamais à court d'arguments, quand vous voulez obliger quelqu'un. Tout cela me rappelle que je vous dois cinq cents livres pour cette note Rogandi, que vous avez payée. Je vous enverrai un chèque, et en attendant je vous dis merci ; vous vous êtes conduit en gentleman.

— Oh ! balbutia Paul en rougissant ; j'espérais...

— Que nous n'en aurions rien su, n'est-ce pas ? interrompit sir Giles. Eh bien ! rassurez-vous : miss Amy ignore tout, et moi je ne l'ai appris que par lady Hartleigh. Ah ! l'horrible créature ! Vous savez que c'est elle qui a donné de l'argent à ce sot de Pottinger pour qu'il achetât ce *Stubb's piece*? histoire de nuire aux Carew.

— Allons donc ! fit le pasteur en haussant les épaules, vous plaisantez.

— Pas du tout ; c'est certain. Au surplus, pasteur, vous reconnaîtrez un jour que vous avez fait un triste cadeau à ce pauvre Hartleigh quand vous l'avez marié à Nell Lees... Mais nous perdons notre temps, et ces deux imbéciles signent peut-être leur contrat pendant que nous sommes là à deviser. Allez-y tout de

suite, pasteur; dites-lui que j'accepte ses conditions,
quelles qu'elles soient. J'attends ici votre réponse.
Vous me permettez de fumer une pipe? »

Avant que Paul Rushbrand eût pu répondre, le baronnet avait tiré sa blague. Le pasteur sortit sans
avoir osé regarder une seule fois en face son interlocuteur, de peur qu'il ne lui parlât de la photographie;
et sir Giles se mit à lire dans le *Times* la liste des
chiens perdus. Puis, fatigué de cette distraction, il
fit les cent pas dans la chambre, en remplissant l'air
des bouffées de sa pipe.

---

## CHAPITRE XXIV

### RÉVÉLATION

M. Pottinger n'était pas chez lui. On l'avait vu partir avec un étranger, dans la direction de Royster Hall,
et le pasteur s'y rendit aussitôt. Mais, en arrivant à
*Stubb's piece*, il n'aperçut qu'un grand poteau avec
un écriteau interdisant l'accès du terrain, et un petit
berger lui dit que les personnes qu'il cherchait, étaient
allées du côté de *Jad's Hill* [1].

Le pasteur se résigna à poursuivre sa mission. Elle
le contrariait à bien des points de vue; mais, en servant les intérêts des Carew, il était utile à Amy, et
cette pensée lui donnait des ailes.

Ce fut dans une auberge, au pied de la colline, qu'il

1. Colline.

aperçut, fumant et enveloppé dans un ulster qui, complété par un cigare, lui donnait l'air d'une cheminée, un étranger assis devant une table, griffonnant d'un air affairé.

Le pasteur connaissait tous les gens de Stilborough et devina sans peine que l'inconnu était M. Rodgie. Celui-ci lui apprit que M. Pottinger l'avait quitté, il y avait vingt minutes, pour aller prendre à Stilborough le train de Londres, où il avait affaire. « Toutefois, ajouta M. Rodgie, si c'est à propos de son terrain que vous désirez lui parler, vous pouvez aussi bien vous adresser à moi, car j'en suis devenu acquéreur. Nous avons échangé les premières signatures et l'acte de vente sera prêt demain. »

Paul avoua qu'il était contrarié d'apprendre cela. Il avait espéré arriver à temps pour empêcher une vente dont il n'augurait rien de bon ; il était également porteur de propositions plus avantageuses, sans aucun doute, que celles acceptées par l'épicier. Le Londonien se mit à rire.

« Vous ne voyez donc pas que votre casuel augmentera, monsieur le pasteur, du jour où Stilborough deviendra une ville manufacturière.

— Je m'inquiète surtout de savoir si mes paroissiens gagneront en moralité, répliqua le pasteur.

— Aviez-vous pleins pouvoirs pour traiter avec Pottinger ? demanda M. Rodgie. Dans ce cas nous pourrons causer et arriver peut-être à nous entendre. Si nous passions dans cette petite pièce, là derrière, nous serions plus à notre aise. »

L'endroit désigné par M. Rodgie était une sorte de cellier attenant à l'auberge, où l'on ne pouvait pénétrer qu'en se baissant. Des planches posées sur des baquets vides servaient de siéges. Le sol humide exha-

lait une horrible odeur de vin, à laquelle se mêlait le
fumet des jambons pendus à une grosse poutre vermoulue qui supportait le toit.

« Nous pourrons peut-être nous arranger si vous
êtes raisonnable, dit M. Rodgie au pasteur lorsqu'ils
eurent pris place dans le réduit. Mais il faut que vous
me juriez tout d'abord que pas un mot de notre conversation ne sera rapporté à Pottinger.

— Soit, répondit le pasteur.

— Vous me le jurez?

— Si vous ne vous fiez pas à ma parole, quelle confiance peut vous inspirer mon serment? »

M. Rodgie regarda fixement son interlocuteur.

« Vous avez une figure honnête, » reprit-il. Et tirant
de sa poche un morceau de minerai, il ajouta : « Que
pensez-vous de ceci? »

Paul Rushbrand prit l'échantillon et l'approcha du
jour. Il était brillant, d'un gris noir et très-friable.

« C'est le minerai dont on extrait la paraffine et le
naphte, dit-il.

— Tiens, vous connaissez cela? fit M. Rodgie, évidemment surpris qu'un *clergyman* sût autre chose
que la théologie. Eh bien, toute la propriété de sir
Peter, y compris *Stubb's piece*, recouvre un gisement
de ce minerai, de sorte que si sir Giles veut me racheter mon terrain, il faudra qu'il m'aligne vingt-cinq
mille livres sterling.

— C'est beaucoup, dit Paul à qui la communication
de Rodgie causait un profond étonnement.

— C'est moins que je ne devrais lui demander, répliqua l'autre, et il ne l'aurait pas même à ce prix, si je
pouvais acheter toute la propriété des Carew. Il y a
longtemps que je sais la valeur de ce terrain. Je suis
venu ici il y a six ans, avec l'idée d'y établir une scierie

mécanique, comme vous l'avez peut-être entendu dire,
et ce fut alors que, voulant m'édifier sur la nature du
sol, je fis la découverte dont je viens de vous parler.
Ah ! les Carew foulent une fortune sous leurs pieds,
sans s'en douter.

— Tout le minerai est-il aussi riche en huile que
celui-ci ? demanda le pasteur en examinant de nouveau
l'échantillon.

— Certainement. Je ne vous dirai pas comment je
m'en suis assuré, c'est mon secret ; aussi achèterais-je
toutes les terres qui entourent Royster Hall, si c'était
possible. Et je vous avoue, pasteur, que j'ai un peu con-
tribué à ameuter les créanciers de sir Peter, dans l'espoir de le forcer à vendre.

— C'est peut-être vous, alors, qui avez envoyé à Stilborough une Mme Rogandi, fit Paul en jetant un regard
de défiance sur son interlocuteur.

— Mme Rogandi est de mes amis, répondit le Londonien, d'un air qui indiquait qu'il comprenait l'allusion ;
mais les affaires sont les affaires, mon cher monsieur
Rushbrand, et nous perdons notre temps à deviser de
ces détails. Mon espoir d'amener sir Peter à vendre sa
propriété a été déçu par le fait du prochain mariage de
l'une des filles avec sir Giles, qui a payé les dettes de la
famille, et puisque je ne puis pas avoir tout le terrain,
je consentirai à me défaire de *Stubb's piece*. Mais j'en
veux vingt-cinq mille livres ; c'est mon dernier mot.»

Le pasteur était perplexe. Évidemment, il rendrait service à sir Peter en l'aidant à rentrer en possession d'un
terrain auquel il tenait, terrain trop précieux maintenant pour qu'on songeât encore à en faire un champ
de course ; mais, en servant les intentions du baronnet,
ne causait-il pas un grave préjudice à M. Pottinger ? Si
l'épicier s'était défait de son terrain à bas prix parce

qu'il en ignorait la valeur, le pasteur ne deviendrait-
il pas le complice de cette fraude, en aidant M. Rodgie
à recueillir le fruit de sa supercherie? La morale qui
préside aux transactions commerciales disait non, puisqu'
qu'il était désintéressé dans l'affaire ; la conscience
scrupuleuse de Paul répondait oui.

Tout d'abord il songea à engager M. Rodgie à aller
trouver sir Giles Saplow et à vider l'incident avec lui ;
mais il n'y eût eu là qu'un moyen détourné d'éluder une
responsabilité, et l'esprit droit du pasteur répugnait
à ce compromis. Finalement, il imagina ceci : donner
les vingt-cinq mille livres à Rodgie, et inviter celui-ci
à prélever sur cette somme une part pour l'épicier !

Cette honnête proposition, toutefois, obtint peu de
succès auprès du Londonien : « Ce roué de Pottinger
gagne encore plus qu'il ne devrait, fit-il en éclatant
de rire, puisque c'est avec les écus de lady Hartleigh
qu'il a acheté *Stubb's piece*, et que nous nous sommes
arrangés pour que le prix que je lui en donne, ne figure
pas en totalité sur l'acte de vente. »

Paul écoutait ces détails avec un étonnement mêlé
de dégoût.

« Dans quel monde vivons-nous ! fit-il en soupirant ;
M. Pottinger est le dernier que j'aurais jamais soup-
çonné d'un acte malhonnête.» Et comme il n'y avait
plus de scrupules à avoir du côté de l'épicier, le pasteur
promit à Rodgie d'être son intermédiaire auprès de
sir Giles.

« Bien, reprit l'autre ; mais souvenez-vous, pasteur, qu'il faut être expéditif en affaires. Si Pottinger avait vent de notre conversation, il essayerait de
me chercher chicane et de résilier nos conventions. Je
tiens donc extrêmement à avoir avant demain la
réponse de sir Giles. »

Paul fit un signe de tête affirmatif, et les deux hommes quittèrent l'auberge. Ils se séparèrent à la porte sans se serrer la main, et le pasteur se hâta de retourner à Stilborough. Plus de deux heures s'étaient écoulées depuis qu'il avait quitté la cure ; sir Giles aurait-il attendu ?

Oui, le baronnet était toujours dans le cabinet du pasteur ; seulement, le temps lui avait paru long. Après avoir fumé plusieurs pipes, feuilleté les livres, lu les adresses des lettres qui étaient sur la table, compté les cartes de visite, il avait ouvert la fenêtre du rez-de-chaussée qui donnait sur la rue, et il était là, à cheval sur une chaise, sifflant un air de chasse, quand le facteur vint à passer.

Or les facteurs, toujours affairés, saisissent toutes les occasions d'abréger leurs tournées, si bien que celui-ci, ayant à s'arrêter au presbytère et apercevant un homme à la fenêtre, trouva commode de lui tendre, sans mot dire, la lettre dont il était porteur, plutôt que de sonner et d'attendre qu'on vînt ouvrir. De son côté, sir Giles qui savait que tout le monde le connaissait à Stilborough, crut que la lettre lui était destinée, et étant d'ailleurs préoccupé et distrait, il l'ouvrit brusquement sans regarder l'enveloppe.

C'était une longue missive, écrite sur papier mince comme celui consacré aux correspondances d'outre-mer, et datée de Shanghaï. Elle débutait ainsi :

« Mon cher ami,

Ces lignes me précéderont probablement de bien peu, car je suis sur le point de revenir en Angleterre. Néanmoins, je ne veux pas attendre mon de retour pour vous remercier de votre lettre, qui, après bien des cachets, a fini par me parvenir. J'ai été heureux d'apprendre votre nomination à la cure de Stilborough et je bénis Dieu d'avoir placé sur votre voie ma malheureuse enfant. »

« Diable! s'écria sir Giles, mais ce n'est pas pour
moi. » Et courant à la signature, il vit : *Snuman, missionnaire.*

« Le père d'Helen Hartleigh ! » songea le baronnet.

Puis, au lieu de remettre la lettre dans son enveloppe, il s'éloigna de la fenêtre, de crainte d'une surprise, et s'empressa de la lire d'un bout à l'autre. Cette
longue épître contenait sans doute des choses inté-
ressantes pour sir Giles, car sa figure s'illuminait à
mesure qu'il en tournait les pages.

« On croira qu'elle s'est perdue, fit-il en la mettant
dans sa poche ; mais c'est un coup de fortune. Si Rus-
brand a échoué auprès de Pottinger, j'ai là de quoi
mettre Nell à la raison... Enfin ! voici le pasteur. »

---

## CHAPITRE XXV

### ACHETÉ ET VENDU

Paul entra essoufflé et s'excusa d'être resté absent
aussi longtemps ; aussitôt il rapporta à sir Giles sa
conversation avec Rodgie. Le baronnet n'en revenait
pas ; un taureau surpris par le bruit et par la lumière
de l'arène, succédant brusquement au silence et à
l'obscurité du toril, n'a pas l'air plus hagard ni plus
stupéfait que sir Giles quand il apprit la découverte du
minerai et que le pasteur lui chiffra les bénéfices
énormes qu'on en pouvait retirer. Le seul point qui le
troublât, était celui de savoir si l'on pouvait se fier

Rodgie. Paul avait négligé de demander à celui-ci s'il consentirait à renouveler ses expériences en présence du baronnet; mais il pensait que la chose ne soulèverait pas d'objection, et il engagea sir Giles à se rendre de suite au *Lion Rouge*, où l'homme était descendu.

« J'y vais, » fit le baronnet, qui partit aussitôt. Il ne pria pas Paul de l'accompagner, car il était déjà contrarié qu'il fût au courant de l'incident du minerai; et si le pasteur avait observé le jeu de ses traits, il aurait deviné que cet esprit épais, mais subtil et délié en affaires, avait saisi toute l'importance de la révélation qu'il venait d'entendre.

« Eh bien ! dit-il en abordant M. Rodgie, je sais ce qui s'est passé entre le pasteur et vous, et je consens à vous donner vingt-cinq mille livres, à condition que vous me prouverez que le morceau de minerai que je tiens là provient bien de *Stubb's piece.* »

Sir Giles avait d'ailleurs eu soin de s'arrêter chez le pharmacien et de s'assurer que l'échantillon jouissait bien des propriétés que lui avait attribuées Paul Rushbrand.

« Je n'y vois pas d'inconvénient, répondit Rodgie, pourvu que l'expérience ne se fasse que devant vous seul. Mais c'est vraiment pitié de se défaire à ce prix d'un terrain qui renferme une fortune, et mes amis de Londres riraient joliment de moi, s'ils savaient que je souscris à un pareil marché.

— Oui; mais vous n'êtes pas sûr que tout le minerai vaut celui-ci, de sorte que c'est peut-être vous qui faites la bonne affaire.

— Si je n'en étais pas sûr, sir Giles, je ne vous demanderais pas vingt-cinq mille livres, répliqua l'homme avec un air de dignité qui en imposa au baronnet.

— C'est vrai... je vous demande pardon, balbutia
celui-ci.

— La seule raison qui me détermine à vendre, reprit M. Rodgie, c'est que j'ai déjà trop à faire avec
mon entreprise de teinturerie. J'exploite de nouveaux
procédés de teinture dont je suis l'inventeur, et cette
exploitation occupe tout mon temps.

— Alors finissons-en, dit le baronnet.

— Soit; c'est entendu. Vingt-cinq mille livres sterling et les frais de transfert à votre charge?

Sir Giles fit un geste affirmatif et convint avec son
interlocuteur qu'il irait le lendemain à Londres signer
l'acte de vente, que le *solicitor* de M. Rodgie aurait
préparé d'ici là. Il fut au rendez-vous à l'heure dite,
lut le contrat, qui était en règle, signa un chèque de la
somme convenue, et ce voyage du baronnet ne mérite-
rait pas d'être mentionné plus longuement si une de
ces rencontres que le hasard fait naître aux moments
où l'on y compte le moins, ne l'avait marqué.

Sir Giles Saplow regagnait sa chambre, après son
entrevue avec Rodgie, quand il aperçut dans le fumoir
de l'hôtel, les pieds sur les chenets et les mains dans
ses poches, le capitaine Oswald Carew. Le baronnet
n'avait pas vu depuis longtemps son futur beau-frère,
Oswald ayant quitté l'Angleterre à la suite de l'affaire
Karetskine, et des deux côtés on fut charmé d'échanger
des nouvelles et des poignées de main. Le capitaine
Carew dit qu'il arrivait de Monaco, où il avait gagné
une somme assez ronde aux courses. Sir Giles raconta
toute l'histoire de *Stubb's piece*, moins le chapitre de
la paraffine, et les deux hommes dînèrent ensemble.

« C'est bien aimable à vous; voilà tout ce que je
puis dire, fit Oswald d'un air grave que sir Giles ne lui
connaissait pas. Mais nous ne pouvons pas accepter

comme des dons les sommes que vous avez avancées ou dépensées à notre intention.

— Est-ce qu'on a des scrupules de ce genre-là entre beaux-frères ? répondit sir Giles.

— Je sais que vous épousez ma sœur et il est naturel que vous ayez le désir de tirer d'embarras vos futurs parents. Mais, moi, je ne puis pas admettre que vous dépensiez tout cet argent pour une propriété dont je dois hériter. Si vous le voulez bien, les sommes seront regardées comme des emprunts.

— Des emprunts ! Quelle idée !

— Une idée sur laquelle j'insiste, fit Oswald d'une voix ferme ; et puisque *Stubb's piece* vous appartient à présent, il me semble qu'il y aurait intérêt, de part et d'autre, à ce que nous vous cédions le reste de la propriété. »

Le baronnet eut un geste de désintéressement, mais un geste mou qui indiquait que le projet d'Oswald était précisément le but qu'il poursuivait. Dès qu'il avait appris la valeur du terrain, l'idée lui était venue de l'acheter en entier pour se dédommager de ses dépenses, et il lui convenait fort de voir le capitaine aller au-devant de ses désirs.

Toutefois il était trop avisé pour laisser lire dans sa pensée, et Oswald dut revenir plusieurs fois à la charge pour l'amener non pas à souscrire à cette combinaison, mais simplement à en admettre le principe.

Il avait bien changé, ce bon sir Giles Saplow, durant les derniers mois, songea Oswald. Cet avare devenu un Bayard de générosité, ce hobereau mal appris qui se comportait et s'habillait en gentleman ! Oswald eut besoin de se rappeler que l'amour produit des merveilles pour s'expliquer cette métamorphose, et l'explication ne le satisfaisait qu'à demi. Il n'avait jamais aimé son voisin de campagne, et l'affaire Karetskine l'avait rendu défiant et circonspect au point qu'il ne s'était pas laissé aller une seule fois à tenir une carte.

« Vous ne m'avez pas encore parlé de vos affaires, reprit sir Giles après une pause durant laquelle les deux amis s'étaient livrés, chacun de son côté, aux réflexions qu'on vient de lire. Êtes-vous débarrassé de vos créanciers?

— Le prix de mon grade, qu'ils se sont partagé, les a calmés, répondit l'ex-capitaine, et ils me laissent à peu près tranquille depuis quelque temps. Et quand vous mariez-vous? Je suis sans nouvelles de Royster Hall. Il

— Amy n'a pas encore fixé le jour, mais j'espère que ce sera pour le début de l'année. Vous viendrez, n'est-ce pas?

— Naturellement. Aussi aimerais-je à connaître la date précise, devant ensuite partir pour quelque temps.

— Où voulez-vous aller?

— Je n'en sais rien, mais j'ai besoin de mouvement; c'est si dur de n'avoir rien à faire, quand on a été soldat. L'autre jour, en passant le détroit, je me suis rencontré avec un missionnaire qui arrivait de Chine, et ce qu'il m'a dit de ce pays me donne envie d'y aller chercher fortune.

— Un missionnaire anglais?

— Oui; il m'a donné sa carte, mais je ne sais plus où je l'ai mise. Il paraît qu'il y a beaucoup à faire de ce côté.

— Pourquoi ne vous mariez-vous pas, au lieu de courir les aventures? On dit que lady Ambermere ne demande qu'à vous épouser.

— Le monde dit cela, mais elle dit non; j'ai essayé.

— Quand une femme dit non, c'est oui, fit sir Giles d'un air sentencieux.

— Alors, que font-elles lorsqu'elles veulent dire
non, répliqua Oswald en souriant. Dans tous les cas,
je me soucie peu de me marier.

— Vous changerez d'idée, dit le baronnet. Et en
attendant, je vous engage encore à abandonner vos
plans de départ : vous pouvez faire fortune en Angleterre aussi bien qu'ailleurs.

— Comment cela?

— Qui sait? » fit sir Giles sur un ton mystérieux.
Puis, comprenant qu'il serait imprudent de trahir
son secret, il changea de conversation et se mit à parler de choses et d'autres.

---

# CHAPITRE XXVI

## POTTINGER AUX ABOIS

On était à la semaine de Noël et les boutiques de
Stilborough avaient pris leur air de fête. Les *goose
clubs* [1] s'annonçaient aux fenêtres des *public-houses ;*
d'énormes quartiers de bœuf, ornés de rubans de
toutes couleurs pendaient aux crocs des bouchers ; des
volailles, des dindons, des canards, également enru-
bannés, étalaient leurs carcasses à la devanture des
charcutiers, et chez M. Pottinger et ses confrères en
épicerie, ce n'était que sucreries, peaux d'oranges
confites et boîtes de bonbons, avec portraits d'hommes
distingués sur les couvercles.

1. Mot à mot : club pour manger de l'oie.

M. Pottinger était naturellement très-occupé, en sa triple qualité de marguillier, de maire et d'épicier; le temps qu'il ne passait pas à sa boutique, il l'employait à distribuer les diverses charités dont il était *ex officiis* le dispensateur. Cette dernière occupation l'ayant mis en rapports fréquents avec le pasteur, il remarqua que Paul était devenu froid à son égard et en fut vivement intrigué.

Le ministre lui parlait à peine, et si M. Pottinger essayait d'engager la conversation, il n'obtenait que des réponses brèves et sèches. Que pouvait signifier ce changement d'attitude? Avait-il, sans le vouloir, offensé le pasteur?

Avait-il dit ou fait quoi que ce fût qui pût le rendre passible d'un blâme? Il ne soupçonnait pas que Paul Rushbrand sût qu'il avait reçu huit cents livres au détriment de lady Hartleigh, lors de la vente de *Stubb's piece* à Rodgie; et quant à se figurer que le pasteur pût lui reprocher ses procédés envers sir Giles, c'était la dernière chose qu'il eût pu supposer, le curé ayant toujours eu peu de sympathies pour le baronnet. Bref, l'examen de conscience de M. Pottinger se termina par un acquittement complet, et sans une circonstance qui vint lui révéler la vérité, tout permet de supposer que son indulgence pour lui-même se serait perpétuée.

Quoi qu'il en soit, un jour que l'épicier venait de terminer, à la mairie, une distribution de couvertures et qu'il cheminait vers la sacristie de Saint-Barnaby pour régler une répartition de bons de pain, il aperçut devant le portail le break des Carew. Les *misses* de Royster Hall avaient voulu venir aider les jeunes filles de Stilborough à orner l'église pour la fête de Noël, et tout ce petit monde féminin, auquel s'étaient

joints quelques jeunes gens, travaillait sous la direction du pasteur. On clouait ici, on accrochait là, on
tressait des guirlandes, on tendait des tapis; entre
temps, on devisait et on *flirtait*. D'un coup d'œil,
M. Pottinger eut reconnu les filles de sir Peter, et se
souciant peu de les rencontrer, même au temple, il fit
le tour de l'église, au lieu de la traverser, pour gagner
la sacristie. C'était aller de Charybde en Scylla. Sir
Giles et sir Peter, avec quelques amis, se promenaient
dans le cimetière qui entourait Saint-Barnaby, et
l'épicier n'avait pas fait dix pas, qu'il tombait au milieu de ce groupe.

« Tiens, voici Pottinger, » cria sir Giles en barrant
le chemin avec sa canne au marguillier.

L'épicier balbutia qu'il était pressé.

« Vous avez bien cinq minutes à nous donner, le
temps de nous expliquer pourquoi vous teniez tant à
établir une scierie mécanique aux environs de Stilborough, reprit le baronnet en ricanant.

— Question de principe, fit M. Pottinger en es-
sayant de prendre de grands airs.

— Ce sont là des principes qui vous ne coûtent pas
cher, poursuivit sir Giles toujours gouailleur.

— Une affaire de conscience ne se mesure pas aux
bénéfices qu'elle rapporte.

— Celle-ci ne vous en a pas moins rapporté huit
cents livres, dit le baronnet en continuant de rire;
mais elle aurait pu être plus lucrative si vous l'aviez
faite avec moi, qui ai payé *Stubb's piece* vingt-cinq
mille livres.

— Vingt-cinq mille livres, riposta machinalement
l'épicier consterné.

— Ni plus ni moins. Aussi comptons-nous bien avoir
deux journées de courses par an au lieu d'une, pour

nous dédommager de nos sacrifices, » reprit sir Giles.

M. Pottinger avait l'air si confus, sa bouche s'était ouverte si grande, ses bras tombaient si piteusement le long de son corps, que toute la bande éclata de rire. Trahi par Rodgie, dénoncé par sir Giles, hué par le monde, le malheureux voyait s'écrouler en un instant tout un passé de prétentions à l'estime et à la considération publiques. Quant il atteignit la sacristie, il s'affaissa sur une chaise et cacha sa tête dans ses mains.

« Êtes-vous malade monsieur Pottinger ? demanda Paul Rushbrand, qui entra peu après.

— Oui, fit l'épicier d'une voix rauque. Rodgie a trompé ma confiance.

— Je sais cela, » reprit le pasteur.

M. Pottinger releva la tête et bondit sur ses pieds.

« Auriez-vous trempé dans ce complot ? fit-il avec un geste de menace.

— J'ai engagé M. Rodgie à revendre à sir Giles le terrain qu'il vous avait acheté, et je suis convaincu que j'ai eu raison, répondit Paul d'une voix calme.

— Raison de me cacher la vérité, raison de me tromper, d'aider ce misérable à me duper ? Ah ! pour un *clergyman*, c'est une jolie action que vous avez faite là : protéger les paris et les scandales des courses !

— Vous vous oubliez, monsieur Pottinger, reprit Paul Rushbrand d'un air digne. Jamais vous ne m'avez dit que si les courses n'avaient plus lieu à Royster Hall, elles se feraient à Hazelwood ; et j'ignorais aussi que vous eussiez acheté *Stubb's piece* avec l'argent de lady Hartleigh.

— C'était un secret que mylady m'avait prié de garder.

— Mauvaise excuse, monsieur Pottinger, fit le pasteur. Au surplus, cette histoire est déplorable d'un bout à l'autre, et j'ai été peiné qu'un homme comme vous ait pu y être mêlé.

— Gardez vos sermons pour vous, je n'en ai que faire, s'écria Pottinger, rouge de colère. Vous semblez oublier que si vous êtes, à cette heure, curé de Stilborough, c'est à moi que vous le devez.

— Je l'oublie si peu, repartit Paul Rushbrand, que ce souvenir me fait regretter doublement de ne plus pouvoir vous estimer et d'être obligé de vous demander votre démission de marguillier.

— Ah! c'est trop fort, dit M. Pottinger en brandissant son poing, et je m'en vengerai. J'ai des doutes, depuis longtemps, sur vos trente-neuf articles [1] et... je vais me faire *baptiste !* »

---

## CHAPITRE XXVII

### LES REMERCIMENTS D'AMY

Amy Carew attachait une devise à la table de communion. Elle se tenait loin de ses compagnes, dans l'espoir de parler plus facilement au jeune curé et de lui offrir ses remercîments. Soit que son cœur lui commandât cette démarche, soit qu'elle cédât, sans s'en rendre compte, à ce besoin, qu'on rencontre chez

---

1. Confession d'Augsbourg.

tant de femmes, de jouer avec le feu, soit qu'elle tînt
à savoir si les versets inscrits sur la photographie se
rapportaient à elle, il lui tardait d'avoir avec le pasteur quelques minutes d'entretien. Lorsque Paul Rushbrand sortit de la sacristie, elle toussa légèrement
pour attirer son attention..

« Voulez-vous que je vous aide à descendre, miss
Carew? » demanda Paul en s'approchant de la jeune
miss, qui était montée sur une chaise pour coudre sa
devise plus commodément.

Amy s'appuya sur le bras du pasteur et s'aperçut
qu'il tremblait. Il avait rougi en la voyant, et sa voix
elle-même révélait son émotion.

— Monsieur Rushbrand, » dit-elle en rougissant à
son tour... Mais miss Pottinger, qui s'approcha au
même instant, l'empêcha d'achever sa phrase, et
comme cette jeune personne semblait tenir beaucoup
à ne pas s'éloigner du curé, l'entretien se trouva sus-
pendu. Bientôt les misses Pettigrew, miss Wigson,
miss Jollewelhir accoururent à leur tour; un cercle
se forma autour du pasteur, et plus d'un quart d'heure
s'écoula avant que la pauvre Amy pût reprendre la
conversation qu'elle avait à peine entamée.

« Ah! les ennuyeuses créatures, fit-elle quand ils
furent seuls. Elles m'ont presque fait oublier ce que
j'ai à vous dire, monsieur Rushbrand. Je voulais...
vous remercier du service que vous m'avez rendu auprès de... Mme Rogandi. C'est récemment que je l'ai
appris : autrement...

— J'espérais que vous ne le sauriez jamais, interrompit Paul.

— Sir Giles m'avait engagée à ne pas vous en parler, de peur que ce souvenir ne fût une gêne pour vous
et pour moi ; mais je ne pouvais pas supporter l'idée

que vous me croiriez peut-être indifférente ou ingrate.

— Jamais je ne penserai que du bien de vous, miss Carew.

— Vous avez eu d'autant plus de mérite, monsieur Rushbrand, que nous étions dans l'affliction à cette époque-là, et qu'on n'a pas d'amis habituellement, à pareille heure. »

Comme elle parlait bravement! Comme cette teinte rosée qui colorait ses joues seyait bien à son visage! Le cœur de Paul battait si fort qu'il pouvait à peine lui répondre, et tout ce qu'il disait lui semblait différent de ce qu'il voulait dire!

— Je ne vous ai pas encore félicitée de votre mariage, reprit-il; mais j'ai beaucoup prié et je prierai encore pour votre bonheur.

— Merci, fit-elle d'une voix tremblante. Sir Giles a été bien bon pour nous; il a, en quelque sorte, sauvé la vie de mon père, qui aurait succombé sous le coup de tous ses soucis.

— Enfin, ils sont finis maintenant, dit le pasteur.

— Je l'espère, reprit-elle... Vous savez que sir Giles vient d'avoir la bonté de racheter le terrain où l'on voulait installer cette horrible scierie, dont le voisinage nous aurait forcés à émigrer.

— Ne pensez-vous pas que la mine obligera sir Peter à transporter sa maison ailleurs? demanda Paul.

— Quelle mine?

— Je devrais dire plutôt le gisement minéral qu'on a découvert...

— Je ne comprends pas, interrompit Amy en ouvrant des yeux étonnés.

— Alors, j'ai trahi un secret, fit Paul tout confus,

un secret que, sans doute, sir Giles ne veut révéler
que le jour de votre mariage.

— Êtes-vous sûr de ce que vous dites, monsieur
Rushbrand?

— J'ai de bonnes raisons pour cela, puisque c'est
moi qui ai appris le premier la découverte.

— Sir Giles connaissait donc la présence de la mine
avant d'acheter le terrain?

— Naturellement. Sans cela, il n'aurait pas donné
le prix qu'on en demandait.

— Vous pensez qu'elle se ramifie dans toute la propriété de mon père?

— On me l'a dit. Mais soyez certaine, miss Carew,
que sir Peter est déjà au courant de l'affaire; sir Giles
n'a pas manqué de lui en parler. »

Ils s'étaient reculés de quelques pas en causant, et
Amy se montrait maintenant, au centre d'un cercle
rouge et bleu formé par les rayons du soleil à travers
les vitraux de la nef. Son visage étincelait sous les
jeux de la lumière, mais son front était pâle et son
regard pensif. Elle se rappelait que sir Giles venait
d'acheter à son père une partie des terrains dépen-
dants de Royster Hall, et qu'il avait accepté des re-
connaissances de toutes les sommes payées par lui.
Elle songeait qu'il n'avait rien dit de la mine et
qu'il avait eu l'air d'accepter les terres cédées par sir
Peter, dans l'unique but de mettre celui-ci plus à l'aise
avec lui.

« Avez-vous parlé à quelqu'un de ce que vous venez de me dire, monsieur Rushbrand? demanda-t-elle.

— Non, fit le pasteur; mais c'est bien par hasard,
car je me figurais qu'il n'y avait plus de secrets à
garder, depuis que sir Giles avait conclu avec
Rodgie.

— Eh bien, je vous en prie, n'en parlez pas pour le moment.

— Il suffit que vous le désiriez pour que je n'en souffle mot à personne.

— C'est pour ne pas priver sir Giles du plaisir de nous l'apprendre, » ajouta-t-elle.

Leur conversation fut de nouveau interrompue, cette fois par sir Peter, qui venait rappeler à sa fille que l'heure du *luncheon* était venue. Le pasteur avait invité tout le monde à *luncher* au presbytère, et l'on s'achemina vers la cure, où Mrs. Rushbrand attendait ses convives avec toute l'impatience d'une maîtresse de maison qui craint qu'un retard dans l'arrivée de ses hôtes ne compromette le succès de sa cuisine et de son menu.

Cette petite fête donnée aux personnes qui venaient orner l'église, était une ancienne habitude chez les curés de Stilborough. Le *luncheon* de Paul Rushbrand ne le céda à aucun de ceux qui avaient le plus marqué dans la mémoire des gens de la ville. Au lieu de faire plusieurs tables et d'y placer ses invités par catégorie, suivant le rang de chacun, il les pria de s'asseoir à leur guise, et cette heureuse innovation donna à la réunion une gaieté et un entrain qu'aucune fête du même genre n'avait eus jusque-là.

« Ah çà, pasteur, dit tout à coup sir Giles, vous défendez donc toujours aux enfants de l'école de venir à Saplow Court ?

— J'ai peur pour eux de vos chiens et de vos imprudences, répondit le pasteur en souriant.

— Vous avez bien tort, reprit sir Giles. Demandez à cette jeune miss en face de vous si je n'ai pas changé depuis quelque temps. »

La jeune fille en face du pasteur était Amy, et il

sembla à Paul Rushbrand qu'elle répondait à cette
interpellation par un sourire si froid, que sir Giles
lui-même en demeurait surpris, les yeux fixes et la
bouche béante.

---

# CHAPITRE XXVIII

### LES CAPRICES DE LADY HARTLEIGH

M. Pottinger était retourné à sa boutique, inquiet
et furieux. Il avait trop d'ennemis pour ne pas pres-
sentir que le moindre mot dit contre lui serait répété
et commenté à l'envi par tous les envieux et les jaloux, et sa menace de se faire baptiste était sérieuse.
Un Français qui se querelle avec l'autorité, se jette
aussitôt dans les rangs des ennemis du gouvernement.
Un Anglais qui se brouille avec le représentant de
l'Église officielle, va grossir l'une ou l'autre des sectes
dissidentes.

Qu'on n'aille pas croire pourtant que M. Pottinger visât à rompre avec la cure sans éclat et sans
bruit. Les hommes de cette trempe sont incapables de
se taire, même quand il y va de leur intérêt; ils cou-
rent chez leurs amis, ils arrêtent leurs connaissances
au coin des rues pour leur conter la vraie version; ils
jettent de la boue à droite et à gauche, certains qu'il
en restera toujours quelque chose.

Le pasteur n'était plus maintenant qu'un intrigant
qui avait sacrifié les intérêts de Stilborough à son dé-

sir d'être en bons termes avec la famille Carew. Et
quant à lui, Pottinger, si quelqu'un lui reprochait
les sept mille livres de Lady Hartleigh, il se croise-
rait fièrement les bras et répondrait : « Oui, j'ai reçu
cet argent pour acheter *Stubb's piece;* mais qu'est-ce
que cela prouve, sinon que j'aime ma ville natale et
que je suis un honnête homme ? »

Lady Hartleigh, pendant ce temps, n'était pas moins
agitée que son complice. Elle savait que l'intervention de sir Giles avait déjoué tous ses plans; elle
voyait son mari se réjouir à l'idée que les courses
continueraient à avoir lieu à Royster; elle craignait
que les Carew ne se vengeassent d'elle, à présent
qu'ils étaient redevenus influents.

Tout cela la préoccupait et la surprenait outre mesure, car elle savait sir Giles très-avare de ses de-
niers. Aussi, pressée d'être fixée sur les dispositions
des Carew à son égard, elle donna un dîner et les y
invita.

Ils vinrent tous, par égard pour lord Hartleigh.
Lady Pompermore, les Higham, les de Chevron et
toutes les notabilités du comté lui témoignèrent le
même empressement; ce fut vraiment un grand dîner. Mais si Helen eut la satisfaction de se montrer à
ses convives couverte de bijoux de famille, elle eut
l'ennui, en revanche, de constater qu'on lui marquait
une extrême froideur.

« Le cérémonial, dit Dick Steele, est une bar-
rière élevée par les sages pour tenir les fous à distance. »
C'est également une invention qui permet à des
gens, plus près de se haïr que de s'aimer, de se rencontrer dans un salon sans être tentés de se prendre
aux cheveux.

Sir Peter ne pardonnait pas à Helen les tribulations
qu'elle lui avait causées ; mais il se garda de le montrer, et les autres invités, qui avaient, de leur côté,
peu de sympathie pour la nouvelle Lady Hartleigh,
voilèrent sous des dehors courtois leur désir de rester
en bons termes avec elle sans l'admettre jamais dans
leur intimité.

Le dîner se ressentit de ces dispositions des convives ; il manqua d'animation, et le reste de la soirée
fut plus monotone encore. Les fêtes à la campagne ne
deviennent tolérables que quand l'entrain des invités
supplée à l'insuffisance des moyens de distraction : on
s'ennuya, ce jour-là, à Hazelwood, et Helen se sentit
isolée au milieu du cercle aristocratique qui l'entourait.
Ce n'était pas la première fois, du reste, que ce sentiment se faisait jour dans sa pensée. Au début de son
installation au château, le plaisir de commander à
un nombreux personnel de domestiques et de s'entendre *myladiser* l'avait empêchée d'avoir conscience
de sa solitude. Aujourd'hui qu'elle commençait à se
blaser sur ces satisfactions, elle souffrait de cette vie
monotone et, si étrange que cela puisse paraître, elle
allait jusqu'à regretter ses « prises de bec » avec
sir Giles.

Si elle eût aimé son mari, son influence dans le
ménage aurait pu devenir prépondérante et amener
d'heureux résultats. Même ses défauts eussent profité
au jeune lord ; car c'est quelque chose d'avoir auprès
de soi une compagne agile et énergique, et si une
nature simplement bonne et religieuse sied mieux au
coin d'un foyer qu'une femme ardente et intrigante,
du moins celle-ci sait-elle stimuler l'homme et tirer
parti de ses facultés. Mais Helen se bornait à voir dans
son mari un gentleman, bon et loyal le plus souvent,

insignifiant et sans valeur sous tout autre rapport.
Elle se trompait ; le jeune lord avait en lui le germe
de précieuses qualités, qui eussent pu, fécondées, le
rendre capable de grandes choses ; mais Helen n'en
avait pas conscience. Elle s'ennuyait auprès de lui ;
lui commençait à se lasser d'elle. Les repas leur semblaient longs à tous deux ; les soirées, même rompues
par de petits sommes dans de bons fauteuils, leur
paraissaient interminables. A peine échangeaient-ils
quelques paroles sur leurs occupations de la journée,
et cet état de choses, qui ne faisait que s'accentuer,
datait du jour où lady Hartleigh avait blessé l'amour-
propre de son mari en attaquant l'honneur de sa
famille et la vertu de ses aïeules.

Ce qui se passe toujours en pareille occurrence, se
produisit. Lord Hartleigh s'éloigna de plus en plus de
sa femme. Il passait son temps à s'occuper de chevaux
avec ses entraîneurs, et l'envie le prit de gagner le
Derby. Il buvait avec les grooms et les jockeys, sous
prétexte de se rendre populaire, fumait des cigares
très-forts, vivait dans des habits de chasse. Bref, il
devint vulgaire dans son langage, commun dans ses
goûts. Qui l'eût aperçu auprès de son écurie, en train
de causer ou de trinquer avec ses domestiques, n'aurait
guère pu soupçonner qu'il avait devant lui un pair
d'Angleterre.

De son côté, Helen se mit à se lever tard pour tuer
le temps et à lire des romans pour se distraire. Les
romans de Balzac lui plaisaient particulièrement ;
elle les dévora l'un après l'autre. Or, s'il est un auteur dangereux pour un esprit déjà dévoyé et malade, c'est assurément celui-ci. Il est l'apôtre des
femmes incomprises, le peintre par excellence des
ruses et des subtilités féminines, le champion con-

vaincu de la supériorité de la femme sur l'homme.

Dans ses admirables tableaux de la société française, dans les drames enfantés par sa puissante imagination, c'est la femme qui tient le premier rôle : l'homme n'est qu'un jouet entre ses mains, et à l'exemple d'Alexandre, elle semble toujours en quête de nouveaux mondes à conquérir.

Quoi qu'il en soit, il advint, vers cette époque qu'en allant voir un jour la vieille lady Higham, dont le château était voisin de Hazelwood, Helen rencontra un *clergyman* nommé Culfield, de la secte des *Unitariens*[1].

Lady Higham venait de se rallier à cette Église, au grand scandale de l'aristocratie, et le révérend Culfield, tout fier de cette recrue, la voyait assidûment pour compléter sa conversion et pour l'encourager dans sa nouvelle foi. C'était un homme distingué, entreprenant, adroit, plein de zèle pour la secte dont il était un des chefs, adversaire résolu de l'Église officielle et de ses priviléges. Helen tomba immédiatement dans ses filets; elle l'invita à venir à Hazelwood, et il en devint bientôt un des hôtes les plus assidus.

Disons que, du reste, le sentiment religieux entrait pour peu de chose dans cette intimité, du moins du côté de lady Hartleigh. Ses croyances n'allaient pas au delà d'une foi vague dans un quelque chose plus vague encore, et quand elle se montrait aux offices et qu'elle faisait des cadeaux à l'église, à l'approche de Noël et d'autres fêtes, c'était uniquement par ostentation.

Mais la parole séduisante du révérend Culfield contrastait agréablement avec le langage austère de

1. Secte qui n'admet pas la Trinité divine.

Paul Rushbrand, et sa morale large et facile avait des indulgences que répudiait le protestantisme sévère du jeune curé de Stilborough. Autant elle craignait celui-ci, autant elle redoutait cette heure inévitable où il lui reprocherait de l'avoir trompé, d'en avoir fait le complice d'un passé détestable, autant elle se sentait à l'aise en face de l'autre, autant elle devinait qu'il excuserait ses faiblesses et ses fautes. Incarnée dans Paul Rushbrand, la religion l'effarouchait; personnifiée dans M. Culfield, elle lui semblait douce et aimable. De son côté, le révérend ne se préoccupait que de se rendre agréable à la châtelaine de Hazelwood. Elle était riche; son mari l'était plus encore; il avait de l'influence, de grandes relations, un siége à la Chambre des lords. Quel succès s'il pouvait les détacher tous les deux de l'Église établie d'Angleterre et en faire les deux plus beaux fleurons de la couronne unitarienne !

Il y avait là de quoi tenter un esprit aussi entreprenant. M. Culfield savait l'histoire d'Helen ; il fut prompt à reconnaître que le jeune lord la délaissait et qu'il devait avoir pour premier soin de les rapprocher l'un de l'autre. Ses efforts s'exercèrent donc dans ce sens, avec cette persistance que l'homme apporte dans ses actes quand le sentiment religieux vient stimuler l'énergie de sa nature. Toutefois le résultat cherché ne pouvait être l'œuvre d'un jour, et quand Noël vint clore une année agitée pour les personnages mêlés à ce récit, le révérend Culfield entrait à peine en campagne.

## CHAPITRE XXIX

### LA VEILLE DE NOEL

Pas de neige, mais un grand vent du nord qui s'en-
gouffrait dans les rues de Stilborough avec un bruit
de tempête, et qui précipitait la marche des passants.
La veille de Noël retient chacun chez soi en Angleterre. C'est l'heure où se prépare l'arbre traditionnel ;
où le pudding, commencé depuis un mois, sort de
l'étuve ; où le gui s'accroche aux murs ; et les rares
voyageurs qui arrivèrent de Londres dans la petite
ville par le train du soir, purent se croire transpor-
tés dans les rues silencieuses et abandonnées de
Pompéi.

A cet instant, une voiture qui venait de la gare
s'arréta à la porte du presbytère et y déposa deux
hommes, enveloppés jusqu'au menton dans de longs
manteaux. L'un paraissait âgé et eut même quelque
peine à mettre pied à terre. L'autre, plus alerte et
plus jeune, semblait empressé auprès de son compagnon. Sans attendre leur coup de sonnette, Paul
Rushbrand courut au vieillard et le serra dans ses
bras.

« Ah ! mon cher monsieur Snuman, dit-il, que je
suis donc heureux de vous voir, et quelle joie j'ai eue
ce matin, en recevant la lettre où vous m'annonciez
votre visite. »

Puis, s'apercevant que son vieil ami n'était pas
seul, il ajouta :

« Vous m'amenez un de nos confrères ?

— Pas tout à fait, mais un ami, » répondit le second voyageur en rabattant le col de son manteau.

C'était Oswald Carew.

« Quel heureux hasard ! s'écria Paul surpris.

— Un hasard naturel, dit Oswald en riant. M. Snuman et moi avons fait connaissance entre Calais et Douvres, et l'ayant retrouvé à Londres, dans le train de Stilborough, j'ai voulu l'accompagner jusqu'ici.

— Le capitaine Carew a eu la bonté de quitter son compartiment de première classe pour faire le voyage avec moi, ajouta M. Snuman, et il a tenu à me conduire chez vous.

— Je vais me chauffer un instant, si vous le permettez, reprit Oswald, et j'irai ensuite à Royster Hall. La voiture a l'ordre de m'attendre.

— Restez à dîner, fit le pasteur, nous allons nous mettre à table dans un instant. »

M. Snuman était un petit homme chétif, un peu voûté, avec une longue barbe blanche, des joues creuses et des mains d'une maigreur diaphane. Fatigues physiques, chagrins moraux avaient marqué son visage de rides profondes ; mais l'expression de sa physionomie était douce et ses manières affables. Lui et Oswald paraissaient en bons termes. Le capitaine lui témoignait une extrême déférence, et Paul, en remarquant ce détail, fut frappé du changement qui s'était opéré dans les façons et dans le langage de l'officier.

A Royster Hall, où nous suivrons Oswald pendant que les deux pasteurs causent du passé qui les unit, l'étonnement fut plus vif encore. Au lieu du jeune écervelé qu'on avait vu partir quelques mois auparavant on retrouvait un homme mûri par l'épreuve, ayant l'air grave, parlant sensément, s'abstenant de toutes ces anecdoctes piquantes qui défrayaient naguère sa conversation. Ses sœurs n'en revenaient pas et sir Peter semblait tout fier.

« Quitter votre wagon pour voyager avec un *clergyman*, fit Mrs. Hunt, quand Oswald eut expliqué pourquoi il arrivait en retard au château. Vous devenez donc un modèle ?

— Il va entrer dans les ordres, ajouta Mrs. Warrener.

— Rushbrand est un noble cœur, dit Oswald ; et quant à son ami le missionnaire, c'est un vrai saint.

— Vous l'appelez Snuman ? demanda Amy.

— Le nom du père de lady Hartleig, fit remarquer Isabel.

— Je n'imagine pas qu'il soit parent de lady Hartleigh, autrement il me l'aurait dit pendant la route. »

La conversation fut interrompue par l'arrivée du cuisinier, qui vint, selon l'usage, présenter le pudding à ses maîtres et prier l'une des jeunes misses de « lui porter bonheur » en l'agitant dans son plat d'argent. Après, il était tard et on fut se coucher. Mais comme Oswald, qui était resté au coin du feu, rêvait au bonheur d'être *at home*, une veille de Noël, Amy rentra dans le salon et vint se placer près de son frère.

« Mon cher Oswald, dit-elle, puis-je vous tenir compagnie ? je ne me sens pas l'envie de dormir.

— Je crois bien, fit son frère. Tenez, prenez ce fauteuil et asseyez-vous à côté de moi. »

Amy préféra un tabouret et se blottit auprès de la cheminée, la tête appuyée sur les genoux d'Oswald.

« Eh bien ! reprit celui-ci, en caressant les beaux cheveux de sa jeune sœur, voilà le dernier Noël que vous passez ici. L'année prochaine, à pareille date, vous serez à Saplow Court... et moi je me demandais, lorsque vous êtes entrée, sur quelle terre étrangère je fêterais le nouvel an.

— Que dites-vous là ? fit-elle en le regardant.

— Il n'y a rien à faire pour moi en Angleterre, et il faut bien que j'avise à me créer une position.

— Vous administrerez les propriétés de notre père.

— Vous oubliez que ces terres ne me reviendront jamais. La plupart sont hypothéquées, et il est peu probable qu'on puisse jamais les dégrever.

— Écoutez, reprit-elle en se rapprochant encore de lui, j'ai une grande nouvelle à vous confier. Et elle fit part à Oswald de la découverte de la mine.

— Effectivement, dit le capitaine, c'est une grosse nouvelle. Mais en êtes vous sûre ? Le pasteur n'a-t-il pas été mal renseigné ? Sir Giles ne peut pas nous tromper à ce point.

— Il nous trompe cependant, fit Amy, et s'il s'est montré aussi généreux, lui si parcimonieux d'ordinaire, c'est parce qu'il sait qu'il pourra rattraper, et au delà, l'argent qu'il a avancé. Croyez-moi, Oswald, c'est un triste personnage, et je suis bien heureuse...

— Heureuse de quoi ? demanda Oswald, en voyant que sa sœur hésitait à achever sa phrase.

— Heureuse de ne plus être obligée de l'épouser, » ajouta-t-elle avec fermeté.

Son frère la regarda d'un air qui trahissait sa surprise.

« Oui, reprit Amy dont les yeux se remplirent de larmes. J'ai pu me résigner un instant à ce mariage, par égard pour les miens ; mais aujourd'hui que j'ai appris de quoi il est capable, il serait au-dessus de mes forces de l'épouser. Comment ! ce soir encore il parlait d'agrandir la tribune, lorsqu'il sait mieux que personne qu'il faudra forcément choisir un autre emplacement pour les courses ! J'ai été sur le point de l'accabler devant tout le monde.

— Si le mariage est rompu, il faudra renvoyer les cadeaux, les lettres... Quel bruit cela fera ! dit Oswald qui commençait à peine à mesurer clairement la portée des confidences de sa sœur.

— Le bruit m'importe peu. Nous lui rendrons son argent, et il ira où il voudra.

— Ainsi, je dois m'attendre à hériter d'une mine qui rapporterait cinquante mille livres par an, Amy, reprit Oswald en souriant. Ce serait un beau rêve. Mon père serait fait lord ; j'arriverais aux Communes et vous... qui sait ? L'autre jour, Felwood disait devant moi que vous étiez la plus jolie personne qu'il eût connue. Il sera duc de Sireland, et vous feriez une charmante duchesse.

— Je prie mylord Felwood de ne pas s'occuper de moi, » dit Amy d'une voix décidée.

Oswald rit de nouveau et tendit la main à sa sœur pour l'aider à se lever. Il était tard ; le feu s'éteignait, la lampe ne projetait plus qu'une faible lueur ; Oswald tira sa montre et la remonta,

« Il faut aller se coucher, dit-il. Mais encore un mot auparavant : Croyez-vous que je doive avoir une explication avec Saplow ?

— Il vous mentira, répondit Amy sur ce ton de dédain de la femme quand elle parle d'un homme qu'elle méprise. Toutefois, agissez à votre guise. Du moment que vous m'en aurez débarrassée, j'approuverai tout.

— Saplow a-t-il jamais fait devant vous quelque allusion à la mine ?

— Non ; mais, en me promenant avec lui, j'ai remarqué qu'il s'arrêtait constamment et qu'il frappait le terrain avec sa canne, comme pour en éprouver la nature.

— Vraiment?

— Et quand l'autre jour Philip a dit devant lui que toutes les maisons seraient éclairées à la lumière électrique. avant cinquante ans d'ici, il s'est récrié comme s'il eût déjà exploité la paraffine.

— Bien, dit Oswald en embrassant sa sœur; je vais réfléchir à tout cela. Mais il me semble qu'il vaut mieux attendre, pour démasquer Saplow, le jour où j'aurai à donner ma signature pour la cession du champ de courses. Je refuserai de signer; il me demandera pourquoi, et l'occasion de s'expliquer viendra ainsi naturellement.

— Je dormirai maintenant, » fit Amy en se jetant au cou de son frère.

---

## CHAPITRE XXX

### UN MAUVAIS QUART D'HEURE

Sir Giles n'avait pas été sans remarquer la froideur d'Amy à son égard; mais il l'avait attribuée à un simple changement d'humeur, destiné à disparaître comme il était venu. Ce qui le préoccupait davantage, c'était l'obstination de la jeune fille à ne pas fixer la date de leur mariage. Pourquoi cette hésitation? Pourquoi Amy lui disait-elle qu'ils ne se marieraient que quand toutes les questions d'affaires seraient réglées? Le ba-

ronnet n'était pas scrupuleux. Pourtant il éprouvait
comme des remords, en songeant à sa conduite vis-à-vis
de ses amis. N'aurait-il pas dû se contenter des bénéfices qu'il pouvait retirer de *Stubb's piece*, au lieu
de convoiter tous les terrains de sir Peter et de lui cacher la vérité? Le prétexte qu'il s'offrait pour justifier ses procédés était la crainte que, les Carew deve-
nant riches, le mariage avec Amy ne fût rompu. Mais
les consciences troublées et les esprits avides ne manquent jamais de bonnes raisons pour arriver à se rassurer ; et comme, d'un autre côté, sir Giles Saplow
n'imaginait pas que le pasteur pût avoir l'occasion
ou l'idée de faire ses confidences à Amy ou à une autre personne de la famille, ses remords étaient de ceux
avec lesquels on vit, sans que ni le sommeil ni les di-
gestions s'en ressentent.

Le baronnet ne passa pas la journée de Noël à
Royster Hall. Il se rendit de bonne heure à Londres
pour offrir ses vœux de nouvel an à une vieille tante
dont il devait hériter et, ayant en outre plusieurs emplettes à faire, des fournisseurs à voir, des comptes à
régler, il demeura absent pendant deux ou trois jours.
Comme bien on pense, il essaya de rencontrer M. Rodgie. De temps en temps, il lui venait des doutes relativement à la mine, il avait besoin de s'entendre répéter qu'il avait fait une magnifique affaire, destinée
à le rendre l'égal des plus riches industriels du pays.
Mais M. Rodgie était absent, « parti pour l'étranger, » ajouta-t-on d'un air mystérieux qui intrigua le
baronnet et qui devait, le lendemain, le frapper davantage quand, lisant le *Times*, dans le train de Stilborough, il apprit la faillite de l'*Entreprise de teinturerie.*

Sir Giles tressaillit. Il lui sembla que quelque chose

e brisait en lui, avec le bruit sourd d'un ressort qui
e casse.

« Savez-vous quelle est cette *Entreprise de teintu-
rie* dont le *Times* annonce la faillite, demanda le
baronnet à un gros homme assis en face de lui dans
le wagon. Il était si pressé de se rassurer, qu'il s'a-
dressait au premier venu, comme le malade de nuit
au médecin le plus proche.

— Il y a tant de mauvaises sociétés aujourd'hui,
qu'il est difficile de se les rappeler toutes, répondit le
voyageur, qui avait l'aspect d'un homme de bourse.
Je crois pourtant avoir entendu dire dans la Cité que
le directeur de la Compagnie dont vous parlez s'appelait...

— Rodgie ? fit le baronnet d'une voix anxieuse.

— Peut-être ; je ne m'en souviens pas bien. Il paraît qu'il est parti pour le continent en laissant un
shilling dans la caisse. C'est là tout ce que je
sais. »

Si l'histoire de la mine était une fable ? pensa sir
Giles, pendant que son compagnon se demandait pourquoi il se trémoussait sur sa banquette comme un
homme assis sur un fer rouge. De fait, le voyage
parut interminable au baronnet, et quand il arriva à
Milborough, il courut en hâte à la cure pour faire
répéter au pasteur les termes précis dans lesquels
Rodgie lui avait appris la présence d'un gisement au-
dessous du champ de courses. Mais Paul Rushbrand
était sorti.

« Où est-il ? fit sir Giles à la servante. Il faut absolument que je lui parle.

— Il est à Royster Hall, avec M. Snuman, répondit-
elle.

— Que diable peuvent-ils faire là-bas tous les deux ?

marmotta sir Giles. Et remontant en voiture, il partit à fond de train dans la direction du château.

Le ciel était d'un gris terne. Il faisait froid. Ce
n'était pas un temps à distraire sir Giles et à changer le cours de ses pensées. En passant devant *Stubb's
piece*, il fit arrêter et descendit.

Dans l'état d'esprit où la lecture du *Times* l'avait
jeté, il éprouvait comme une consolation à retrouver
le terrain qu'il avait acheté si cher, à le piétiner, à
enfoncer dedans le bout de sa canne, à se dire qu'a-
près tout M. Rodgie pouvait avoir trompé ses actionnaires sans l'avoir trompé, lui, dans l'affaire de la
mine. A quelques pas de là, à l'endroit où *Stubb's
piece* rejoignait le parc de sir Peter, il entendit un
bruit de voix. Des hommes rangés en cercle creu-
saient la terre à coups de pioche.

« Que faites-vous là ? cria le baronnet d'une voix
que l'émotion rendait rauque et tremblante.

— Un puits, sir Giles, répondit l'un des travailleurs
en portant la main à son bonnet.

— Un puits ! Pour qui ? continua le baronnet de
plus en plus ému.

— Pour le capitaine Carew. Il nous a amenés ici
ce matin.

— Est-ce qu'il est devenu fou ? reprit sir Giles. Un
puits quand la rivière passe là, tout à côté !

— Ça, c'est vrai, reprit l'homme, et nous n'y avons
rien compris, mes camarades et moi. Mais voici le capitaine, avec le pasteur et un autre *clergyman*, il
pourra vous en dire plus long. »

Sir Giles eut le pressentiment qu'il touchait à un
instant solennel. Il alluma un cigare pour se donner
une contenance ; sa main tremblait, ses jambes flé-
chissaient sous lui. De fait, Oswald Carew avait voulu

voir de suite à quoi s'en tenir sur l'histoire de cette
mine dont sa sœur lui avait parlé, et après une longue conversation avec son père, qu'une attaque de
goutte retenait dans sa chambre, il avait mandé le
pasteur et ordonné qu'on fouillât le sol.

Les trois hommes causaient avec tant d'animation
qu'ils arrivèrent presque à l'endroit où les ouvriers
travaillaient, sans avoir aperçu sir Giles. Oswald, qui
vit le premier, alla à lui, lui tendit la main et entra aussitôt en matière.

« Vous devinez ce que font ces gens, dit-il. Ils cherchent un gisement de charbon qui s'étend, pré-
tend-on, sous notre propriété.

— Un gisement de charbon! répéta le baronnet en
ouvrant démesurément la bouche, comme si un morceau de ce combustible se fût arrêté dans sa gorge.

— C'est Amy qui m'a dit cela, reprit le capitaine.

— Et c'est moi qui le lui ai appris, ajouta Paul
Rushbrand, car je n'imaginais pas, sir Giles, que
vous pussiez taire un fait aussi important à ceux
qu'il concerne.

— Savez-vous si je n'avais pas mes raisons pour
agir ainsi? répondit sir Giles, à qui l'imminence d'un
péril rendait sa présence d'esprit. Lisez le *Times* de
ce matin; vous verrez si j'ai eu tort de ne pas donner
des espérances qui peuvent se trouver déçues.

— Et que verrai-je dans le journal? demanda Paul
d'un air sceptique.

— Que votre ami Rodgie est un filou qui a pris la
fuite en emportant l'argent de ses actionnaires et qui
a bien avoir inventé la mine pour me faire aligner
vingt-cinq mille livres, » répondit le baronnet avec
rage.

Cette façon de se justifier ne manquait ni d'à-propos ni d'habileté; pour peu que sir Giles restât sur la défensive, il avait de grandes chances de gagner la partie. Mais sa colère contre le pasteur, auquel il n'aurait eu nul sujet d'en vouloir s'il avait été innocent, atténua singulièrement l'effet de ses protestations.

« Oui, reprit-il d'un air menaçant, si j'ai été trompé c'est à vous que je le devrai, pasteur. C'est vous qui m'avez amené cet individu, et je pourrais vous poursuivre pour l'avoir aidé à me voler. Qui me dit que vous n'avez pas eu votre part de mes guinées?

— Voilà qui est infâme, fit Paul sur le ton du dédain.

— Vous vous faites du tort, Saplow, ajouta Oswald. Quand on doit se défendre et se justifier, c'est une mauvaise tactique d'insulter et d'attaquer les autres. Pourquoi ne nous avez-vous pas parlé de la mine?

— Je ne vous répondrai pas, dit le baronnet en frappant la terre avec sa canne. Un homme qui a été contraint de quitter l'armée, n'a pas droit de juger l'honneur d'autrui. Je ne m'expliquerai qu'avec Amy.

— Vous ne trouverez pas Amy au château, reprit froidement le capitaine en barrant le chemin à sir Giles. Elle est à Hazelwood.

— Sans ma permission?

— Elle s'en passera dorénavant, sir Giles, à moins que vous ne nous donniez des explications plus claires et plus probantes que celles que vous avez fournies jusqu'à présent. »

Sir Giles garda le silence. Puis tout à coup, à brûle-pourpoint, montrant du bout de sa canne le vieux *clergyman* à barbe blanche qui avait assisté à cette

scène douloureuse en spectateur silencieux mais
attristé, il s'écria :

« Quel est cet homme ? Est-ce là M. Snuman, le
père d'une créature qui se fait appeler lady Hartleigh ?

— Je m'appele effectivement Snuman, dit le pasteur en rougissant légèrement.

— Eh bien ! je suis ici en jolie compagnie, fit le baronnet en ricanant. Savez-vous ce qu'est la femme
que vos sœurs sont allées voir à Hazelwood, Carew ?
Savez-vous que c'est une misérable ? savez-vous
qu'elle est bigame ?

— Souvenez-vous que vous parlez devant son père,
sir Giles, dit Paul en s'approchant du baronnet.

— Je ne me souviens que d'une chose, reprit celui-ci avec fureur, c'est que lady Hartleigh est une
aventurière et que vous ne valez peut-être pas mieux
qu'elle. D'où venez-vous, monsieur Rushbrand ? Qui
vous a amené à Stilborough ? Vous tombez ici un
beau matin, vous vous faites nommer curé avec l'appui d'un épicier qui n'est qu'un drôle, et vous inau-
gurez vos fonctions en usant de votre influence pour
marier un jeune lord à une fille perdue ! Cela fait,
vous engagez cette prétendue lady à prêter de l'argent à votre protecteur pour lui permettre d'acheter
les terrains et de s'entendre ensuite, à mes dépens,
avec un escroc de Londres. Ce sont de beaux états de
services, et je m'attends à vous voir décamper tous les
trois un beau matin, en gens qui ont rempli leurs
poches et qui vont chercher fortune ailleurs.

— Ne lui répondez pas ; il a perdu la tête, dit Oswald en mettant la main sur le bras du pasteur.

— Vous aurez de mes nouvelles, fit le baronnet en
sautant dans sa voiture, qui prit la direction de Stilborough.

## CHAPITRE XXXI

### UN INCIDENT IMPRÉVU

« J'aurais dû le jeter dans la rivière, dit Oswald quand sir Giles se fut éloigné.

— Il paraît très-irascible, fit M. Snuman visiblement affecté par cette scène.

— Dieu aide la pauvre jeune fille qui l'épousera! » murmura Paul Rushbrand avec un soupir.

Et les trois hommes reprirent le chemin du château, car il commençait à pleuvoir.

Le ton dont le pasteur venait de faire allusion à Amy n'avait pas échappé à Oswald, et cette remarque modifia ses dispositions.

Si un gisement de charbon existait réellement dans la propriété de sir Peter, la position des Carew vis-à-vis de sir Giles deviendrait particulièrement délicate. Aux yeux du monde, ils seraient ses débiteurs, et Amy serait forcée de l'épouser pour ne pas laisser dire qu'on s'était servi d'elle, comme d'un appât destiné à attirer un homme qu'on devait ensuite tromper et exploiter. Décidément le pasteur avait eu tort de parler de la mine à la jeune *miss*, avant d'être certain qu'elle existât. Cette confidence l'avait indisposée contre sir Giles, elle venait d'entraîner une querelle regrettable; comment tout cela finirait-il?

De son côté, le pasteur était préoccupé, et le vieux M. Snuman n'était pas moins troublé. Tous les deux se rappelaient que le baronnet avait accusé lady Hartleigh de bigamie, et ce souvenir les dominait si complétement qu'en voyant Oswald silencieux ils crurent que lui aussi songeait à cet incident.

« Sir Giles a dit une chose bien grave contre lady Hartleigh, fit le pasteur.

— Bah! qui prête attention aux paroles de sir Giles? répliqua le capitaine, d'un ton bourru.

— Si je pouvais savoir à quoi m'en tenir, balbutia M. Snuman en jetant sur le pasteur un regard désolé.

— C'est une histoire absurde qu'il aura ramassée je ne sais où, reprit Oswald qui voulait poursuivre ses réflexions.

— Il a pourtant été bien affirmatif, continua le malheureux père.

— A quel propos? fit le capitaine. qui pensait à autre chose.

— A propos de ma malheureuse fille, » répondit M. Snuman d'une voix brisée.

Force fut à Oswald d'écouter le récit du pauvre *clergyman*. Helen avait quitté la maison paternelle à seize ans, pour épouser un écuyer de cirque. Elle avait écrit une fois à son père, disant qu'elle avait un enfant et demandant qu'on lui vînt en aide. Depuis, il n'en avait plus entendu parler jusqu'au jour où M. Rushbrand lui avait appris son mariage avec Lord Hartleigh. Le missionnaire avait immédiatement informé le pasteur de la première union contractée par sa fille; mais le renseignement arrivait trop tard, et d'ailleurs cette lettre, écrite en Chine, n'était pas parvenue à Paul Rushbrand.

Oswald devina ce qui se préparait. Évidemment sir Giles allait courir à Hazelwood et y faire un scandale affreux devant ses sœurs, devant lord Hartleigh devant tout le personnel du château. Des séries de malheurs étaient à redouter; il fallait, à tout prix, les prévenir. Le capitaine aperçut un domestique et lui dit de faire atteler le *dog-cart*.

« Avez-vous des preuves authentiques du premier mariage de votre fille?» demanda-t-il au missionnaire.

M. Snuman fit un geste négatif.

« Je n'ai jamais eu entre les mains de document légal constatant cette union, ajouta-t-il; mais ce document doit exister. Autrement sir Saplow n'aurait pas connaissance du fait.

— Sir Giles ne dit-il pas avoir connu Lady Hartleigh avant son mariage?

— Oui, répondit Paul, et je suis étonné qu'il ne m'ait jamais parlé de cette union.

— Effectivement, c'est étonnant, dit Oswald.

— De plus, c'est lui qui a présenté Helen Snuman à lord Hartleigh, continua le pasteur.

— Alors de qui tient-il le renseignement? fit le missionnaire.

— Dans tous les cas, je vais l'empêcher de jeter le deuil dans la famille de lord Hartleigh, en lui portant à brûle-pourpoint ce coup cruel, reprit le capitaine.

— Que Dieu vous guide! dit M. Snuman... Mais si le fait est vrai, nous ne pouvons pas le cacher à lord Hartleigh sans manquer à nos devoirs.

— Fiez-vous à moi, monsieur Snuman, » répondit Oswald en mordant sa moustache. Et se tournant vers son domestique, il ajouta : « John, vous conduirez ces messieurs à Stilborough, dans le landau, dès que je serai parti. »

Il y a des physionomies qui inspirent la confiance. Le capitaine Oswald avait l'air si tranquille, si mâle, si résolu sur son *dog-cart*, que les deux *clergymen* reprirent confiance.

« A bientôt, » leur dit-il, en fouettant son cheval.

Pendant ce temps, que faisait sir Giles ?

Après avoir pris la route de la ville, il s'était fait conduire dans la direction de Hazelwood ; puis, la pluie l'ayant surpris, il avait profité d'un chemin de traverse pour gagner Saplow Court, dans l'intention de changer de vêtements. Le baronnet était par-dessus tout un homme pratique, soigneux de sa santé, qui se serait résigné difficilement à passer la journée dans des habits mouillés. Là, la vue de sa maison, où tout lui rappelait l'heureux événement près de s'accomplir, avait calmé son irritation. Ces murs fraîchement tapissés, ces meubles neufs, ces écrins, ces étoffes épars sur la grande table du salon, ramenaient sa pensée vers Amy. Verrait-elle jamais tout cela ? Recevrait-elle jamais ces bijoux qu'il s'était fait une fête de lui offrir ? L'argent qu'il avait dépensé, jeté, semé à pleines mains, l'aurait-il été en pure perte ?

L'esprit humain est sujet à des variations plus rapides et plus accentuées souvent que celles de la girouette placée au haut des monuments. Deux heures plus tôt, sir Giles tremblait à l'idée qu'il avait pu être trompé par Rodgie. A présent, il eût donné bien des choses pour que l'histoire de la mine fût une fable. « Car, songeait le baronnet, si les Carew redeviennent riches, ils me traiteront comme un créancier ordinaire ; alors, cette petite main fine qui disparaissait dans la mienne, cette petite main d'Amy, si blanche, si délicate et si loyale, je ne la presserai plus jamais. » Des larmes vinrent aux yeux de sir Giles à cette pensée, et comme l'envie de pleurer était, chez lui, inséparable de l'envie de boire, il se fit apporter un flacon de cognac et s'installa au coin de son feu,

entre sa pipe et sa bouteille, attendant pour se remettre en campagne que la pluie eût diminué.

Combien de temps le baronnet resta-t-il dans cette
position, les pieds croisés sur le garde-feu, la tête
appuyée sur le dossier de son fauteuil? Lui-même
n'aurait pu le dire, car, la chaleur, l'eau-de-vie et la
fatigue aidant, il s'endormit de ce sommeil profond
qui s'empare des natures violentes à la suite d'une
crise.

« Sir Giles? cria un domestique en entrant brusquement dans la chambre de son maître.

— Quoi? qu'y a-t-il? dit le baronnet en se frottant
les yeux.

— Thomas vient d'apporter la nouvelle d'un accident arrivé à lord Hartleigh, ajouta le domestique.
Mylord a fait une chute de cheval en chassant le renard. On l'a cru mort.

— J'ai donc dormi? » demanda sir Giles.

---

## CHAPITRE XXXII

### LES TRANSES D'HELEN

Ce fut en débouchant dans l'avenue d'Hazelwood
qu'Oswald se trouva brusquement en face de ce tableau
familier aux chasseurs, — un groupe portant lentement un homme ensanglanté, le visage pâle, sur un
brancard improvisé; — et si fréquents que soient ces
accidents dans la vie des amateurs de sport, Oswald

ne put retenir un soupir en reconnaissant lord Hartleigh, autour duquel s'empressaient le duc de Grandton et son vieil ennemi le colonel Pounceforth.

« Ah! vous arrivez à propos, Carew, s'écria le duc
en apercevant le capitaine. Courez vite au château et
prévenez mylady, en ajoutant que ce ne sera rien. »

Oswald mit son cheval au galop et atteignit le perron en cinq minutes.

Helen était dans le salon avec Mrs. Warrener,
Mrs. Hunt et Amy, écoutant le révérend Culfield qui
passait maintenant sa vie à Hazelwood et qui se rendait agréable en racontant ses aventures évangéliques.
Amy était remontée. L'idée qu'elle serait bientôt débarrassée de sir Giles et qu'ils allaient être tous riches,
lui donnait une gaieté qu'on ne lui avait pas vue depuis longtemps. Il y avait deux jours qu'elle était au
château avec ses sœurs, et toutes trois s'accordaient à
reconnaître que « lady Hartleigh était décidément
une charmante personne, aimable, hospitalière, qu'on
avait beaucoup calomniée. »

Ce matin-là en particulier, Helen avait redoublé de
prévenances. Le temps n'ayant pas permis qu'on ac-
compagnât les hommes à la chasse, on était demeuré
au salon, et dans cet art difficile de distraire des hôtes
condamnés par la pluie à garder le coin du feu, lady
Hartleigh s'était surpassée. « Quel tact! quel entrain! »
disait Mrs. Hunt à sa sœur, pendant que M. Culfield songeait à tout le bien qu'une femme aussi dis-
tinguée, aussi spirituelle et aussi riche pourrait faire
à son Église.

Dans le vestibule, où elle était allée donner
des ordres, Helen rencontra Oswald. Elle ne dit
pas un mot, mais elle pâlit et s'appuya un instant
contre le mur; puis, sans faire attention qu'elle n'a-

vait ni chapeau ni manteau, qu'il faisait froid et qu'il
pleuvait, elle s'élança au-devant du blessé, dont elle
prit la main dans les siennes en regardant d'un œil
anxieux sa tête pâle. « C'était vraiment touchant, dit
le duc de Grandton en narrant cet incident ; la pauvre femme avait l'air d'être changée en statue. »

Lord Hartleigh fut porté dans sa chambre, et Helen
s'installa auprès de lui, en demandant à Oswald de
prier ses sœurs de faire les honneurs de la maison.
Elle aida à le déshabiller ; elle étancha elle-même le
sang, prépara les compresses, les posa, et quand le
médecin arriva, il fallut lui dire plusieurs fois que le
pansement avait été fait par une main novice pour
qu'il se décidât à le croire.

Ce médecin, qui s'appelait le docteur Fix, était
un type intéressant. Habile, instruit, généralement
heureux avec ses malades, il aurait pu arriver
au premier rang, sans une timidité d'un genre particulier qui, en certains moments, paralysait ses
facultés. En face d'un commerçant, d'un bourgeois
ordinaire, il conservait tout son sang-froid ; mais
était-il amené auprès d'un personnage, il hésitait, bé-
gayait et perdait instantanément le fruit d'une longue expérience et de labeurs consciencieux. La langue
d'un baronnet lui donnait froid dans le dos ; la femme
d'un *squire* faisait trembler ses jambes ; l'idée que
la prescription qu'il écrivait était destinée à un pair
le jetait dans un trouble affreux, et il n'est pas dou-
teux qu'un membre de la famille royale qui eût daigné le consulter lui aurait fait perdre la tête. Certaines gens en ce monde se laissent éblouir par les
grands : ce qui est, au surplus, fort heureux pour
ceux-ci, car sans cette illusion qu'adviendrait-il d'eux
et de leurs œuvres ?

Le docteur Fix tâta le pouls de lord Hartleigh, examina la fracture, passa la main sur son front comme pour rappeler ses idées et finalement garda le silence.

« Eh bien, voyons, fit le duc de Grandton, impatienté et inquiet, qu'est-ce que vous pensez?

— Je vous en prie; docteur, ajouta lady Hartleigh, dites-moi s'il y a du danger.

— Pouvez-vous me dire... comment l'accident est survenu, demanda le docteur Fix, après de violents efforts pour oublier un instant que l'homme étendu devant lui était un pair d'Angleterre.

— Il est tombé en franchissant une haie dont le brouillard l'avait empêché de mesurer la hauteur, répondit le duc d'un ton brusque, et je crois que le cheval a dû rouler sur lui.

— Dans une circonstance comme celle-ci, j'aimerais à avoir... l'avis... de mon illustre confrère, sir William Prestler, balbutia le docteur.

— Bien; on le fera venir. Mais, en attendant, dites ce qu'il y a à faire, » reprit le duc avec un geste d'impatience.

Le docteur Fix, qui s'était éloigné du lit, courut au blessé comme s'il eût marché au combat. Il recommença son examen, tâta de nouveau le pouls, écouta les battements du cœur, et se retourna d'un air piteux.

« Eh bien? demanda le duc.

— De grâce! docteur, ajouta lady Hartleigh.

— C'est très-grave répondit M. Fix avec un profond soupir. Il y a une fracture à la tête, une autre à la poitrine, une troisième à la jambe, et si *mylord* revient à lui, j'ai peur... que ce ne soit pas pour longtemps.

— Allons donc! fit le duc en haussant les

épaules et en pressant la main de lady Hartleigh.
J'ai vu je ne sais combien d'accidents du même
genre; c'est une affaire de quelques semaines. »

Le malheureux docteur paraissait consterné.

« Certainement, mylady, certainement, Votre Grâce,
il arrive quelquefois qu'on survit à des chutes,
balbutia-t-il. Aussi, lorsque je dis que le cas de
mylord est très-grave, je parle en général plutôt...

— Vous parlez comme un ignorant et comme
un sot, au lieu de prendre sur vous et de tirer
parti de votre science, » interrompit Sa Grâce, qui
ne pesait pas ses expressions lorsqu'elle était de
mauvaise humeur.

Mais Helen fut moins facile à rassurer. L'air
sombre du médecin, à mesure qu'il examinait le
blessé, l'avait frappée; et tout ce que le duc put lui
dire pour la remonter, fut impuissant à dissiper
cette impression. Cependant le docteur Fix reprenait
peu à peu de l'assurance; il parlait maintenant,
il allait et venait dans la chambre, sa main
ne tremblait plus en touchant le blessé, et sa physionomie restait préoccupée!

« Je sens que c'est sérieux, dit Helen à Sa Grâce,

— Alors, lady Hartleigh, faites prévenir sa mère
et son avoué, » répondit le duc, que l'inquiétude
peut-être commençait à gagner.

## CHAPITRE XXXIII

### UN GENTLEMAN !

Lady Hartleigh, sir William Prestler et M. Casewell, l'avoué du jeune lord, furent mandés par dépêche, et le duc s'offrit à demeurer au château jusqu'à leur arrivée. Il était très-frappé de la beauté d'Helen et très-touché des soins dont elle entourait son mari. Quant à ce qu'on disait de son passé, Sa Grâce s'en souciait d'autant moins qu'il était au château en garçon, loin du regard de mylady.

Helen mesurait exactement sa situation. Lorsque le duc eut quitté la chambre du blessé et qu'elle se fut assise au pied du lit, pâle, l'œil sec, la main brûlante, l'avenir qui l'attendait se déroula devant sa pensée dans toute sa réalité. Si son mari succombait, comme c'était à craindre, elle se retrouverait d'ici à quelques heures dans sa position d'autrefois : seule et abandonnée à elle-même. Quel serait son sort ? Elle n'essayait pas de le prévoir ; mais elle sentait que toutes ses espérances, ses ambitions, ses rêves allaient crouler. Elle regarda le lit où lord Hartleigh reposait, presque inanimé, attirant à lui les couvertures d'un geste incessant et machinal, et pour la première fois peut-être elle eut conscience qu'elle l'aimait. Non de cet amour passionné que l'homme attend de la femme, mais de cette affection de sœur aînée qu'on peut ressentir pour un être qu'on a vu longtemps près

de soi, faible et sans expérience. Elle se rappelait
les nobles et généreux instincts de cette nature
de gentilhomme, la douceur qu'il mettait à se
plier à ses désirs, l'empressement avec lequel il
lui pardonnait ses torts. Que n'avait-elle cherché
à s'assimiler quelques-unes des qualités de son
mari ! Que n'avait-elle tâché de se réformer à son
contact ! Était-ce sa faute ou celle de la fatalité
si elle n'avait rien fait de semblable !

Les préoccupations personnelles n'entraient,
du reste, pour rien dans les réflexions d'Helen,
car elle n'avait pas lieu d'être inquiète au point
de vue matériel. Lord Hartleigh avait fait son
testament peu après son mariage, et lui avait
donné une large part dans ses legs. Non ; ce qui
l'effrayait, c'était la solitude, l'absence d'affection
autour d'elle ; c'était peut-être aussi comme une
vague notion des châtiments que la Providence
envoie à ceux qui se sont fait un jeu de la
méconnaître ou de l'outrager. Helen ne pleurait
pas ; les larmes lui eussent fait du bien, mais la
source en semblait tarie. Elle était là, morne et
muette, effrayée de son propre silence, inconsciente
que le temps fuyait.

Quelques mots dits à voix basse par le docteur
Fix l'éveillèrent de sa torpeur. Ce singulier personnage, qui avait repris tout son sang-froid,
venait d'examiner de nouveau le blessé. L'état
était toujours très-grave, presque désespéré, mais
on pouvait du moins essayer de le rappeler à lui,
et le docteur pria Helen de demander une fiole
qu'il supposait devoir figurer dans la pharmacie
du château. La pauvre femme courut la chercher
elle-même et fut surprise, en mettant le pied sur

l'escalier, par le bruit d'une altercation violente
partant du rez-de-chaussée. Qui pouvait oublier
les convenances au point de se quereller dans la
maison d'un moribond ? Helen descendit en hâte,
et trouva dans le salon Oswald et sir Giles engagés, l'un contre l'autre, dans une lutte acharnée.
Le baronnet semblait tenir à la main une lettre
froissée, que le capitaine Carew s'efforçait de lui
arracher

« Je vous demande pardon, cria Sir Giles en
apercevant lady Hartleigh, mais ce n'est pas ma
faute. En apprenant ce qui était arrivé au pauvre
Charles, je m'étais décidé à ne rien dire

— Rien dire de quoi ? demanda Hélen, d'un air
digne.

— Mon dieu ! Carew et moi avons échangé ce
matin quelques mots un peu vifs; mais c'était
oublié et je n'y songeais plus, pour ma part, quand,
en me voyant entrer, il a couru à moi, me sommant
de retirer mes paroles....

— Des paroles infâmes, interrompit Oswald, qui
pouvaient troubler à tout jamais la vie de lord
Hartleigh.

— Elles concernaient donc mon mari ! demanda
Helen avec un calme qui ne manquait pas de
grandeur.

— Elles vous concernaient, vous, lady Hartleig.

— Et comment cela ?

— Vous feriez mieux de parler franchement, sir
Giles, dit Oswald, Il est trop tard maintenant
pour reculer.

— C'est une lettre, une lettre que M. Rushbrand
m'a communiquée en confidence, et que j'ai montrée
à Carew lorsqu'il m'a dit que je mentais, fit le

baronnet d'un air contrit. Il veut maintenant que
je la lui donne.

— Parce que je suis certain qu'elle est tombée
entre vos mains par des moyens inavouables.
Jamais M. Rushbrand ne vous l'a même montrée.

— Si, je la tiens de lui. Il le niera, naturellement, mais je n'en jure pas moins que c'est
la vérité.

— Puisque cette lettre a trait à moi, vous
trouverez juste sans doute que je la voie, » reprit
Helen étendant la main.

Elle avait l'air si résolu, elle parlait d'une voix
si tranquille, que sir Giles lui tendit la lettre.
Après tout, il lui importait peu de la conserver,
à présent qu'il en connaissait le contenu.

Le visage pâle d'Helen rougit légèrement et ses
mains eurent un tremblement presque impercepti-
ble; mais, à part ces signes d'émotion, rien dans son
attitude ne permit de supposer qu'elle fût coupable.
Lorsqu'elle eut achevé sa douloureuse lecture, elle
poussa un soupir, plia la lettre et regarda fièrement
le baronnet.

« Cette lettre ne vous étant pas adressée, sir Giles,
fit-elle, je la garde pour la remettre au destinataire,
et j'ajoute que si M. Rushbrand vous l'a donnée, il a
failli à l'honneur.

— Oui, il était inquiet... il a voulu avoir mon
avis... balbutia sir Giles.

— N'en croyez rien, fit Oswald. Rushbrand n'irait
jamais prendre les conseils de Saplow.

— Il choisirait là, en effet, un singulier conseiller,
répliqua Helen. Mais vos sœurs sont sous mon toit,
capitaine Carew, et je vous dois, dès lors, des explications, bien que votre courtoisie vous ait empêché

de m'en demander. Mon premier mari est mort deux
ans après notre mariage; ma pauvre petite fille l'a
suivi de bien près; j'ai les actes de décès et les ai
montrés à lord Hartleigh avant de l'épouser.»

Oswald s'inclina. Il s'attendait à une réponse de ce
genre, et qu'elle fût vraie ou non, peu lui importait, du
moment qu'elle sauvait les apparences. D'ailleurs, le
jeune officier avait toujours professé que si un homme
a le devoir de se montrer soucieux de la réputation de
ses sœurs ou de sa femme, il ne lui appartient pas
d'attaquer celle d'autrui. Jamais on ne l'avait vu,
adossé à la cheminée d'un club, médire ou deviser aux
dépens d'une femme; et si l'une d'elles venait à tré-
bucher en sa présence, il jetait sous ses pas son manteau et lui offrait la main pour la soutenir,

Helen le remercia par un geste de son empressement à la croire; puis elle sortit, sans même daigner
jeter un regard de mépris sur Giles Saplow.

. . . . . . . . . . . . . . . . . . . .

Pendant ce temps, lord Hartleigh était mort.

---

## CHAPITRE XXXIV

### L'HÉRITAGE

Si la mort d'un personnage est un deuil pour la
localité qu'il habitait, elle sert en même temps de
thème à des commentaires et à des conversations qui
ne manquent pas d'un certain charme pour des gens

en quête d'incidents propres à rompre la mono-
tonie de la vie de campagne. A l'étonnement causé
par la disparition prématurée d'un grand seigneur,
traité comme le premier mortel venu par le nive-
leur suprême des destinées humaines, succède une
vive curiosité. On se demande quel est son héritier; on
cherche à deviner quels legs il a pu faire; on s'extasie
d'avance sur les splendeurs de l'enterrement. La fin
subite et inattendue de lord Hartleigh provoqua ce
double sentiment. Après avoir plaint ce jeune pair
ravi si brusquement à l'affection des siens, Stilborough
devisa sur le testament de Sa Seigneurie, et la question
de savoir quel serait l'héritier, du jeune Rupert Hartleigh, cousin germain du feu lord, ou de l'enfant que
mylady portait, disait-on, dans son sein, fut discutée
à perte de vue par les oracles de l'endroit. Enfin, la
présence d'un ministre de la secte unitarienne au
chevet du lit du mourant acheva de surexciter les
esprits.

Cette dernière circonstance fut toutefois vivement
appréciée par M. Pottinger. Son irritation contre
Paul Rushbrand ne s'était pas calmée; il s'était même
déjà montré plusieurs fois dans le temple des baptistes
avec sa chaîne d'or [1] au cou, pour rendre sa démarche
plus éclatante, et il lui souriait de penser au désappointement du pasteur, en apprenant qu'un membre
aussi important de son troupeau était mort assisté
d'un clergyman appartenant à une confession dis-
sidente. Cet incident avait en effet peiné le ministre,
d'autant plus que, croyant qu'Helen avait eu le temps
de le prévenir, il y voyait un oubli des égards auxquels
il croyait avoir droit.

---

1. Insigne des fonctions de maire.

Il s'en ouvrit à M. Snuman; mais le vieux missionnaire fut moins susceptible que le jeune curé, bien qu'il appartînt comme lui à l'église officielle. « Qu'importe qui l'a béni, fit-il, si cette bénédiction a été accueillie comme le gage du pardon qui attend là-haut ! Qu'importe que ma fille rentre dans la bonne voie par une autre porte que la nôtre, pourvu qu'elle redevienne chrétienne !

Paul aurait voulu que M. Snuman allât voir Helen. Mais le vieillard redoutait cette entrevue. Il s'enquit près d'Oswald si lady Hartleigh savait que son père était de retour en Angleterre, et sur sa réponse négative, il le pria de le lui apprendre et de lui demander si elle désirait le voir. Jusque-là, il différerait sa visite à Hazelwood.

Le capitaine Carew avait conquis la sympathie d'Helen par son attitude vis-à-vis de sir Giles. Il s'était mis à sa disposition après la mort de lord Hartleigh, et elle avait été d'autant plus sensible à cette prévenance qu'elle restait sans famille et sans amis. La vieille lady Hartleigh et le jeune cousin Rupert, qui songeait avec effroi qu'il faudrait attendre plusieurs mois avant d'être fixé sur la question de l'héritage, n'étaient pas une société pour elle. Lady Hartleigh avait refusé de la voir et s'était retirée dans une aile du château, escortée d'une demoiselle de compagnie, Rupert passait son temps à supputer ses chances d'hériter des titres et du majorat des Hartleigh.

« Dites, capitaine Carew, avez-vous remarqué quelque chose de nouveau ? demandait-il.

— Vous m'avez fait la même question, il y a une heure. Quel changement voulez-vous que j'aie vu depuis ?

— Les femmes sont des êtres si bizarres! reprenait le jeune gandin, en se donnant des airs de connaisseur.

— Vous trouvez ?

— Certainement. Il y a des moments où je jurerais que ma cousine Helen ne me donnera pas de concurrent ; d'autres où je me figure qu'elle va mettre au monde un gros garçon majeur, n'ayant plus qu'à tendre la main. »

Oswald calmait de son mieux ce jeune homme trop pressé, qui s'attachait à lui comme le chien suit le maître qui lui jette des os à ronger. Chaque fois que le capitaine allait à Stilborough, Rupert l'accompagnait ; de même à Royster Hall, où, soit dit en passant, la gentille Isabel semblait le trouver à son goût. C'était effectivement un sujet accompli en tant que gentilhomme : ignorant, dépensier, mais bon chasseur et cavalier hors ligne.

« Déshonorer un si beau terrain de courses, dit-il en apprenant l'histoire de la mine ; mais ce serait un crime !

— Avec l'argent qu'on en retirerait, on n'aurait pas de peine à trouver une autre piste, fit Oswald.

— Une piste comme celle-ci ! Il n'y en a pas trois qui la vaillent dans toute l'Angleterre.

— C'était l'opinion de votre pauvre cousin, M. Hartleigh, dit Isabel. Mais mylady tenait beaucoup à ce que les courses fussent transférées à Hazelwood.

— Isabel, voyons, ne parlons plus de cela : c'est une affaire finie, répliqua Oswald.

— Surtout si j'hérite de la propriété, ajouta Rupert, qui ne perdait jamais de vue cette grave question. Je pense qu'on ouvrira le testament après l'enterrement.

— C'est l'usage, répondit Oswald.

— Ah! mon Dieu, quand je songe qu'il y a moins d'une semaine nous dînions, mes sœurs et moi, avec ce malheureux lord Hartleigh! fit Isabel en joignant les mains.

— C'est moi qui conduirai le deuil, reprit Rupert. Quel ennui ! Si encore on me laissait suivre le cercueil à cheval, comme cela se fait quelquefois, avec tous les fermiers par derrière! Mais ces voitures de deuil et ces longs manteaux noirs me font peur.

Helen tressaillit en apprenant que son père était à Stilborough depuis plusieurs jours. Les sœurs d'Oswald s'étaient abstenues de lui en parler, par discrétion, et ce fut seulement la veille des funérailles que le capitaine Carew lui porta cette nouvelle. L'étrange créature parut surprise, mais ce fut tout, comme si sa vie accidentée avait tari en elle la source des émotions.

« Je vous engage à le voir, ajouta l'officier.

— Le voir? mais je crois bien, répondit-elle sans hésiter. Comment M. Rushbrand a-t-il pu me laisser ignorer la présence de mon père sous son toit?

— M. Rushbrand voulait vous en informer aussitôt, mais M. Snuman a préféré attendre, de peur d'ajouter une nouvelle cause de trouble à celles qui vous assiègent en ce moment.

— De trouble, et pourquoi cela? Parce que nous fûmes en désaccord, lui et moi, lors de mon premier mariage? Il y a longtemps que j'ai oublié cela.

— Singulière femme ! songea Oswald, qui ajouta tout haut : Alors je prierai M. Snuman de venir ici, lady Hartleigh?

— Certainement, ou plutôt je vais lui écrire; cela sera plus respectueux. Comment est-il, mon pauvre père? a-t-il l'air fatigué par son séjour en Chine? Ah !

je regrette bien que M. Rushbrand ne l'ait pas amené : il aurait pu connaître mon pauvre mari, qui désirait tant le voir.

Helen tenait décidément à prendre le pasteur en défaut, et pendant tout le temps qu'elle mit à écrire la lettre destinée à M. Snuman, elle ne cessa de récriminer contre le pasteur, qui avait failli à tous ses devoirs, disait-elle, en ne s'empressant pas de conduire son père au château.

Pourtant, lorsque Oswald fut parti, un nuage passa sur son front et elle murmura, se parlant à elle-même :

« Après tout, cette mort du pauvre Charles est peut-être un bonheur pour lui. Si mon père s'est laissé aller à dire mon histoire au curé ou à d'autres, il aurait fini par l'apprendre, et alors quel chagrin pour lui ! Je crois que je ferai bien de quitter Stilborough. »

———

# CHAPITRE XXXV

## ENTRE PÈRE ET FILLE

« Comment, cher père, vous hésitiez à venir voir votre petite Nelly ! Étaient-ce ses vêtements de veuve qui vous faisaient peur ? Voyez, ils ne me donnent pas l'air beaucoup plus vieux que quand vous m'appeliez Nell et que vous me promeniez dans la campagne. Embrassez-moi encore et ne pleurez plus :

maintenant que nous nous sommes retrouvés, nous nous verrons souvent, n'est-ce pas ? »

Ainsi parlait Helen Hartleigh, en revoyant son père après une séparation de dix années. Elle versa quelques larmes parce qu'il avait vieilli, que sa mise était pauvre et qu'il semblait aux prises avec une profonde émotion ; mais pas un mot de regret, pas une affirmation de repentir ne sortit de sa bouche. On eût dit que c'était elle qui faisait l'acte méritoire en recevant le vieillard, et que tous les chagrins qu'elle lui avait causés, ne valaient même pas la peine qu'on en parlât.

L'entrevue eut lieu le matin de l'enterrement ; M. Snuman avait pensé que sa présence auprès de sa fille à cet instant cruel pourrait adoucir sa peine, et cette prévision ne fut pas déçue. Helen ne chercha pas à retremper son cœur dans les souvenirs d'enfance que la vue de son père devait éveiller en elle ; mais la préoccupation d'éblouir le vieillard, de lui montrer qu'elle savait jouer son rôle de grande dame, suffit à la distraire de ses noires pensées. Combien il eût préféré, le malheureux, que sa fille se fût jetée dans ses bras en sanglotant, en lui demandant pardon, en le conjurant de la reprendre chez lui ! Avec quelle effusion il l'eût pressée sur son cœur ! Avec quel feu il lui eût dit que l'univers entier pouvait la repousser sans que son père cessât de lui garder une place au coin de son foyer !

Helen ne dit rien de semblable, et à côté de cette jeune femme en longue robe de soie noire, que l'on appelait « Votre Seigneurie », le pauvre missionnaire, dans son costume râpé, était dépaysé et humilié.

Pendant que les amis du mort arrivaient successivement au salon, que le pas des chevaux faisait crier le sable de la terrasse; pendant que les appartements du rez-de-chaussée se remplissaient de gens des environs, bottés et éperonnés, d'employés des pompes funèbres, de paysans et de fermiers, Helen restait avec son père, dans son petit boudoir du premier étage.

Les usages s'opposaient à ce qu'elle assistât à la cérémonie; mais elle devait paraître un peu plus tard dans la grande salle de réception, lorsqu'on lirait le testament, et elle trouvait que son père était venu à propos pour figurer à ses côtés et lui prêter l'appui de son caractère et de son âge. Seulement, sa redingote était usée aux coudes et le collet bien défraîchi, songea cette femme étrange.

« Comment êtes-vous venu à Hazelwood, demanda-t-elle.

— Dans une voiture, avec Rushbrand, répondit le missionnaire.

— M. Rushbrand est ici? reprit Helen avec animation. Pourtant je lui ai fait dire que ce serait M. Culfield qui parlerait devant la tombe de mon mari.

— Il n'en a pas moins tenu à donner un témoignage de respect à la mémoire de lord Hartleigh.

— Je l'aurais cru assez susceptible pour rester chez lui, du moment qu'il n'officiait pas.

— Vous semblez prévenue contre M. Rushbrand?

— Non. Seulement je n'ai pas de sympathie pour lui.

— Cependant il vous porte un réel intérêt. Lors de votre mariage il m'a écrit une lettre des plus touchantes. Un frère n'eût pas parlé de sa sœur en meilleurs termes.

— Oui, c'est bien cela, mon père : frère, sœur, intérêt, voilà les mots qu'affectionne M. Rushbrand.

Je ne puis pas souffrir ce genre de *clergyman*. Si je lui avais donné le moindre encouragement, je n'aurais plus pu m'en débarrasser. Il eût été toujours à mes côtés, prêchant, conseillant, avertissant : j'ai horreur de ces façons-là. Au moins M. Culfield a l'esprit plus large et ne m'adresse jamais d'observations. »

M. Snuman ne répondit rien. Il avait cessé depuis longtemps de s'étonner des idées de sa fille et savait qu'il était inutile de chercher à les modifier. Helen vit que son père professait une estime et une affection particulières pour le curé de Stilborough, et n'en voulut que davantage à Paul Rushbrand. En réalité, son antipathie pour le pasteur provenait de la crainte qu'il lui inspirait lorsque, songeant aux fables qu'elle lui avait contées au moment de son mariage, elle mesurait dans sa pensée la légitime rancune qu'il devait ressentir à son égard. Elle lui en voulait de l'avoir trompé ; elle lui reprochait de n'avoir pas reçu la lettre dont sir Giles s'était emparé. Certaines natures sont ainsi faites : elles s'en prennent à autrui de leurs propres fautes, plutôt que de s'accuser elles-mêmes.

« Il ne faut pas que vous continuiez à habiter chez M. Rushbrand, reprit Helen. Vous savez que je vais avoir une fortune magnifique : nous pourrons vivre ensemble là où vous voudrez.

— Merci, ma chère enfant, mais le peu que je possède suffit à mes besoins, fit le vieillard.

— Ne me refusez pas. Je dirai à M. Casewell de vous procurer une bonne cure, ce qui est toujours facile avec de l'argent, et nous nous installerons sous le même toit.

— Je ne suis plus d'âge ni de force à être curé, répondit le missionnaire. Mais je suis bien touché de votre proposition.

— Si, si; je veux que vous soyez bien habillé et bien logé, que vous ayez une voiture et tous les conforts de la vie. L'argent dont je disposerai a une source honorable, mon cher père.

— Assurément, » fit M. Snuman en serrant la main de sa fille.

Le vieillard n'insista pas. Il eût été fâché de désobliger Helen, quoique le genre de vie qu'elle voulait lui ménager fût loin de lui sourire. Accoutumé à se contenter de peu et à mener une existence modeste, il n'avait nulle envie de connaître le luxe et de modifier ses habitudes simples. Il y a des gens aussi heureux dans les régions arctiques que sous le ciel bleu de l'Italie; et si pénible que puisse sembler la pauvreté, ce n'est pas toujours faire acte de tendresse et de dévouement envers quelqu'un que de l'arracher à sa mansarde froide pour le plonger dans l'atmosphère chaude d'un palais.

La conversation entre le père et la fille fut interrompue par la cessation du bruit confus de voix qui, depuis le matin, montait du rez-de-chaussée à l'étage où Helen s'était retirée. L'heure fixée pour le départ du cortège n'avait pas encore sonné; mais on quittait le salon pour faire avancer les voitures et les chevaux, afin d'éviter toute confusion, à l'instant où le cercueil quitterait la chambre mortuaire. M. Snuman se leva doucement et prit son chapeau. Il n'avait pas songé tout d'abord à aller au cimetière, pensant que sa présence serait plus utile auprès de sa fille; mais, en la voyant si calme, il se dit qu'il pouvait la quitter sans inconvénient et il s'approcha d'elle pour l'embrasser.

« Je crois qu'il est temps que je me retire, dit-il.

— Bien, fit-elle simplement; mais ne manquez pas de revenir pour la lecture du testament.

— Si vous le désirez?

— Vous coucherez ici. J'enverrai prendre votre bagage à la cure.

— Ce que vous déciderez sera bien fait, mon enfant... Tâchez d'accepter avec résignation l'épreuve que Dieu vous envoie.

— Oh oui ! cher père. Mais vous, veillez à ce qu'on vous donne un manteau propre et des gants frais. Et puis... montez dans la voiture qui sera en tête. »

---

## CHAPITRE XXXVI

### LA LECTURE DU TESTAMENT

De l'avis de tout le monde, on ne vit jamais dans le Stilshire de funérailles pareilles à celles de lord Hartleigh, du moins depuis les temps où les grands personnages portaient des vestes de drap d'or et conviaient leurs vassaux à venir pleurer sur leur cercueil. Un piquet de dragons ouvrait la marche; derrière, un détachement des *riflemen* de Stilborough, dans leur uniforme gris et rouge; derrière encore, une garde d'honneur de la *yeomanry*[1] du comté, en tunique bleue avec le casque de cuivre; ensuite, une députation de francs-maçons avec les insignes de leur loge; enfin, le char

1. Milice.

funèbre, attelé de six chevaux richement harnachés.

A cheval, tête nue, dans un long manteau noir, dont il semblait fort empêtré, Rupert Hartleigh conduisait le deuil. Derrière lui venaient les carrosses et la longue file de piétons, fermiers et fournisseurs de la famille. Puis quatre cents gentlemen du comté, montant des chevaux superbes, en costume de chasse, avec un crêpe au bras, fermaient la marche. C'étaient les délégués des chasses du Stilshire, empressés à donner un dernier témoignage de sympathie au jeune et vaillant sportsman dont ils avaient tant de fois admiré l'entrain et la bravoure.

Il ne pleuvait pas, mais le ciel était gris et, en arrivant au cimetière, un brouillard si épais s'abattit sur le cortège que le révérend Culfield et M. Pottinger — celui-ci avec sa chaîne d'or — durent renoncer aux discours qu'ils s'étaient promis de prononcer. Une prière dont personne n'entendit un mot, une génuflexion de Rupert Hartleigh quand le cercueil disparut dans le caveau, ce fut tout. *Sic transit gloria mundi.* Dix minutes plus tard, la foule s'était dispersée et Rupert, relevé de ses fonctions, en profitait pour courir à Oswald.

« Je parie que la cousine Helen aura tout, et moi rien, dit-il.

— A quoi bon parier, puisqu'on va ouvrir le testament ? fit le capitaine.

— Vous ne comprenez donc pas mon inquiétude ? Je voudrais vous voir à ma place.

— Moi aussi.

— Gageriez-vous cent livres que j'aurai Hazelwood ?

— Comment ! Vous étiez je ne sais où, il y a huit jours, criblé de dettes, vivant d'emprunts. On vous rappelle pour vous donner un héritage, et vous ne

pouvez pas attendre quelques heures! reprit Oswald
en souriant.

— C'est que j'ai si peur, fit Rupert. Et puis, vous
avez une charmante sœur, capitaine Carew.

— Elle serait très-flattée de vous entendre dire
cela.

— Vous croyez ?

— On aime toujours à être trouvé charmant.

— C'est vrai... dans ce sens-là... Ah ! si seulement
j'hérite de quelques milliers de livres... Viendrez-vous
entendre le testament ?

— Je ne puis pas ; les étrangers ne sont pas admis.

— Tiens ! Je me figurais que c'était public. Dans
tous les cas, attendez-moi à Hazelwood et nous irons
ensuite dîner à Royster. »

Quand ils arrivèrent au château, « la famille »
était déjà réunie dans le grand salon et l'avoué Casewell n'attendait plus que Rupert pour commencer.
Helen entra au même instant, appuyée au bras de son
père, et pour la première fois lady Hartleigh et sa
belle-fille se rencontrèrent. Elles échangèrent un
salut froid, un regard plus froid encore, et se placèrent
en face l'une de l'autre, à la table où M. Casewell
achevait de se préparer à l'importante cérémonie qui
allait s'accomplir sous ses auspices. Alors les parents
éloignés s'approchèrent d'Helen à la façon dont les
fleurs s'inclinent vers le soleil levant ; Rupert prit un
air résigné, et l'avoué fit un geste pour indiquer qu'il
commençait.

— Lady Hartleigh, dit-il en regardant Helen, voici
une enveloppe cachetée que mylord m'envoya il y a un
mois, avec l'ordre de l'ouvrir à sa mort.

— Mon mari vous a remis une lettre ? fit Helen, en
changeant de couleur.

— Oui, et je dois faire savoir dans quels termes il m'annonçait ce dépôt :

Hazelwood, le 9 décembre 18..

Mon cher monsieur,

J'aurai bientôt à vous consulter, relativement à certains changements que je compte apporter au document qui contient mes dernières volontés. En attendant, — comme il faut tout prévoir, même les morts subites, — je vous envoie un pli cacheté, qui devrait être ouvert après mon enterrement,

Votre dévoué,
HARTLEIGH.

M. Casewel brisa l'enveloppe scellée et dit tranquillement :

« Un second testament ! »

Helen devint affreusement pâle. Quoi que contînt ce document, il ne pouvait lui être aussi favorable que le premier.

« Avant de rien lire, monsieur Casewel, voulez-vous constater si les trois signatures voulues sont en due forme, dit-elle d'une voix émue.

— Les témoins qui ont signé à côté de mylord sont William Prenderson, James Johnson, Charles Herbert; tout est en règle. M. Prenderson est le solicitor de Stilborough; les deux autres doivent être ses clercs.

— Il est postérieur au premier? demanda Helen.

— Daté du 9 décembre, » répondit le solicitor.

Helen se rejeta dans son fauteuil et l'avoué commença à lire au milieu d'un silence général. Ce second testament était beaucoup plus long que l'ancien, et bien qu'il fût écrit de la main de lord Hartleigh, on devinait qu'il avait dû être rédigé avec le concours d'un homme de loi.

Lord Hartleigh commençait par prévoir le cas où un enfant naîtrait de sa femme après sa mort, et indiquait minutieusement la façon dont il voulait qu'il fût élevé. Il appartiendrait à l'Église officielle d'Angletere et, si c'était un garçon, il ferait son éducation au collége d'Eton et à l'université de Cambridge. Helen aurait droit, dans ce cas, à une somme de dix mille livres et à une rente de cinq mille livres, plus à la jouissance de toutes les propriétés comprises dans le majorat de la famille, jusqu'à ce que son fils eût ses vingt et un ans.

Dans cette hypothèse également, Rupert Hartleigh recevrait une pension annuelle de mille livres, pour le dédommager de son désappointement.

Si le testateur ne laissait pas d'enfant, Helen aurait les mêmes avantages pécuniaires; mais la maison de ville resterait seule à sa disposition jusqu'à sa mort, et retournerait ensuite à l'héritier du titre.

Divers legs faisaient suite à ces dispositions.

Dix mille livres au révérend William Snuman, « à qui je recommande, ajoutait lord Hartleigh, d'inspirer à sa fille, si c'est possible, un peu plus d'oubli de soi-même et de charité envers autrui. »

Vingt mille livres sterling à la mère du testateur, « avec prière de lui pardonner ses torts. »

Vingt mille livres sterling à répartir entre plusieurs parents.

Dix mille livres à diverses bonnes œuvres.

Enfin une rente de quinze mille livres à sir Peter Carew, « ce vieil ami de mon père, disait le signataire, que j'ai toujours aimé et estimé et dont la famille continuera, je l'espère, à prospérer dans notre comté. »

Tout en procédant à sa lecture, M. Casewell épiait le jeu des physionomies qui l'entouraient. On a beau être blasé sur les cérémonies de cette sorte, c'est toujours avec un intérêt nouveau qu'on observe les traits

des personnes qu'elles concernent ; car jamais les petits côtés de la nature humaine ne se révèlent mieux
que dans ces occasions.

Les parents éloignés, qui se faisaient si humbles tout
à l'heure, avaient repris de l'aplomb et riaient d'une
oreille à l'autre, en constatant qu'une clause leur était
consacrée. Rupert avait rougi de plaisir en se voyant
à la tête de mille livres sterling de rente, quoi qu'il ad-
vînt. Lady Hartleigh essuyait furtivement des larmes
d'émotion. Helen était pâle et consternée. Certes sa
situation était de celles que plus d'une veuve de pair
aurait pu envier ; mais le contraste entre les deux
testaments et la méfiance que le second trahissait à
son égard l'humiliaient.

Dès que M. Casewell eut achevé, elle se leva et remercia les personnes présentes d'avoir bien voulu lui
donner un témoignage de sympathie dans les douloureuses circonstances qu'elle traversait.

« Croyez, ajouta-t-elle, que je suis heureuse que
lord Hartleigh se soit montré si libéral envers ses parents et ses amis. Moi, je n'eusse su que faire d'autant
d'argent. »

. . . . . . . . . . . . . . . . . .

« Là-dessus elle salua et sortit d'un pas de reine...»
dit Rupert à Oswald, qui était en train de déjeuner
et qui attaqua une seconde côtelette en apprenant la
bonne fortune dont sa famille était redevable à lord
Hartleigh.

# CHAPITRE XXXVII

## UNE CONFESSION AU COIN DU FEU

Il importait peu maintenant aux Carew que la mine fût, ou non, une mystification; mais il fut reconnu que ce n'était qu'une fable.

Un de leurs amis écrivit même dans une savante revue un article démontrant — après coup, comme toujours — qu'aucun gisement de charbon ne pouvait exister dans le Stilshire, Il ne lurent pas l'article; mais ils bénirent la Providence qui leur venait en aide à un instant aussi critique.

L'argent de lord Hartleigh leur permit de rembourser sir Giles Saplow. Ils compatirent à la situation du baronnet dont l'intervention les avait sauvés tous de la cour des banqueroutes, et ils eussent consenti à lui donner la main d'Amy, malgré les nuages qui s'étaient élevés entre eux dans les derniers temps. Mais la jeune miss resta sourde aux insinuations, voire aux prières qui lui furent faites dans ce sens.

« Je ne veux pas épouser sir Giles, dit-elle, parce que je ne l'aime pas, que je ne l'ai jamais aimé et que je le mépriserai toujours. »

A une déclaration aussi catégorique une seule réponse était possible :

« Ma chère enfant, dit sir Peter, personne ne vous forcera jamais à vous marier contre votre gré. »

Sir Giles reçut donc une lettre où il était prévenu, avec les prétextes d'usage et dans le style qui sied à ce genre de missive, qu'Amy avait renoncé à se marier, qu'elle était bien jeune, un peu souffrante, et que sa famille tenait à la garder quelque temps encore auprès d'elle. De l'incident de la mine, il n'était pas question ; sir Peter disait simplement qu'il serait disposé à acheter *Stubb's piece*, si sir Giles consentait à s'en défaire.

Le baronnet fut atterré. Il avait attrapé un gros rhume, le jour de la mort de lord Hartleigh ; il avait reconnu que Rodgie l'avait joué ; il apprenait maintenant qu'il n'avait plus de fiancée, et que toutes ses dépenses en vue du mariage avait été faites en pure perte.

C'était jouer de malheur. Isolé dans son château, n'ayant auprès de lui que des domestiques auxquels il ne pouvait confier ses peines, il se demanda longtemps qui voudrait l'assister dans ces circonstances douloureuses et finit par se décider à écrire à Paul Rushbrand.

Le billet qu'il adressa au pasteur était si désespéré que celui-ci partit aussitôt pour Saplow Court, comptant y trouver un moribond qu'il n'aurait peut-être pas le temps de réconcilier avec le ciel. Sir Giles était au coin du feu, enveloppé dans sa robe de chambre, avec un foulard sur la tête, quand le curé entra.

« Je crois que je vais mourir, Rushbrand, » fit-il d'une voix que le rhume rendait rauque.

Paul le regarda attentivement et vit que son état n'avait rien de dangereux.

« Rassurez-vous, sir Giles, dit-il ; j'ai vu malheureusement assez de malades pour pouvoir être certain que vous serez sur pied avant huit jours.

— Je voudrais mourir, reprit le baronnet.

— Ça, c'est une autre affaire, dit le pasteur.

— Vous trouvez que ce serait un fameux débarras, fit sir Giles d'une voix humble. J'ai eu tant de torts envers vous

— Oh! ne parlons plus de cela.

— Il faudra m'excuser auprès de M. Snuman. Où est-il maintenant?

— A Hazelwood, avec sa fille. Ils vont partir pour Londres.

— Vous avez dû vous demander comment cette lettre du missionnaire m'était tombée entre les mains. C'est le facteur lui-même qui me l'a remise par erreur. »

Et sir Giles raconta l'histoire que l'on sait.

« Je n'aurais pas dû la garder, ajouta-t-il; mais vous savez, pasteur, quand on est amoureux, on est capable de tout, et je croyais que cette lettre pourrait servir mes intérêts.

— Dieu merci, elle n'a pas causé tout le mal qu'on en eût pu redouter, dit le pasteur, dont la physionomie indiqua en même temps que l'excuse de sir Giles lui paraissait insuffisante.

— Vous avez devant vous un homme bien malheureux, Rushbrand, » reprit le baronnet.

Il prit le tisonnier et remua le feu pendant quelques instants. Puis, relevant la tête :

« Jouez-vous au piquet? demanda-t-il.

— Pour vous être agréable, je veux bien essayer, répondit le ministre, que cette transition ne laissait pas de surprendre.

— Eh bien, pasteur, je vous remercie. Je suis si triste, si seul, qu'une partie de cartes me fera plaisir. La fumée de tabac ne vous gêne pas?

— Aucunement.

— Un verre de sherry, monsieur Rushbrand?

— Merci, je ne bois jamais entre mes repas.

— Voyons, laissez-vous faire ; autrement je croirai que vous m'en voulez.

— Allons, j'accepte, » dit le pasteur.

Un domestique enleva les fioles dont le baronnet s'était entouré, mit à la place un flacon de sherry et apporta deux jeux de cartes. Sir Giles prit sa pipe favorite — une pipe en bois en forme de tête de zouave, — la déboucha avec un instrument spécial, la bourra de cavendish et l'alluma. Cela fait, il se versa un grand verre de brandy, défit un des jeux, s'approcha de la table et invita le pasteur à s'installer vis-à-vis de lui.

Quel parti eût tiré un caricaturiste du spectacle présenté par le *clergyman* et le baronnet, attablés en face l'un de l'autre, entre des paquets de cartes et des bouteilles de vin ! Quelles pieuses exclamations n'auraient pas proférées les vieilles dévotes de Stilborough, si elles eussent surpris leur curé dans ce singulier tête-à-tête ! Paul faisait là cependant un acte de charité particulièrement méritoire. L'homme assis devant lui, l'avait accablé d'injures et avait abusé de son hospitalité. Pourtant il était accouru à son premier appel ; il se pliait à ses caprices ; il était prêt, s'il le fallait, à lui montrer, plus complétement encore, comment un cœur chrétien pardonne les injures et au mal oppose le bien.

« Vous êtes un brave garçon, Rushbrand, dit sir Giles, que les cartes et le brandy avaient remis de belle humeur. Approchons-nous du feu et causons un instant. Vous n'êtes pas pressé ?

— Si vous avez besoin de moi ?

— Oui, je veux vous parler. Je ne suis pas partisan de la confession comme l'entendent les catholiques, mais là, en se chauffant, après une partie de cartes, avec une pipe et un flacon de sherry, cela n'a rien de bien effrayant. Un autre verre, Rushbrand ?

— Non, merci.

— Eh bien, moi j'en prends un ; car, tel que vous me voyez, pasteur, j'ai besoin de me remonter. Oui, j'ai le cœur bien gros, monsieur Rushbrand : miss Amy me dédaigne — je vous dis cela en confidence — et je crains que ça ne me tue. »

Comme pour donner tort à cette prédiction, le baronnet lança une énorme bouffée et but une grande gorgée.

Paul ne répondit rien ; mais il leva les yeux au ciel, en remerciant Dieu intérieurement d'avoir permis qu'Amy ne fût pas à cet homme.

« Vous devez comprendre mes regrets, vous qui la connaissez, continua le baronnet ; et peut-être voudrez-vous plaider ma cause auprès de miss Carew ?

— Moi ! fit Paul ébahi.

— Oui, vous, monsieur Rushbrand, dit sir Giles. La maladie m'a fait réfléchir ; je me suis dit qu'en somme vous aviez sauvé Nell Snuman, en dépit de tous les obstacles, et j'ai songé à vous prier...

— L'exemple que vous citez, interrompit le pasteur, n'est pas encourageant. Vous-même, vous m'avez reproché ma conduite.

— Je puis avoir trouvé que vous avez rendu un mauvais service à lord Hartleigh ; mais vous n'en avez pas moins sauvé Helen, répondit sir Giles avec emphase.

— Et quel service rendrais-je à miss Carew si je l'engageais à devenir votre femme ? dit le pasteur avec une pointe d'ironie.

— Je vous promets que je serais un mari exem-

plaire, dit sir Giles en s'animant, tandis que si j'échoue
à obtenir sa main, c'en est fait de moi. Vous voyez
cette bouteille, monsieur Rushbrand, eh bien! elle est
devenue ma seule consolation. J'ai toujours bu un peu,
parce que cela est dans ma nature ; mais je bois maintenant pour noyer mon chagrin, et je sens que je boirai
chaque jour davantage si je n'épouse pas Amy Carew.
Peut-être me direz-vous que je ne suis pas digne
d'elle. Ah! je le sais, allez. Mais le larron de l'Évangile méritait-il le ciel, et ne dut-il pas d'y aller au
remarquable sang-froid avec lequel, malgré ses tor-
tures, il sut deviner de quel côté étaient ses chances de
salut? Eh bien! en dépit de mes souffrances, je garde,
moi aussi, assez de présence d'esprit pour voir où est
mon salut et, me tournant vers vous comme fit sur la
croix... »

Un coup frappé à la porte vint interrompre cette
tirade.

« Qu'y a-t-il? grommela le baronnet.

— C'est le docteur Conway, sir, dit le domestique.

— Que le diable l'emporte! » fit sir Giles.

———

# CHAPITRE XXXVIII

## LA MARCHE NUPTIALE

Sir Giles avait été interrompu au milieu de sa
péroraison, et personne n'aime cela. Mais le docteur
Conway, qui le soignait, était la contre-partie du docteur Fix!

« Excusez-moi un instant, dit le baronnet au jeune
curé. Si vous vouliez passer dans la pièce voisine, pendant que je causerai avec M. Conway ; ce ne sera pas
long. »

Paul fut enchanté d'avoir l'occasion de préparer la
réponse qu'il ferait à l'étrange demande du baronnet.
Mille sentiments divers se partageaient son cœur ; et,
au milieu de ce trouble, il cherchait vainement où était
son devoir envers son prochain et envers Dieu. Décliner la mission que lui offrait sir Giles, rappeler à cet
homme ses mauvaises actions, et lui montrer l'épreuve
actuelle comme un châtiment mérité, fut la première
pensée qui se présenta à lui. L'homme est toujours
pressé de voir le doigt de Dieu dans les malheurs
d'autrui.

Mais le pasteur de Stilborough n'était point un
esprit ordinaire. Son esprit, ouvert aux plus nobles
aspirations, était fermé en même temps aux considérations personnelles et aux mesquines rancunes. Il
songea que, quand un homme hésite entre deux routes,
il doit, suivant la phrase d'un moraliste célèbre,
« prendre celle qui plaît le moins, s'il veut être sûr
d'être dans la bonne. » Pensif, la tête penchée comme
pour mieux entendre la voix de son cœur, il arpenta
de long en large la pièce où sir Giles l'avait engagé à
passer.

Autour de lui des fouets de chasse, des cravaches,
des pipes, des gravures galantes, des livres légers, des
objets de toutes sortes, trahissant des goûts vulgaires
et futiles. Au mur le portrait du baronnet, avec sa
barbe rousse, son front bas, ses yeux enfoncés dans les
orbites, avec tous ces signes, en un mot, qui révèlent
les natures communes. Était-ce donc là l'homme qui
convenait à Amy ? Non ; mais, parce qu'un homme

inspire peu de sympathie et de confiance, est-ce là une raison pour se substituer à la Providence et pour le laisser se perdre, sans s'employer à le sauver?

Sir Giles n'était-il pas accessible à ces pieuses et saines influences qui ont transformé tant de natures et changé le vice en vertu? La vie est si pleine de mystères, nous connaissons si peu les agents invisibles qui moulent et forment notre nature, qu'il faut être bien hardi pour ne voir dans nos actes que l'expression du libre arbitre. Tel arbre porterait des fruits, s'il voyait le soleil; pourquoi l'arracher de terre sans lui donner la chance de verdir et de fleurir.

Paul s'assit à une table et écrivit :

Sir Giles,

Je ne crois pas nécessaire de reprendre la conversation que nous venons d'avoir. Vous m'avez demandé de vous rendre un service ; ma conscience veut que je vous le rende. Certaines raisons font que peut-être je suis moins propre qu'un autre à remplir avec succès la mission que vous me confiez ; mais vous pouvez compter que miss Amy Carew connaîtra les sentiments que vous m'avez exprimés à son sujet.

PAUL RUSHBRAND.

Paul remit cette lettre à un domestique et sortit. Il tenait à ne pas avoir une nouvelle entrevue avec le baronnet, de peur de se laisser influencer par ses manières et son langage : ce personnage étant, en effet, de ceux qui compromettent leur cause lorsqu'ils la plaident eux-mêmes. Son plan était de tout dire à son vieil ami Snuman, et de lui demander d'aller trouver Amy Carew. De cette façon il aurait rempli ce qu'il croyait être un devoir, sans descendre à l'hypocrisie de devenir, en personne, l'avocat de sir Giles. Un tel effort, du reste, aurait été au-dessus de ses forces. Le plus qu'il pouvait faire, aimant Amy si tendrement, était de prier Dieu d'inspirer la jeune miss, et de lui donner, à lui, le courage de la voir unie au baronnet si elle se résignait à ce dur sacrifice.

L'église était ouverte, comme il passait devant ; trois heures venaient de sonner ; la loueuse de chaises époussetait les bancs ; Paul entra. Il aimait le vieux temple ; il s'y sentait à l'aise, il s'y croyait chez lui plus que partout ailleurs ; il fut à son prie-Dieu et s'agenouilla. Ses doutes, ses hésitations lui revenaient, à mesure qu'il marchait sur ces dalles que ses petits pieds, à elle, avaient foulées. Comment pourrait-il la voir, chaque dimanche, gagner sa place accoutumée au bras de sir Saplow ? Déjà, à mainte reprise, il s'était posé cette question ; aujourd'hui qu'elle se présentait à sa pensée, plus pressante, plus navrante que jamais, il se sentait sans force, même pour tenter de la résoudre : « Dieu miséricordieux, fit-il dans son trouble, aie pitié de ma misère. Garde-moi ; inspire-moi ; révèle-moi ta volonté. Quelle qu'elle soit, je suis prêt à m'incliner devant elle. Mais s'il peut entrer dans tes vues souveraines que cette douce créature — Amy, que j'aime et que j'honore ! — ne soit pas ravie à mon cœur, fais que je devienne digne d'elle, et que je m'élève en vertu pour la mériter davantage ! »

Il releva la tête et tressaillit en voyant devant lui Amy Carew, qui avait joint les mains et qui semblait prier, elle aussi.

« Je venais chercher un foulard que j'ai laissé sur le banc dimanche dernier, dit-elle, et que la loueuse de chaises a porté à la sacristie,

— Vous êtes là depuis quelque temps ? demanda Paul, en proie à un trouble profond.

— Depuis quelques minutes, répondit la jeune fille. Je ne voulais pas interrompre votre prière.

— Je priais pour vous, miss Amy, » reprit Paul d'une voix grave. Et après une pause, durant laquelle il vit sa poitrine se gonfler et son regard chercher le sien, il lui dit l'objet de sa prière et les divers incidents qui l'avaient jeté, ému et tremblant, aux pieds de Celui qui dispense l'épreuve et le bonheur. Sir Giles pouvait surgir : il n'eût pas pu souhaiter un meilleur avocat. Jamais homme ne trouva de termes plus émouvants, pour peindre le rôle de la femme cherchant à relever un être dégradé. Jamais parole plus simple ne fut plus éloquente. Jamais une âme chrétienne n'eut de pareils élans d'abnégation et de charité. Amy l'écoutait en silence et songeait que peut-être c'était son ange gardien qui l'avait conduite près de l'autel, à l'heure où Paul murmurait son nom.

Une émotion violente s'emparait d'elle ; les larmes coulaient le long de ses joues. Elle le laissait parler sans l'interrompre, pour mieux se pénétrer de sa bonté, pour entendre plus longtemps ces doux et tendres mots qui berçaient son oreille comme des échos lointains des harmonies d'en haut. Car, sans qu'il s'en doutât, chacune de ses paroles trahissait son propre amour. Lorsqu'il exaltait l'influence qu'elle prendrait sur celui qui aurait le bonheur de l'épouser, lorsqu'il disait que ses yeux, sa voix et son sourire exerceraient un empire tutélaire sur l'homme qu'elle choisirait, elle devinait que c'étaient ses propres sensations qu'il exprimait avec cette force.

« Oui, miss Amy, dit-il, l'être qui aura le bonheur de vivre auprès de vous pourra remercier Dieu de vous avoir mise sur ses pas.

— A moins que je ne l'aime pas, dit-elle en secouant la tête.

— L'amour ne naît-il pas du bien que l'on a conscience de faire ?

— Non, reprit-elle en baissant la voix ; et d'ailleurs

je ne puis pas épouser sir Giles, parce que j'en aime un autre.

— Un autre! répéta Paul avec un geste d'espoir et de crainte.

— Quelqu'un qui m'aime, reprit-elle en le regardant à travers ses larmes, quelqu'un qui aurait servi pour moi pendant sept ans, comme Jacob fit pour Rachel.

— Amy! cria Paul en lui prenant les mains.

— Chut, fit-elle; j'entends du bruit du côté de l'orgue. »

C'était en effet l'organiste qui venait s'exercer; et comme Paul et Amy quittaient l'église, la voûte se remplit des dramatiques accords de la marche nuptiale de Mendelssohn.

## CONCLUSION

Paul et Amy ne firent point part immédiatement de leur projet d'union; mais ils se voyaient souvent. Amy trouvait facilement des prétextes pour aller à Stilborough, et le pasteur venait fréquemment à Royster. Tous deux se transformaient, sans que l'un ni l'autre peut-être en eût conscience. La jeune miss devenait plus grave, comme il sied à une femme qui doit épouser un clergyman; lui devenait moins sauvage, comme il sied à un homme qui entre dans la famille d'un baronnet. Ces détails furent naturellement très-remarqués et donnèrent lieu aux commentaires d'usage; seules Mrs. Warrener et Mrs. Hunt ne virent rien, ce qui ne les empêcha pas, du reste, de prendre des airs d'oracles le jour de la demande, et de déclarer sentencieusement « qu'elles s'en doutaient depuis des mois. »

Sir Peter, lui, n'eut pas cette prétention; il s'avoua surpris, même un peu contrarié à la pensée que sa fille n'épousait pas un gentilhomme. Mais Paul lui inspirait tant d'estime et Amy lui parla d'un ton si décidé, qu'il n'eut plus qu'à souscrire à l'engagement des deux jeunes gens. Un autre mariage qui se fit dans la famille vint, au surplus, le dédommager de celui-là, si tant est que son amour-propre en ait souffert longtemps : Isabel Carew fut fiancée à Rupert, et comme on apprenait au même moment que ce jeune seigneur héritait du titre et de la fortune des Hartleigh, — les espérances d'Helen ne s'étant pas réalisées, — le ciel des Carew prit une teinte rosée qui mit tout le monde de bonne humeur. Mrs. Warrener et Mrs. Hunt sourirent à Paul, et Oswald lui serra la main.

Le mariage eut lieu par une belle matinée d'avril. M. Snuman bénit les deux époux, et la ville tout entière vint les complimenter, car Amy et le pasteur étaient aimés à Stilborough. Sir Giles fut furieux; il jura, tempêta, déclara que le curé était un hypocrite et Amy une coquette qui s'était jouée de lui. Puis, l'étoile des Carew s'élevant de plus en plus à l'horizon, il sentit que cette attitude pouvait lui faire du tort et il se calma peu à peu La fidélité en amour est le propre des natures d'élite. Sir Giles était incapable d'un sentiment pareil. Le coup qui l'atteignait, le frappait comme un coup de fouet; ce n'était pas un coup de mort. Son amour-propre souffrit, le cœur resta intact. Il fuma, but, chassa et jura comme jadis; et une fois que le pasteur passait à côté de lui, il lui souhaita le bonjour et s'enquit de la santé de Mrs. Rushbrand. Ainsi finit l'idylle du châtelain de Saplow Court.

Helen Hartleigh quitta Stilborough avant le mariage de Paul et n'y revint jamais. On raconta qu'elle voyageait et qu'elle projetait de se remarier; elle fut simplement jusqu'à Londres, où elle vécut de la vie

d'une femme de bonne compagnie, à qui le veuvage
fait des loisirs. Elle eut une voiture et une maison
bien installée ; mais elle se souvint de son passé et
chaque fois qu'un artiste, un acteur dans le besoin, un
déclassé dans la misère, frappait à sa porte, elle l'accueillait généreusement.

Tant que son père vécut, elle le vit fréquemment.
Il n'habitait pas avec elle, parce qu'il préférait la
campagne à la ville, mais elle passait des journées
entières dans la petite maison qu'elle avait louée
pour lui près des jardins de Kew, et veillait à ce que
rien ne lui manquât. Ah ! qui lira jamais dans le cœur
de la femme, dans ce curieux assemblage de bien et
de mal, de ruse et de candeur, d'égoïsme et de bonté ?
Helen Hartleigh ne fut ni pire ni meilleure qu'une
multitude d'autres femmes qui, ayant obtenu ce
qu'elles ambitionnaient, vivent ensuite heureuses et
tranquilles. Seulement, le monde leur donne des noms
cruels, lorsqu'elles échouent.

De même pour l'autre sexe : quand il entre dans la
lice, il faut qu'il en sorte vainqueur ou qu'il tombe
sous les huées. M. Pottinger, par exemple, faillit
devenir un homme célèbre ; si ses plans avaient réussi,
nul doute que sa statue n'eût figuré un jour sur la
grande place de Stilborough ou dans le faubourg de
*Stubb's piece*. Mais il échoua et lorsqu'il s'avisa de
renouveler sa motion pour la suppression des courses,
le conseil municipal éclata de rire, et le malheureux
comprit que son règne était fini. Ce fut son vieil
ennemi Pettigrew qui devint maire à sa place et, pour
comble d'infortune, un fils de celui-ci s'étant fait épicier, Hazelwood et Royster, Saplow Court et la cure
lui retirèrent leur clientèle et allèrent se fournir chez
son jeune concurrent.

Les courses continuèrent donc comme autrefois; et les abus dénoncés par M. Pottinger fleurirent plus tranquillement que jamais. On but, on se grisa, on chanta dans les rues, le soir des fêtes; les fils de sir Peter Carew risquèrent encore de gros paris. Pourtant ils devinrent, peu à peu, plus rangés, et Oswald, notamment, se réforma au point de briguer un siége au Parlement et d'abjurer ses préventions contre le mariage en épousant lady Ambermere. Ce dernier résultat fut toutefois difficile à amener. Oswald répugnait à l'idée qu'on pourrait le soupçonner d'avoir recherché la jeune veuve, à cause de la fortune qu'on lui prêtait; il fallut que ses sœurs lui racontassent qu'elle avait perdu des sommes énormes dans une de ces sociétés financières qui exploitent l'imbécillité humaine, pour qu'il se décidât à la demander. Lady Ambermere l'accueillit moitié en pleurant, moitié en souriant, et ce fut seulement le lendemain du mariage qu'il apprit qu'on l'avait mystifié.

Puisse l'avenir tenir en réserve une révélation semblable pour les lectrices et les lecteurs de cette histoire qui viendraient à se marier dans les mêmes illusions que le capitaine Oswald Carew !

FIN

# TABLE DES MATIÈRES

236　　　　　　TABLE DES MATIÈRES

FIN DE LA TABLE

1025 — Paris. Imp. LALOUX fils et GUILLOT. 7, rue des Canettes.

www.ingramcontent.com/pod-product-compliance
Lightning Source LLC
Chambersburg PA
CBHW061446030726
47503CB00005B/1595